U0137573

草原名城传

巴彦淖尔传

陈慧明　李平原　高莉芹　高朵芬◎著

远方出版社

图书在版编目（CIP）数据

巴彦淖尔传 / 陈慧明等著 . -- 呼和浩特 : 远方出
版社 , 2022.6
　　（草原名城传）
　　ISBN 978-7-5555-1716-0

Ⅰ . ①巴… Ⅱ . ①陈… Ⅲ . ①散文集—中国—当代
Ⅳ . ① I267

中国版本图书馆 CIP 数据核字 (2021) 第 281038 号

巴彦淖尔传
BAYANNAO'ER ZHUAN

著　　　者	陈慧明　李平原　高莉芹　高朵芬	
策　　　划	董美鲜	
责任编辑	董美鲜	
责任校对	贺鹏举	
封面设计	李鸣真	
版式设计	王改英	
出版发行	远方出版社	
社　　　址	呼和浩特市乌兰察布东路 666 号　　邮编 010010	
电　　　话	（0471）2236473 总编室　　2236460 发行部	
经　　　销	新华书店	
印　　　刷	内蒙古爱信达教育印务有限责任公司	
开　　　本	787 毫米 × 1092 毫米　　1/16	
字　　　数	220 千	
印　　　张	16	
版　　　次	2022 年 6 月第 1 版	
印　　　次	2022 年 6 月第 1 次印刷	
印　　　数	1—2 000 册	
标准书号	ISBN 978-7-5555-1716-0	
定　　　价	58.00 元	

"草原名城传"编委会

主　　编：李　悦

副主编： 王建中　　董美鲜

编　　委：李博宏　　祁俊虎　　张世超　　肖宇奇　　李一非

　　　　　白坤澄　　博　　恒

总　序

　　2021年3月，埃及的斯福萨拉出版社要把我的一本散文翻译成阿拉伯文，在埃及出版。我同意授权给他们。他们又问我是否写过身边一些城市的传记，并表示有翻译的意愿。看来内蒙古的城市给他们留下很好的印象。我虽然没写过这样的书，但是唤起了写这类书的灵感。于是，我决定编一套"草原名城传"。这想法很快得到好友王建中和编辑董美鲜的支持，和我编过《北方新文丛》的几位编委也愿再次出力。编委会成立了，并经过反复讨论，确定了组稿方式和写作方式。我们决定采用民间写作方式，将内蒙古各盟市旗县志愿写作的作家发动起来，进行创作。他们除了给有关城市书写传记，还设法筹措出版相关费用。然而，灵感激发出来的热情，使编委们漠视现实的困境，急切地要向读者展现故乡内蒙古的辽阔大地……

　　内蒙古自治区位于中华人民共和国的北部边疆，由东北向西南延伸，整体呈狭长形。全区总面积为118.3万平方千米，约占中国土地面积的12.3%。内蒙古自治区总体地势较高，大部分地区海拔在1000米以上。内蒙古高原是中国四大高原中的第二大高原。高原上分布着森林、草原、平原、丘陵、沙漠、河

1

流、湖泊，适合发展林业、农业和牧业。在这美丽富饶的大自然中，内蒙古自治区辖12个地级行政区，包括9个地级市、3个盟，共有23个市辖区、11个县级市、17个县、49个旗、3个自治旗。以上这些城市都是内蒙古的名城。它们犹如一颗颗璀璨的明珠镶嵌在内蒙古大地上，被一条条人类开拓的道路紧密相连，构成一幅和谐奋进的文明画卷。

那些西征北伐的金戈铁马，而今安在哉？

那些出塞琵琶的哀怨曲调，而今安在哉？

那些驼铃摇曳的离愁别恨，而今安在哉？

那些长城烽火的狼烟迷雾，而今安在哉？

那些走西口人的缠绵歌声，而今安在哉？

那些游牧农耕的融合传奇，而今安在哉？

曾几何时，他们都伴着时间的流水，流入每一座城市，沉淀为历史文化。挖掘和整理这些历史文化就成了城市交给作家的任务，任重而道远啊！给每座城市写传是任务中的一项重要工作。

一座座城市的前世今生，一座座城市的兴衰流变，一座座城市的沧桑印痕，一座座城市的民情风俗，一座座城市的传承传奇，一座座城市的悲欢离合，一座座城市的绝代风华，一座座城市的开拓奋进，一座座城市的追求憧憬……

为一座城市立传的任务虽然沉重艰辛，但是这是有着哲学的慰藉、历史的深厚、文化的诗性以及审美的意韵的创作。作者不只是在完成城市的任务，还在完成文学的任务。写城市就是在写人存在的状况和真相，就是在写我们从哪里来，又到哪里去。

认识到此项工作的神圣和庄严，编委们更加有信心了。大家把世俗的功利抛之脑后，开始与困难做斗争。有的编委甘愿自费出书，并且主动投入第一辑的写作中。

剩下的艰难就是把握写作技巧了。很多人首次写城市的传记，只能是边写边摸索。为鼓舞作者的士气，编委们想到用"抛砖引玉"来宣扬写作的意义。"我们写得并不完美，是为了开个好头，引来更好的作品。"这样自嘲的话语成了编委们的口头禅。在众人的努力下，这套丛书的第一辑即将顺利出版。《呼和浩特传》《巴彦淖尔传》《鄂尔多斯传》等名城传记将起到抛砖引玉的作用，引来第二辑、第三辑……

这套丛书是从2021年5月开始编写的，刚动笔就收到好友孔见邮来他刚出版的《海南岛传》。这是新星出版社"丝路百城传"丛书中的一本，这套丛书将为丝绸之路上的100多个国内外城市写传。随后，我和编委们又找到叶兆言于2019年出版的《南京传》及邱华栋于2020年出版的《北京传》，从中得知叶兆言受到英国作家彼得·阿克罗伊德所著的《伦敦传》的启发，于是又找来译林出版社出版的《伦敦传》来读。这才知道给城市立传的呼声近几年越来越高，这声音不仅来自社会和经济在发展中不断呈现的活力，更来自历史与文化深处的脉动。我们又一次认识到，面对相同的题材，不同的作家有各自的叙述方式，正如福柯所说："不是话语讲述的时代，而是讲述话语的时代。"因此，在编写这套"草原名城传"时，我们提倡作者使用自己擅长的创作手法进行书写。

编书的过程也是我们编委们学习的过程。大家都想通过竭诚努力，让读者更深切地了解内蒙古的名城，并生发出真挚的热爱。

李　悦

2022年6月20日于听雪楼

序：理解使我们的认知不再狭小

我喜欢著名作家王宏甲的一段话。

他认为世界本宽大，因缺少理解而狭小了。

理解，人们往往误认为是靠个人的聪明才智去完成的，其实是靠心、靠阅读、靠知识、靠沟通来完成的。而文学就是入心、入眼、入情、入理的最好的心灵沟通，从而使我们所处的这个世界变得更加广阔。

不仅国与国需要理解，地区与地区、城市与城市以及人与人都需要理解。

文学工作者们用富有文采的笔，把一个地区、一座城市，或把发生在那里的人文趣事，甚至是一个人、一个村落、一个地名、一个司空见惯的现象或传说，按照一定的历史时期，用文学语言书写出来，让更多的人在阅读的乐趣中读出那个地区、那座城市在那个时期的本质和趋势，在获得文学享受的同时，拥有大格局、大视野。《巴彦淖尔传》就这样应运而生了。

可喜可贺的是，用文化散文的形式抒写《巴彦淖尔传》的4位作家是被文学界和读者称赞的"河套女作家现象"的4位领军人物，她们在各自喜欢和擅长的领域，以其作品赢得应有的声誉。

陈慧明，12岁从天津来到河套，现已年过古稀，以"我就是黄河的人了"自持。她用毕生精力抒写着黄河边的人和事，凭借散文《春风已在广场西》荣获"索龙嘎"奖，奠定了在文学界的地位。

高朵芬，凭借不同于常人的大格局、大视野、大激情的行行诗句，早已在内蒙古自治区内外文学界声誉鹊起，是获得"索龙嘎"奖的诗人之一。

高莉芹，勤奋多产，凭借其别样的抒情风格、细腻的女性气质，被读者广泛认可，并被推举为巴彦淖尔市作家协会副主席。

李平原（李平），近年来凭借3部长篇小说，年纪轻轻便受到广泛关注。她在创作中不断寻求创新，不断追求突破，是个有主见、有追求的青年作家。

这次，受内蒙古自治区著名文艺评论家李悦老师的邀请，她们担负起撰写"草原名城传"之一《巴彦淖尔传》的任务，为自己的家乡，为这片养育她们的热土立传。为使更多的人加深了解、深入理解巴彦淖尔，她们用自己的心，用自己的笔，尽着黄河儿女报答母亲的职责。

我时常为她们的勤奋和精神赞叹不已，我知道过多赞扬她们的才华和写作能力为时过早，更知道她们都有自己的梦想和追求。我想说的是，写这样一部涵盖一个地区政治、经济、历史、文化、教育、风情物候等方方面面的，集知识性、文学性、趣味性于一体的作品，既无前人范例，又无前期经费投入，全凭她们的初心坚守和对家乡和故土的一往情深。试想：一个个都不算年轻的女人，多次深入乡村牧区、大漠戈壁、深山老林，自备交通工具，自掏腰包解决衣食住行，为尽可能搜寻更多的、翔实的、可写可读可证的史料，栉风沐雨。她们深入采访当事人，查阅大量文史资料，还克服了女性作家身体、家庭等诸多唯她们才有的困难，个中的艰辛，局外人是难以知晓的。

王宏甲说："在这个世界上，没有什么比'抉择'更能影响人的一生，没有比'认识'更能影响你的前程。认识是抉择的前提，是创造前程的出发点。"

这部《巴彦淖尔传》，就是让人们通过认识这个地区，从而认识这个世界，在人生前进的路上更多地去做选择，更好地理解和沟通，进而了解更多更大的世界。从这个意义上讲，4位女作家的辛勤劳动功莫大焉。

巴彦淖尔，巍巍阴山雄踞北疆，千年黄河贯穿全境，历史悠久，古朴厚重。唯富一套的黄河在这里有一个华丽转身，留下了一湾大大的"几"字形绚丽风景，这就是俗称黄河"几"字弯的河套大平原。

阴山岩画，戈壁草原，大漠落日，阡陌良田。山水林田湖草沙，可以说形态各异的风景这里都有，同时还有亚洲最大的一首制大型平原引水灌区——河套灌区，润泽着这片土地。

山川秀丽，人杰地灵，各民族和睦相处，共建幸福家园。

近年来，当地党委和政府创新发展"天赋河套"绿色品牌，享誉国内外，使得巴彦淖尔这个名片像插上了翅膀。

阅读本书，你会了解更多，理解更深，不仅会得到更多阅读体验，更能使你的心胸像河套大地一样更宽、更广、更远。

让我们拭目以待！

官亦鸣

2021年8月17日

目　录

城市演变篇

探查城市蜕变记

桃李不言，下自成蹊

文脉走向篇

天赋与脉象，穿越千年的灵魂绝响

BAYANNAO'ER ZHUAN

巴彦淖尔传

水利农耕篇（陈慧明）

河套人的血性忠骨

一、动笔之前，跪拜黄河跪拜大地

相对于大后套的土家族，我就是个客家人。1962年，12岁的我随父母从海滨城市天津漂北而来，还没踏进河套平原，就拜谒了黄河与二黄河，拜谒了刚刚建成的俗称拦河闸的三盛公水利枢纽工程。

拦河闸后来扛鼎"万里黄河第一闸"，并于2019年9月4日列入"世界灌溉工程遗产名录"。

当时，我乘着马车望着阴山一路向北，最终落脚到地势凹洼的忻州圪旦。

后来明白，我必须膜拜河套平原的父老乡亲，因为他们祖祖辈辈都以受苦为己任，以承担为责任。

当我还是个小小少年时，大脑里就已存进"黄河之水天上来"这个诗句。但是那天，当我真的见到黄河之水，见到浩浩水波在巨型闸板不动声色的控制之下，整条河流都咆哮着跃出山一样高的水头，击出雷一样远的声波，其间飞来的浪花将我的泪花带走……那个泪花在60年后的今天依旧存在。

此前，我一直生活在嘈杂的城市中，所以当那天面对天地间如此真实的震撼，我会在不自觉中流泪。那个感觉在记忆里太深了，以至于我日后作文感慨：那是前世有缘啊，那是今生初见啊！一切都从那开始了：那木瓢舀了黄河水，那火炕挨了黄河岸，那童年开了黄河花……

黄河起源距今约115万年，当时形成连接河套的现代黄河东流的水系格局，在此之后，积水伏，地气抒，平原出。

《吕氏春秋》有云："饭之美者，玄山之禾，不周之粟，阳山之穄。""阳山"即阴山，"穄"即糜米。在20世纪80年代之前，糜米酸粥曾是河套寻常百姓饭桌上的碗中餐。

河套，因黄河流过，两侧平原围绕，故名"河套"。这块土地承载着诸多记忆：赵武灵王与胡服骑射；蒙恬北击匈奴因河而塞；汉匈交战硝烟持久弥漫；西汉之河套屯垦，因渠以溉之水春河漕；魏晋南北朝之民族融合，人民炽盛及牛马布野；唐划河套及形成振武；金时拓良田之广袤千里；元明之牛羊遍野，水沛粮足；清末之黄河改道，王氏浚川之开渠垦荒……至1925年，河套平原已从古老的黄河身上掘开八大干渠，灌溉农田300多万亩。

黄河是华夏的，记录了几千年的泱泱文明；"几"字弯是河套的，记录了至少4000年以前，因洪水泛滥、水势减退后凸出5个巨大的可容纳人类耕种的平原地带，最后形成宜居之地的五原，进而形成巴彦淖尔农耕简史。

巴彦淖尔因独得天赋而富庶，河套史便少不了一些血拼的场景，所有争战的目标大多是奔着黄河去的。历史滚滚红尘，浮生俗事概不能免：埋锅总关吃饭，粮草辘辘先行。

我揖拜黄河，一揖到地。

河套平原是一块夏天能看到秋天、冬天能看到春天的粮仓福地。如此齐天洪福，一拜黄河流水所赐，二拜本土汗水所成。在旷古至今从未停息的苦苦拼争中，那些先人终于把"黄河百害"写成"唯富一套"。今天，我们目睹亚洲最大的一首制自流灌溉、流向千万亩麦地葵园。

这块粮仓福地，南倚黄河，北偎阴山。黄河激情澎湃，拦河闸校核洪水过闸流量为8670立方米每秒。阴山飞云，主峰呼和巴什格海拔高度为2364米。而20世纪50至70年代，巴彦淖尔就是阴山主峰的至高海拔。面对这块神圣土地的辉煌历史，因囿于篇幅，我不能逐一叙述。

此处重在讲述中华人民共和国成立后挖掘二黄河、总排干的那两段水利工程。这短短20年，堪称巴彦淖尔史上最锻钢淬铁的篇章、最感天动地的史实。若从河套平原上把那段岁月抹掉，就好比从地球上压平阴山、从华夏大地上堰塞黄河——我想这个说法并不过分。

黄河湿地生态公园雕塑（陈慧明摄）

2015年，我出版了一部纪实文学《一千里水路云和月》，全面记录了原盟委书记与河套人民在总排干工地上战天斗地的事迹。

如果说塞北平原史上有过一段称得上铁肩担道义的岁月，那么共产党员、原盟委书记李贵带领15万河套人民所行的大道之义，必定担当得起！

鸟瞰这片肥田沃土，万里黄河的奔流之子——二黄河，滔滔灌入八百里沃野，汩汩流入千百条沟渠，潺潺淌入一块块稼禾。

黄河水利文化博物馆内藏有一块约3000年前人扶犁、牛耕地的岩刻图像，据此推断当时河套地区的农业生产已经达到一定的水平。

巴彦淖尔有史以来最具魂魄、最有血性的时段，就在1957到1977年。这二十载春秋的无情磨砺，足以令黄河的每一粒黄沙都加重了斤两、每一颗水珠都增加了分量。为什么？因为河套平原的劳苦大众，为此付出了半条甚至整条生命。

默哀！

在20世纪五六十年代的二黄河工程中，有那么多民工把生命付与黄河。其中，焚毙于柳笆"圪筒"里的那27个民工，全部埋葬在巴彦淖尔磴口县小北盖村。

何言忠魂，何言铁骨？二黄河魂，二黄河骨！

历史上的黄河农耕，百年前曾为"十首"灌溉——给黄河掘开10个水口引水浇地；而中华人民共和国成立后的"一首制"灌区，只给黄河割开一个动脉水口，用来统灌所有农田。河套灌区拦河闸最终入选"世界灌溉工程遗产名录"，归功于"一首制"的这一创设。

王浚川，本名王同春，俗名"瞎进才"。邢台县东石门村人。他左目失明，7岁入私塾但半年后辍学，16岁来到内蒙古河套平原，而后足迹踏遍这块土地。王同春曾策划开凿了8条干渠。虽然他明白"八首"浇地会带来水灾，但不得不屈从于当时的条件。因此，若要客观公正地书写河套平原引水浇地之事，就不能不给王同春留一笔。此处，我们单论王同春带领百姓开凿八大干渠，灌溉6.67万公顷土地这一段历史。

历史是一块高密度锇板，它不挑三拣四，但凡发生，尽有刻录。

李三谋曾在《晚清以来河套地区的农田水利活动》中记述："由缠金渠股东们带头……同治六年至十三年（1867—1874年），山西交城商人、万德源号老板张振达先后联合郭大义、万泰公、史老虎、王同春等商人，于五原县西土城子共同投资开挖短辫子渠，引黄河水溉田。随后又有陈四、贺瑞雄、李达元、刘保小于、郑映斗等众商人入股集资30多万两白银，将原渠扩展、延长，并于其两侧开支渠27道，灌溉乌拉特、五原县田15万亩。和缠金渠一样，也是经营租地，雇工劳动，以各自使用的土地数额计算股份，进行管理……之后，各路商人又在这一带分别先后开挖了长胜渠（长济渠）、塔布渠、义和渠、丰济渠、刚济渠、沙河渠，加上缠金渠（后改名为永济渠）和通济渠，号称河套'八大灌溉干渠'……但实际上，由于土地多，渠水有限，每到涨水期，人们便抢时间引溉，无暇顾及技术性用水。庚子赔款后……兵部左侍郎贻谷被朝廷任命为垦务大臣，全权主持河套的放垦和灌溉事务。他派西盟总办姚仁山先后动员王同春、杨义和等地商，将所有私营土地及灌渠尽数献给国家……"

王同春，曾被誉为"我国近代黄河后套的主要开发者之一"，也曾得到著名历史学家顾颉刚和北京大学教授侯仁之的认可。王同春对河套水利农耕的最大贡献，应为前科技时代（至少在河套地区）的"专利"性突破——提出"一首制"自流灌溉的设想，但他终是空怀一张《复兴后套计划渠图》，壮志未遂。

据资料记载，早在清光绪七年（1881年），王同春就着手借钱租地，挖掘义和渠引黄浇地了，其后又将义和渠一直北拓，延至隆兴昌，后来索性就地建房居住下来。随着耕者聚集、田畴扩展，渐渐形成五原县城。在这几十年间，王同春先后开挖沙河渠、刚目渠、丰济渠、灶王河等5道大渠，支渠270多道，可供7000多顷水田、27000余顷熟田灌溉。

1904年，清政府委托王同春开挖永济渠。永济渠是河套平原的第一大渠，随后逐渐成了渠道连网水淌地、田畴连片稻麦香的富庶之地。在农田大开发的过程中，王同春家仓丰廪满。据记载，他曾拥有田地上万顷，牛犋27处，一年可收粮20余万石。他还是个乐善好施的人，在1891年、1899年、1900年及1902年，因晋、察、冀、陕等省连遭旱灾，他共分4次调出粮食95000多石，分发各省，施救水深火热中的贫穷百姓。

清政府施"移民实边"之策，责令王同春将个人名下的农田、灌渠悉数交出。王同春将自己拼搏半生挖通的渠道和置下的田产悉数交公，政府给王同春现银1.5万两——该数据与李三谋的陈述有异。

开渠期间，王同春经常隐没在人群中干活，并责令儿子和女儿也来做工或监工。

1903年，因开渠拓地之事外国人拉拢他，但是他凛然拒绝利诱："吾为中国人，不能将国土授之外人！"

1914年，王同春开发后套水利之举，受到当时北洋政府、农商部长张謇和地理学家张相文等名人的关注。同年，张謇约王同春去北平商议疏导淮河、开发西北事宜。王同春随王建屏、孔庚等人，成立漠南矿业有限公司。

1915年，王同春随张謇等人，与美国、比利时的两名工程师，同行南下视察淮河。其后，王同春在返回河套途中，到朔县指导并开凿广裕渠，到应县指导开渠筑坝、引浑河水灌溉农田达2000多顷。

1917年，66岁的王同春参与开凿杨家河、新皂河渠、竣川渠及珊瑚湾。

其中新皂河渠于1920年挖通，长120里，广溉农田。

1924年，73岁的王同春被冯玉祥委任为水利督察，由此说明冯玉祥识人善用，同时王同春也不辱使命。

1925年，冯玉祥军队开进大后套兴修水利。5月，王同春奉命协助、指导水土布局。6月，王同春在督修黄河水口时中暑，返家后一病不起，于当月28日辞世，葬于五原城外。

当地百姓感念王同春之恩惠，将其敬为"河神"。

王同春之后，渠道以川流不息之长，汇入中华人民共和国水利的大举开发之势。而今大田大畴、大稼大禾，均浓墨重彩地刻入巴彦淖尔农耕大史。

默默书写，沉沉思虑。此处或可调侃一笔：盖山林与王浚川，一个大山小山寻找岩画、一个大渠小渠引水灌田，二人之名字若非后天改成，真乃大巧之合。

1917年，66岁的王同春根据自己的治水经验，指导杨家人挖杨家河。

杨满山带领儿子杨满仓和杨米仓，于清光绪末年来到后套谋生。他们怀揣开渠筑坝、开荒种田的志向，早在1915年就开始暗中考察和搜集资料，后来竟成了"杨家河"开渠创始人。杨家开渠人的第二代，是杨满仓的3个儿子杨茂林、杨文林和杨云林，还有杨米仓的6个儿子，其中杨春林最能干。杨家开渠的第三代，是杨春林的2个儿子杨义和杨孝。

三代杨家人，一条杨家河。

王同春不仅使用土办法测量地形、帮助杨家勘定渠线，还在施工经费不足时，慷慨借款支持。杨家人因此凑足白银5万两，得以支付各种开支，包括3000多名劳工的雇佣费，降低了停工待料的损失。

杨满仓的长子杨茂林熟知水利，深谙收益。《临河县志》评价其为"栉风沐雨，统筹全局"，并誉为"永济渠中兴的水利专家"。杨米仓也很能干，在施工期间协商解决了磴口灌域大小诸事。杨春林负责沟通、解决中东部某些涉及杭锦旗和天主教堂范围的一些问题。

后来，当地突发鼠疫，一时路寂寂、人惶惶，一些耕地被撂荒。杨家水费收入无几，导致出现"工资债息两欠"的状况。危急关头，杨茂林向蒙古王爷借了1000匹马，当即变卖成银两发放给民工。此后，当地便有了"河南侉侉，来时背个衩衩，回时背个马马"的调侃戏说。

杨家三代人忍辱负重奋战10年，至1927年，杨家河基本竣工。然而1922年杨米仓抱疾亡去，1923年杨满仓暴病卒去，1926年杨茂林积劳成疾去世，1932年杨春林去世。

何言劳苦，何言悲壮？杨家河深，杨家河长！

杨家河史镜快进：1926年，冯玉祥下令杨家河灌域西部划回杭锦旗，准杨家购置土地600顷，杨家河仍然私有。但杨家第三代（共9人）对渠道渐渐疏于管理。1939年，杨家河被官家收回；1940年，傅作义调派军队重修杨家河；1942年，绥远省政府下令将杨家河灌域另立一县，杨家河归县水利局管理。傅作义批准新县以杨家开渠人"杨米仓"命名，改为"米仓县"，同时委任杨家后人——杨义为县参议员。

李三谋在《晚清以来河套地区的农田水利活动》一文中提到王同春，同时也提到杨义。

其后数年的河套水利及农耕，网查数据显示：1932年，阎锡山聘请王文璟为水利技师。王文璟采用当地群众的土办法，用红柳、芨芨、哈日木格（俗称哈木儿）夹裹麦草做成"埽棒"草闸。这种草闸廉价坚固，强大的控水功能一解百忧，所以从此成为黄河治水的利器。

2021年，正值建党百年，回首往日峥嵘，有一片金石之光闪耀在此：

1932年2月，河套平原"红旗漫卷西风"，中共临河支部领导农民在陕坝组织成立了"临河县农业合作社"，入社农民1500多人。5月，中共地下党员王森组织三大股渠等地的渠工罢工，取得胜利，随后成立"穷人会"，会员发展到2000多人。"穷人会"的发展壮大，促进了农业合作社的整顿和提高，激发了临河地区农民运动的空前高涨。这时，临河支部改建为特别支部，在农村先后建立了17个党支部，发展党员150多人。1933年4月，中共河北省委派归绥中心县委杨一帆抵临视察工作。5月，杨一帆在临河小召杨六十五圪旦主持会议，组建以王森为书记的中共临河县委。

党旗之下，民获耕田。革命播种，星火燎原！

1940年，傅作义将军受命驻守河套。2月，日寇从安北、五原、临河一直打到陕坝。傅作义胸有成竹，有预谋地节节后退，直到黄河解冻后，突然下令决堤放水。此时局限已形成"风在吼、马在叫，黄河在咆哮"之大势，滔滔河水一展雄威，将日寇困在水中一筹莫展。此战傅作义保全军队实力，夺得五原大捷。战后，傅作义率兵重修战事中被毁的水利设施，以拳拳之心，回报父老乡亲们的家国情怀。

1946年，王文璟回到归绥（今呼和浩特市）任绥远省水利局局长。这期间，他制订了《绥远省后套灌区初步整理工程计划概要》，并提出实施"一首制"灌溉。但因投资过大，国民政府无力承担，最终被迫流产。

岁月汤汤，傅作义始终牵挂着河套平原的水利农耕，升任水利部部长后，"五七规划"的战略蓝图，直指河套灌区的"一首制"引水方案。三盛公水利枢纽工程与总干渠工程，经水利部批准立项，第一步，先建拦河闸！

1959年6月3日，三盛公黄河水利枢纽工程——拦河闸开工。2万河套人民在没有任何机械辅助，单凭肩担背扛，毅然向大自然宣战。

他们克服了经费短缺问题，由河套人民原创的神奇"埽棒"领衔主演，成功替代了价格高昂的混凝土，经铅丝笼装进石头固定之后，有力地截断黄河。

1961年3月16日，"八九河开"；3月24日，工地得令，所有人挺进黄河。在震撼人心的黄河号子中，民工们奋力用埽棒截流，将黄河水面宽度成功压缩到150米的距离，然后炸开引河口，黄河遂分水拦河闸。5月13日，实施"合龙口"，30米、20米、10米、5米……直到最后一个埽棒完全堵住接口，"碧水东流至此回"。此时的黄河顺从了河套人民的意志，进入引水渠。

时值深夜11点，不知谁在那个空气紧张凝结的瞬间，大吼一声"合龙了——"

二黄河日出（陈慧明摄）

相信这一声大吼，是从心脏中枢直接迸发出来的，不知惊动了宇宙星河否，也不知惊动了天地乾坤否？但沉睡的巴彦淖尔大地被惊醒了，望眼欲穿的2万多民工被震撼了。随后，整个工地炸开了锅！憋着一口气苦干几个月，就为了这一吼！

"合龙了——"

我面前出现了一张连一张、2万张欣喜若狂的面孔！

时任内蒙古自治区主席乌兰夫第一时间发来贺电。

内蒙古党委及内蒙古人委同时发来贺电，原文：

巴盟盟委并伊、乌盟委，呼、包市委，黄河工程局党委转黄河工程工地全体民工、全体职工、全体工程技术工作同志们：

欣悉黄河枢纽工程于今晚提前截流，电致热烈的祝贺。黄河工程截流保证了今年河套平原几百万亩良田的灌溉，为河套灌区灌溉一千多万亩农田的远景规划的实现，创造了一个良好的开端，是总路线、大跃进、人民公社化的胜利，是大办农业、大办粮食的胜利，是自治区农业战线、水利战线的一个大胜利。是巴、伊、乌三盟人民辛勤劳动的结果，是呼包两市工业和基本建设战线职工支援农业辛勤劳动的结果。我们谨对为黄河工程贡献了劳动的所有职工、民工、工程技术工作同志们，对为黄河工程制造设备的职工同志们表示亲切的慰问，希望同志们再接再厉，为胜利实现黄河工程的全部工程计划而奋斗！

内蒙古党委、内蒙古人委

1961年5月13日24时

（黄河水利博物馆历史资料）

弹指一挥间，二黄河全线通水。

十年拼得寒土热，黄河分流二黄河。1967年6月，依偎着黄河母体平行流淌的二黄河，自此每年引入黄河水50亿～60亿立方米，坦然淌入河套平原，从354万亩扩展到1026万亩的麦子地、白菜地、葵花园、玉米地、谷子地、葫芦园……

二．记录他们，只需要简朴的文字

2021年2月25日，《掌上巴彦淖尔》消息：早春第一楼，河套春耕拉开序幕。

一代青松巍巍有，八旬耄耋渐渐无。笔者在2021年春节前后，一心寻访20世纪五六十年代曾经生龙活虎的、至今仍然在世的、亲自挖过二黄河的那一茬沧桑老人，但心情日渐沉重。因为2015年拜访过的老者，多数已随着岁月的流逝而流逝，健在的老人远没有想象中的那么多。好在现年85岁的杨志新还很健康。当年绰号"气死牛"的赵生生，90岁的大脑仍然"机迷"。今年恰逢牛年，他真要气死"牛"了。

虽然如此，我还是想问一句：再过十年，曾一锹一锹挖冻土、一担一担挑红泥、视自己这条命还不如二黄河、总排干值钱的他们，会不会全部隐没在历史的云烟中？到那个时候，他们眼里曾经放射的自豪、他们口中曾经炫示的自信，随着那一段历史永远定格。当然，河套平原上的沟沟渠渠和老老少少，永远不会忘记他们。

我试图尽心"挖"那些曾经尽力"挖"二黄河的老人们，抢在他们入土为安（也许"入水为安"更能慰藉他们的心魂）之前。因为在那之后，我们只能沿着古老的黄河，默默地去寻觅残破零星的秦砖汉瓦了。

2020年夏天，五原县塔尔湖镇春光七社的苏玉根去世了。

2015年的一天，苏玉根开始讲述那段历史了。他那一只手不停地挥动，旨在辅助语言的力度的场景，而今再也见不到了。记得当时他在口述、我在笔录，回来后发现一个潦草的数字无法确定7还是9，于是跑去跟他校对。苏当时苏玉根正在扫院，见我"就为一个数数跑这么远"很是感动，"啪嗒"扔掉扫帚。"进家说哇。"

此时执笔，我为眼前还能出现苏玉根活生生的言谈举止而快乐。随后从苏玉根开始，我写到每一位时，都会下意识地在脑海里勾勒、重现其人的容貌。

我想起生生死死在河套大地那两段水利工程上拼命的15万平民百姓，也想到那些体重100多斤的"背夫"背着200多斤的茶包，咬牙行走在盘山道上……我想，只要他们能在一丝一丝的希望中，一步一步将茶叶背到世界屋脊之上，并坚信这条"道"将通往遥远的尼泊尔和印度……即使我把他们在衣衫褴褛、破碗残羹之下行走的样子想象成默默无语或目光呆滞的样子，也只是人性本质在彼时的自然流露而已。能在常人难以忍受的困境中坚持，有坚持就够了。

在二黄河、总排干工地上，100多斤的身躯背负200多斤的冻土块艰难爬坡，循环往复，那是常态。

我们的祖先很伟大，他们曾创造了无数次人类难能之举，包括那一条堪称人体行走之极限、翻山越岭之茶马古道，也一定包括那两段堪称人力挖掘之绝版、藐视生死之河套水利工程。

2020年去世的苏玉根，给我的感动仍然以动感的画面呈现。但我因采访之后再没有联系过他，所以在潜意识里，他是无来由作古的。文友杨开昌告诉我：苏玉根得的是肺上的病，不好呼吸，很快就去世了。

2015年，苏玉根69岁。他有些文化，陈述得很清晰、很流畅。他深知哪些需要强调，哪些可以忽略。更重要的是，他叙述的那些人和事都很独特。

苏玉根16岁挖二黄河，26岁挖总排干："那时候人们的想法很单纯，毛主席让干甚咱就干甚。连盐碱化都改变不了，像什么样子？挖二黄河那年我太小，不记得挖了多少天，但我记得总排干是实实在在挖了63天。工地就在五原北门外十几里地的位置，当时那里有特别大的一片荒滩，远远的只能看到两间牛犋房。滩里长满了拌着泡泡果的苦豆子，还有一堆一堆的哈木儿。当时我就奇怪，这么大一块地方，土质也挺好的，为什么不种庄稼也不住人？"

苏玉根眼里闪过一丝神秘："住下以后，我才听八九十岁的老人讲，这片荒滩正是当年傅作义打日本人的战场。"

一个遥远的厮杀战场逼近了……我在想，乡亲们今天的这种远离和远望，在他们的内心，一定是惊恐与坦然并存的。

惶惶荒野，诡诡鬼魂。苏玉根说，他们随时都能从渠底下挖出手榴弹、子弹壳、沤腐的枪托、生锈的枪管和残破的钢盔。

苏玉根提高了声音："当时我也很激动，因为我们这群农民把一段抗战历史活生生地挖出来了。只可惜当时没有收藏意识，我没有把那些文物带回家，现在后悔死了！对了，我们还是说正题。总排干疏

苏玉根（陈慧明摄）

通工程是从9月开始的，20天以后地表就冻了一拃厚。这时大伙儿就飚上劲儿了，现在回忆，我都不相信我们能吃下那么大的苦、受下那么大的罪！其实我们塔尔湖人，受苦最'葬'——我跟你讲讲'葬'是什么意思，就是死的意思，就是没力气了还要拼力气的意思，其实就是不要命的意思。你想啊，李贵书记就在我们五原蹲点儿，领导都累死累活地亲自挖渠担土，我们要是不好好干，能对得起谁了？"

他继续回忆："任务那么重、工期那么短，我们只能在时间上贪。大伙儿早晨5点就已经到工地上了，黑洞洞的什么都看不见，就栽几根木头桩子，用棉花蘸上柴油，挂上去照明。后来，冬天地冻得挖不动了，我们就用炸药把冻土层炸开。当时我担任放炮员。"

说到引燃和爆炸，苏玉根一脸严肃："你能想到火药爆炸的阵势吗？200斤重的一麻袋炸药、一大捆雷管，引爆后能把耳朵震聋，能把地面炸出一丈来深的坑！大大小小就像石头那么硬的冻土坷垃满天飞。咱们平时只看到娶媳妇、过年放炮，到工地才知道炸药的厉害，即使钻在牛车底下都不安全。飞起来的冻土块能把牛车砸扁，能把绑在电线杆上的大喇叭砸得就剩下中间的一根'舌头'。"

苏玉根的神情黯淡下来："爆破这事儿太危险了，所以我们商量，以后轮流放炮哇，谁的命都是命！"

苏玉根记得工地上传说的一件事：时任军分区领导赵清巡视排干时，不知道前边已经点燃了导火线，依然不慌不忙地往那边走。放炮员发现后吓坏了，冒着危险狂奔过去，将赵清拉进路边的一个水泥涵管里。这时炮声隆隆，飞起来的冻土块把涵管砸得咚咚响，赵清才反应过来自己差点丢了命。

把排干底子上的冻土全部背走之后，就露出一尺来厚的红泥。说到这层红泥，苏玉根的目光里马上闪烁了几分依恋、几分失落："那才是真正的河套红泥，看上去红红儿的，抓在手里绵绵儿的，现在很难找到了！"

苏玉根那双粗糙的老手，轻易就搓出"噜噜"的声音。他说："我们村的伙食算好的了，有段时间每天中午都吃白皮烙饼。饼那么薄，送来就冻得挺硬了。但是我们有办法，大家把芨芨圪卜点着火，把烙饼塞进去烤热了再吃。哎呀，你不知道那烤饼有多香！"

我努力想象在燃烧的芨芨丛里烧烤烙饼的画面，但我想象不出熏黑的、烤煳的饼子有多香——能有多香呀？

苏玉根感慨："我们当时是从内心感觉到，自己的命都不如排干值钱。看看现在的年轻人，动不动就耷拉下脑袋说没意思，让他们挖几天排干就知道有没有意思了。"

感慨"命都不如排干值钱"的苏玉根，去世了。

2019年秋天，陕坝镇的郭果英老人去世了。

郭老也是既挖过二黄河也挖过总排干的劳动者。我在2015年采访他时，他83岁。当时我就发现这个年龄段的人是可遇不可求的，因为在断断续续3个月的采访中，我一共寻访到9位耄耋老人，但其中3位的记忆模糊不清，已经无法完整准确叙述了。

郭老祖籍河南，年轻时跑到河套来讨生活。他说刚来的那些年经常走外工，走外工就是挖渠。他说："从1960年开始，我连着3年挖二黄河。那时候人们的想法很简单，就是挖、拼命挖，也不觉得累……这几年老了，一有机会就让儿子开车拉我去看二黄河。我站在河边看呀看呀，觉得好奇怪，这么宽、这么长的一条大河，真是我们这些乡下人挖的？怎么挖出来的呀？我问孙子，孙子也说没法相信，看着都吓人，别说挖了。"

郭老回忆，挖二黄河时，每人分了3寸土："一人3寸土，听起来不多吧，我们可是足足挖了两个月，因为河道又宽又深呀。当时大伙儿都明白为什么挖渠，一来种庄户就得淌水吧，挖渠就是为了给庄户地淌水；二来走外工比在队里干营生强，队里一天给记10个工分，走外工给记20个。那时候，工分就是口粮，就是钱。还有一条重要的，在工地上能吃饱也能吃好。夜战的时候，还给每人发一个白面烙饼。在那个饿肚子的年代，能吃到一个白面烙饼，就了不得了……刚才说到哪儿了？对，每人分3寸土，人挤人没法挖嘛，后来就按生产队分片儿，全队人合伙干。你是不知道那场面有多红火，哪还能感觉到累了！"

郭老当时住在杭锦后旗四支公社，工地远在磴口县境内的黄河边。那时候，民工们上工地都是自己挑了担杖箩头，箩头里装上锹头和铺盖，步行好几天才能走到的。工地离家那么远，只能是整个冬天不回家，在工地附近搭个棚子，白天挖大渠，晚上睡大棚……

河套平原的前后"两个10年"、两段水利工程，许多民工落下一辈子都治不好的风湿腰腿疼病。但郭老当年一样地铺着麦草睡，一样地经历阴冷潮湿，但他一直腰板灵活、腿脚麻利，没什么毛病。

郭老说："像我这个年

郭果英（陈慧明摄）

龄的人，总干渠、总排干和支沟毛渠全都挖过。再往前说，我还打过黄河套子。"

什么叫打黄河套子？郭老说："老早以前，黄河总是突然就从哪个位置开口，淘开一个水口子，我们就管这个口子叫'套子'。要是不及时把套子堵死，河水淘起来特别快，一会儿就能冲垮河堤，把村子和庄户都淹了。咱们巴盟在黄河北，地势比南边低，黄河要泄洪也是往咱们这边泄，不能不操这个心。发现哪块儿冲开套子了，一分钟都不敢耽误，赶紧去打住——这就叫打黄河套子。"

关于挖总排干，郭老还说出一个不曾听闻的术语——喝杂碎。

郭老笑道："大伙儿工地挨工地嘛，比如我们这边完工了，他们那边还在挖，我们就跑过去抢活儿，抢到手的也按土方算，这点工分就归我们了。其实当时就是瞎起哄，你一锹我一锹抢起来，别提多红火了，谁也不觉得累。不过有时笑得肚子疼，挖都挖不成了。抢到土方的人就说，我们喝了你们的杂碎。"

郭老爽朗的笑声和丰富的手势，一直在我面前闪动，但搁笔之时，他把他所有的一切都戛然带走，消逝在二黄河奔流的浪涛中。

2015年，我采访过白脑包粮库的王明忠、王外姓老夫妇。他们都在"两个10年"的工地上留下过如雨的汗水和冰冻的脚印。而今最好的消息是他们都健在，同时我也拿到了老夫妇的照片。

那年王外姓73岁，她18岁出嫁前就去挖二黄河了。提到那场大干，她的眼里顿时闪出熠熠光芒："那时候，人们把受苦当喝凉水，你去问问五星公社的男人，他们谁比女人干得多！"

王外姓说，那会儿，黑夜她们就睡在野滩上的圪筒里，湿气把身子渰得潮乎乎的，她也因此落下腰腿疼病，一辈子怕风怕冷。她脱下袜子让我看，脚上裹着一层红色的塑料袋；她又挽起裤腿让我看，膝盖上缠着两圈保鲜膜。

王明忠回忆："你要早来两个月，我们村的刘耀峰还活着。他是参加过抗美援朝战争、扛过大肚盒子的人呀！刘耀峰挖大渠时担任放炮员。有一次，他点燃一根导火线后跑开，结果只听到9声爆炸，说明有一根'哑'了。他等了一会儿不见动静，就跑过去看，不承想他刚跑到跟前，炸药'轰'的一声炸了。我们都绝望地喊着'刘耀峰完了、刘耀峰完了！'没想到烟雾散去以后，刘耀峰黑乎乎的还站在那里，只是被吓蒙了。他闪着两个大白眼珠子发愣。我们当时高兴坏了！"

王明忠又说道："我们队与其他小队相比太穷了，连点棉花灯的柴油都买不起，一停电就黑得挖不成了，愁得大伙儿唉声叹气。李贵书记听说后，当时就发火了，'临河城里可以停电，工地上的电决不能停！48小时之内必须给工地通上电，否则电厂书记就别干了！'从那天起，工地夜夜通明。你不知道我们有多高兴，挖得可起劲儿了！"

旁边有村民插嘴："李贵书记自己把事情做在那儿了，说话才能镇住人！他说挖排干是百年大计，当时谁知道百年是多少年？大计是什么计？现在看到了哇，前辈们给后代儿孙打下江山了。当年李贵还说过：挖排干的人都是功臣，只要有条件就给大家改善伙食。村社领导马上下令，每家每户的女人都要包上50个饺子送到工地来，让受苦人解解馋！哈哈，你说那时候人的肚子有多大？大伙儿把饺子都吃光了！"

又有村民插嘴："挖大渠真是受罪了，有人挑起土担子，压得尿在裤子里了。"

我很吃惊："这是真的？"几位老人同时回答："有甚稀罕的哩？你想

啊，100多斤的人压上200多斤的担子，还不尿裤子？那也得挖，要不咱们大后套早就'水臌'了，哪来这么多耕地种粮食。"

我感到惊心动魄。古人说，蜡炬成灰泪始干，蜡炬怎么会成灰？因为烧光了——蜡炬注定会烧光的，但有区别：灯芯小了，烧得慢，寿命就长；灯芯大了，烧得快，寿命就短。这个道理谁都明白。但在二黄河、总排干工地上，人们却把灯芯挑到极限，然后在腾腾烟雾中剧烈燃烧，在剧烈燃烧中耗损自己……

狼山镇民强村的杨志新老人现年83岁，与老妻同龄。2015年采访时，他讲："1958年9月开挖总干渠，我是领队，带着7个壮劳力，第一批冲进工地；10年后疏通总排干，我又是领队，也是带着第一批人马进入工地。其实挖渠这种受苦营生没什么诀窍，就是'拧住干'。什么是'拧住干'？就是累成个甚也不歇，因为一歇就站不起来了。白天好说，到了夜里，叠水窖子（站在渠底的冰水里挖）就看不见了，必须不远不近放一个马灯照明。上哪儿去找那么多的马灯哩？只能摸黑干，把眼睛睁大。"

杨志新讲，首批人马首战告捷，他们战队在那段工地上干活的日子里，无论从质量上还是数量上均是第一名。奖品是一面鲜亮的红旗，还有一套深绿色的秋衣。那时乡下人的大脑里尚未植入"秋衣"这一名词，谁也搞不清是"球衣"还是"秋衣"。

2015年，78岁的杨志新依然目光炯炯，声音洪亮。他坐在自家的大火炕上，拿起四胡为我拉了一曲《走西口》，琴翁之意不在曲，听者不由得湿润了眼眶。那时我豁然发现，杨志新老人背后墙上的那幅画，是极其契合庄户人光景的《羊年喜羊羊》……

三、生命永恒，黄河已承诺铭刻万年

2020年冬天和2021年春节前后，在临河二中老同学们的帮助下，我接连拜访了几位耄耋老人。他们经历过"蜡炬成灰"的燃烧，但幸运的是如今还健康，这令我很兴奋。

老同学王菊莲帮我寻访到一位"老水利人"，他叫杨国栋。杨老1935年出生于杭锦后旗三道桥镇黎二村，现年86岁，但思维清晰、表达清楚。老人与旁人沟通毫无障碍，还天天蹬着电动三轮车四处转悠。杨老讲："挖二黄河时，有27个民工因麦柴失火烧死在柳笆'圪筒'里，但因他们是外地人，无亲属认领，只能仓促埋葬在磴口县小北盖村。"

乍一听这个信息，我无法形容自己的心情，而且至今也无法形容！

现在的年轻人无法想象那个年代，只要告别家人、离开家乡，就完全失去联系，也基本没有书信往来。出了门，就断了线。

杨老于1958年参加了二黄河工程，属于开生工（开挖处女地）。

杨老说，他们挖二黄河时，一开始就打围堰，打围堰是为第二年建造拦河闸做准备的。拦河闸于1959年开工。工地共分3处：磴口、前旗、宿亥。当时，人们根本不明白为什么要做这么大一个"闸"，因为没什么文化，也没什么认知。但是，大伙儿相信一个解释：为了吃饭，多种地，多打粮！

领工的招了20多个木匠。杨老连木匠家具都没碰过，竟也算木匠了。他说起这事就笑道："那时候年轻，觉得甚也能学会。不就是做枕木嘛，有家具谁都能做。"

做枕木是为了给角钢铺底，底子做好了，在上边搁上1米宽、3米长的木板，就做成了"车"。这种"车"比人的肩膀和脊背扛硬多了，而且能代替

多个人力，民工们把这种半机械化起了一个雅号：轳辘马。

那年月人们没什么文化，但很多时候，那些没文化的幽默就像直接从泥土里翻出来似的，反而更本真，比如"轳辘马""喝杂碎""叠水窖子"，都是些粗糙兼精致的词汇，至今听起来都很容易使人心领神会。

一个轳辘马，上边可放10多只箩头，通过4个流程接力：把土装进箩头，把箩头放到轳辘马上，把轳辘马推到指定地点，把箩头提下来倒土。四倒手、轮三班倒，天天这么干。

修拦河闸所需的沙子或石子，基本上都是从伊克昭盟拉来的。筑坝仍然沿用河套老百姓的原创——埽棒，用铅丝把埽棒捆好，滚过去，用撬棍推到既定位置，再压上大量的土，把水堵住了。

挖二黄河的民工们，晚上还没有"奢侈"到住大棚，而是住在"圪筒"里。用柳笆（柳条编成）围起来，再从外边抹上泥，人们为其起了一个既粗糙又精致的名字——"圪筒"。一个中不溜的"圪筒"可以住40个人。"圪筒"里靠边的底部，铺设一排尺把高的泥墩，泥墩上边抹平。民工们就在这个泥台台上吃饭喝水，平时搁置碗筷及茶缸子等。

挖二黄河及修拦河闸时，工地总共设有7个指挥部。一天晚上，某个指挥部附近的"圪筒"失火了。

杨老讲："那个'圪筒'比我们住的'圪筒'大多了，20多米长，住着七八十个人。但是取暖办法跟我们一样，也是靠麦草，褥子下边铺一层厚厚的麦草。那时候的冬天更冷，要让现在的人猜想，我们一定冻坏了。其实不然，麦草既隔潮又发热，再说人那么多，躺下人挤人也取暖。现在回忆，也就是刚钻进被窝的时候冻得人直哈气，过一会儿就不冷了——你信吗？是真的不冷了。"

杨老说："那次火灾是由一个烟头造成的。有人躺下抽烟——那时候抽的都是自己用纸卷的旱烟——结果睡前没把烟头掐灭，点着了麦草。麦草易燃，小火很快烧成大火。人们白天累个半死，夜里睡个半死，直到被烟火熏醒……那时候没电，一睡觉就吹灭了油灯，所以人们醒来也找不见'圪筒'，的出口。一开始眼前黑洞洞的，不一会儿就到处蹿起火苗，有人三转两转就被熏烤得晕过去了，烧死了。跑出去的人属于误打误撞。"

我有点不敢信："烧死的肯定是27个？"

杨老面露惊讶："这事还能出错？领工的突然接到命令，让赶紧喊上十几个木工，去做27口棺材，27口！"

人这一辈子，谁都有压在心里放不下的事。杨老心里一直压着这件事放不下。20世纪80年代，他在磴口水利技校（今内蒙古水利技工学校）工作了3年，其间有了空闲，就去那块坟地呆呆地站一会儿。

我问杨老："站在那儿想到什么了？"他说："心里特别难过！当年，他们跟我一样，都是些没成过家的小后生，家里应该有父母和兄弟姊妹。一个人远天远地跑出来挣钱，走时候也许都没想好去哪儿。来到大后套挖大渠，也想不到给家里写封信。那年代跑出去赚钱的人，一般都等年底结算了工钱才回家，再说也没几个会写字的人呀，结果就闹成这个样子。你说他们的父母心里得有多苦，想出去找儿子，连方向也没有。唉，一帮外地后生给咱们挖大渠，结果把命都丢这儿了……"

看到杨老这么难过，我就把话题岔开了，于是杨老说到了另外一件事："那时候也有贪污现象，民工们天天受那么重的苦，吃饭就是天大的问题。可是有段时间，做饭师傅每天都给我们吃灰青（卷心菜）叶子，连一粒粮食都见不到。我是共青团员，觉得自己应该拿出点儿胆量来。有一天中午，我端了一碗菜去找马局长。马局长用筷子扒拉了几下，看到纯粹一碗菜叶子，他问我，你们就吃这个？我说，全都吃这个，吃了干不动营生。马局长拿起电话就喊，也不知道把谁喊了一顿。第二天一早，我们就吃上稻秕子粥了。虽然是稀粥，但是用筷子也能夹得住米，而且每人能吃到两'和平碗'。"

"和平碗"，既非大碗也非小碗，而是中不溜的一种碗。

杨老叹息："可能是年龄的原因吧，我经常梦见过去的事情、过去的人。唉，也没觉个甚，就老了……"

杨老讲述的大"圪筒"失火事件，压在我心头放不下。2021年2月6日，我坐着儿子的车去磴口，寻找小北盖，寻找那27位（应该是27缕）在二黄河工地上失去躯体的灵魂。

人老了自然怀旧，杨老很想跟我一起去，但他有些顾虑，好多年没去磴口了，现在到处拆迁改造，小北盖肯定跟以前不一样了，去了还不知道能不能找到那个位置。

我也顾虑，毕竟是拉上86岁的老人往返颠簸一天，万一发生点儿……最后没能同行，原因是杨老在临走前打来电话，说身体不舒服。但我想可能是杨老的儿女不放心，劝阻了。也是啊，马上就过年了，自己的老父亲要去寻找一片坟地……这事搁在谁家儿女头上，也不会答应的。那天是腊月二十五。

此前我曾给磴口的两位朋友打过电话，询问"小北盖"一事，但朋友只知道这地方在哪，并不清楚60多年前（朋友也不过50岁）的那场惨烈的大火。

那就先出发吧，去了再说。

到了小北盖村，我和儿子站在大街上询问过往行人，尤其是讨教上了年纪的老人，但一直没有遇到知情者。半天过去了，全无收获。时值星期六，单位没人上班，也不好在假日打扰朋友。我想，这一趟算是白来了。

我于2015年采写《一千里水路云和月》，就是用这种"冒碰"式采访，虽然碰空无数，却也撞过大运。

世事如远行，车到山前必有路。当我失望到即将返回时，一位中年男子匆匆忙忙地走过来，那就迎上去问问吧，不料这一问就撞大运了！

吕克勤先生53岁，打小就住在小北盖村，而且就在附近的小学读书，是一个实打实的"坐地户"。吕先生说，他之所以知道这事，也是因为没搬走，其他老户早就迁到新居了。

吕先生记得最清楚的事，就是小学时，每年清明节，班主任会让全班同学戴上鲜艳的红领巾，怀着敬仰的心情，去为那27位烈士扫墓。

——27位烈士！

吕先生不假思索、脱口而出"27位烈士"，听上去那么真诚，真诚到令我感到自己是被榨出来的"小"。因为，我从采访到记录，一直简称他们是"27个民工"。

吕先生完全沉浸在对往事的回忆中，他说墓地的位置并不在这儿，还得往南走。他把我们带到王四圪堵，肯定地指着诚仁中学以南、大水坑以北说："这就是，这一大片全是。"

吕先生说："当年这是一片没毛荒滩，自从埋葬了27位烈士，政府就下令再不允许任何人打扰，然后就入葬了。小学生最听老师的话，我们每次来扫墓，都要仰头望着高高的墓碑，不敢大声说话……我们年年都来，直到后来把坟墓迁走。"

吕先生说这段话的时候，脸上露出一丝与他年龄不大相称的情愫，似乎已经回到红领巾时代——此情此景令我想到了一个观点：感恩教育要从娃娃抓起。是的，在小孩子纯真的脑海中，那是最深刻、最长久，且一生都难以忘怀的记忆。

墓地是哪年迁走的？

吕先生想不起来了，因为时间太久，他只记得坟墓迁走之后，贪玩的孩子们就可以在这里嘻嘻哈哈地乱跑了，也可以跳进大水坑里耍水逮鱼了。吕先生还说，这片地方一直空着，近10年才开始开发。先是盖了个锅炉房，后来锅炉房也拆了，现在可能有新的规划。

我跑过去"咔咔"连拍了这一大片看似空空如也、实则满满真情的土地，景仰与凄凉同时从内心划过。吕先生说："27位烈士在政府的关怀下，已经迁到陵园，他们可以在 个合适的地方安息了。"

在我的眼前，湛蓝天空之下出现了一片肃穆而又悠远的苍翠……

此前的腊月中旬，承蒙临河二中老同学吕锦果和李明亮帮忙，我有幸采访到狼山镇先锋村的几位老人，他们都是挖了二黄河又挖总排干的功臣。但这些老人以及我采访过的所有老人，都认为"功臣"二字与他们毫无关系。实际情况是：全社会都认为他们完成了一件高山仰止的伟业，却被他们当成一碗稀饭或一盘咸菜。

最年轻的赵志梅已经77岁。赵志梅的父亲当时是一个生产队队长。1958年，二黄河开工后，赵队长领着村里的民工，包括一群十五六岁的年轻女女（小女孩儿），去头道桥挖二黄河。赵队长心头一热，脱口承诺让她们坐火车去，这个消息顿时在村里炸开了锅，一群女女激动得都要飞起来了。其中一个因为家里有事去不成，气得直哭。她哭道："我坐不上火车了！呜呜……"

"其他女女坐上火车了吗？"

"都没有，因为赵队长最终也没有凑够那么多车票钱，最后只能带她们坐花轱辘车。这种车的轱辘是木头做的，但是比实木的二饼子车轱辘轻捷、先进。"

没坐上火车已经够难过的了，到了头道桥下车一看，满眼都是沙窝窝，风呼呼地吹着，扬起来的沙子把她们的眼睛都迷住了。很多女女们哭了，说："咱们不要在这儿住了，赶快回家哇。"当时只有一个人没哭，她就是赵志梅。

我问她："怎么能忍住不哭的？"她说："我是队长的女儿，总不能跟大伙儿一块儿哭哇，再说哭有甚用哩？来了就得干。"

挖二黄河可不是一般的营生。女女们挖不动也担不动，她们就两个人抬一箩头土，来回奔跑，倒也干了不少。因为没人偷懒（那时人不懂得偷懒）。要说吃饭和睡觉的事，焖不熟的夹生糜米饭也能吃饱，在四面漏风的大"圪筒"里也能睡着，为甚？因为太饿了、太累了，也太瞌睡了。

赵队长明白自己跟女女们说了空话，有失信用，也有失脸面。于是，他决心把失去的这些挽回来，所以在工程结束后，设法让她们坐上火车。但赵队长买的是闷葫芦车（闷罐车）票，一路上车厢里黑黢黢的，甚都看不见。但女女们已经满意了，一路上嘻嘻哈哈，说总算坐了一回火车。

赵志梅对我说："这趟火车坐的一点儿都不合算，天黑的时候到了临河站，我们就得下车。离家还有几十里路哩，女女们问我咋办？我说能咋办？住车马店哇。第二天，马车把我们送到巴音，车倌儿就返回去了。我们自己背上铺盖又走了十几里地才到家。她们在途中问了我好几次，你大是队长，咋不管咱们了？"

是呀，姐妹们一提，赵志梅就醒了，那个赵队长把她们送上闷罐车以后，再没见人影儿！之后，她一进家门就气呼呼地问："大，你知道我们咋回来的？你咋不管我们了？"

赵队长见女儿这个样子，愣了一下，然后拍着脑门叫道："哎呀，我咋把你们几个给忘了！张罗大伙回家的时候事情一大堆，还要招呼男人们，真个把你们给忘了。"

在赵志梅哈哈的笑声里，我却生出一种说不出的酸楚，便又问她："那你后来说甚了？""还有甚说的？人家早就走了！我大这个生产队队长当的，比全世界人都忙。"

我突然想起一件事："哎，对了，当年那几个女女在哪？我想见见……"

赵志梅摆摆手说，"嗨！她们都比我大，80多岁了都还健在。我们想念了，互相打打电话。就是有一点不合心意，人们城里的、乡里的，住得太分散，你想见她们？难了！"

先锋四社的赵凤林今年81岁，对他来说，最难忘的记忆是1958年建造二黄河黄羊闸的那段工程。他们是踏进这块工地的第一茬人，属于"开生工"——这话拽文一点，就是开挖处女地；俗一点，土话就是平地上挖开个大圪卜。他们挖了整整一冬天的冻土块，这种劳作是超负荷运转的。赵凤林说，他们晚上也是四五十个人住一个"圪筒"，取暖全靠麦草。但一天晚上有人抽烟，抽了半截就睡着了，结果导致一场大火。

与所有的"圪筒"同理，因为天气太冷，人们睡前就把出入口堵死了。因为他们白天太累，晚上就睡沉了。突然间，众人被浓烟大火熏烤醒来，昏头耷脑的，全乱了。

但此时不知谁大喊了一声："撞墙！把墙撞烂！"

用眼下的时髦用语，这就是"脑洞大开"。一个人急中生智，所有人死里逃生！大伙儿马上用脑袋顶、用肩膀撞、用手推，柳笆加泥的"墙"哪里抵得过求生的力量？转眼间，墙壁轰然塌掉，所有人都跑出来了，所幸无一伤亡。

当时的情景谁都能想象得出，那是一个无法在舞台上表演的、触目惊心的现场！而且，那个时段发生的这些事，有着特定时代的特征，此前没有，此后也不再有。

赵凤林的老妻忻桂香，也已80岁高龄。她原是张家口市的一名高中生，来到河套平原后，任民办教师。忻桂香老师，是我从2015年采写《一千里水路云和月》到本次采写《巴彦淖尔传》之水利农耕篇，遇到的第一位年过八旬的老牌高中生。最令我感叹的是，这对耄耋夫妇悠然居住于"草堂之上"，饮食并不挑剔，营养并不讲究，而今仍双双健康、相依为命，着实不易。我祝福老夫妇长长久久地活下去，无病痛，这岂不人生之美事！

76岁的屈云富，家住狼山镇先锋七队（王老虎圪旦）。这个村在20世纪90年代之前，有着"癌症村"的恶名。村里很多人患癌去世，屈云富得以幸免。那时的王老虎圪旦，日上三竿也感觉不到和煦阳光的存在，春种秋收也看不到壮年忙碌的身影。但自从20世纪80年代政府给他们安装了自来水，村民们的命运才得以改变。可见，民间讲究的"风水"侧重在水，是有一定道理的。如今走进王老虎圪旦，蓬蓬生机在、勃勃正气生，当年的沉闷早已消失。

及至采访到屈云富，方知他父亲屈五居才是故事的主角。屈五居早在1997年就已辞世，因他在20世纪50年代被划成地主成分，平时有矮人一等的感觉。但是在挖二黄河、总排干的工地上，出身问题大多淡化了，所有人匍匐在渠底受苦流汗，没有谁高谁低。屈五居由此获得最大的心理平衡，所以他每天都比别人多挖几锹、多挑几担。

屈五居和儿子屈云富，无论二黄河、总排干还是大小沟渠，所有水利工程都是挑上担子、提上锹头一起上工地。比如，1964年黄河突发"出岸"，民工们用蒲帘子和装了沙子的沙袋去堵截；再比如，1965年黄河又突然"开口"，为保护包兰线和二黄河工程，民工们拼死把河水引渡向南。

屈云富思维清晰、措辞准确，而且喜欢使用当年的惯用语："引渡二黄河之前，必须先去282黄河基地做拦河闸。人们做那个闸可受大苦了，但是谁也没有怨言。二黄河二期拓宽工程、永济渠裁弯子工程，我们父子俩都参加了。那时候的天气，真能把人冻下一层皮。很多人感冒，但是谁也不请病假。永济渠的源头在宿亥车站，我们先在村外挖好了'八八'渠，然后放水。没想到水头那么猛，渠底上突然就被冲开了一个暗洞，暗洞哗哗增大，转眼就把一条土路穿通，流到排干沟里去了。水火无情，眼看就要溃堤，一旦溃堤就没办法收拾了。那时没有大型施工机械，人力根本做不到。"

屈云富说："这种情况下，必须有一个人去堵暗洞，谁去？生产队队长指挥大家赶紧去取一团哈木儿，然后对我说，你下水哇，去堵死暗洞……"

屈云富说到这里，突然哽咽。我歉疚地请他缓缓情绪。过了好一会儿，他才接起刚才的话茬。

屈五居替儿子跳进水里了。他先用铁叉把白刺团死死地插住，然后铆足了力气往暗洞里顶。但此时水势更猛，水流已经在洞口形成了一个恐怖的旋涡，巨大的吸力竟然把屈五居连人带白刺团都吸进去了。

暗洞上方，是一条7米多宽的土路。也就是说，屈五居被吞进暗洞之后，必须随着水流冲过至少7米多长的距离，从那边洞口钻出来才能见到人。

在场的所有民工都屏住呼吸盯着那条路，盯住路的那一头。屈云富整个人都傻了，他对父亲的生命已不抱希望。

时间如锯齿一秒一秒地过……直至3分多钟，屈五居终于从那边露头了，却已成一个窒息的躯体。人们狂奔过去，不遗余力地抢救，竟把他救活了。大伙儿惊呼："屈五居，你活了！你活了就是奇迹！"

由于屈五居在总干渠工程中表现非同一般，受累最多，受苦最重，县政府奖励"英模"时，给他颁发了最高奖：一头牛！这个奖品实在太重了，把屈五居感动坏了。他不停地念叨："值了！真值了！太感谢政府了！"屈云富为县政府能在这件事上不管出身，只论功行赏而感激涕零。父子俩开心的是，他们不仅为自己争到一份荣誉，而且为全村争到一份荣誉和一头可以耕地拉车的牛！

这头牛并没有按照县政府的安排奖励给他们，那是因为下一级拥有"最终解释权"的负责人认为，地主分子怎么能获得最高奖项？此人直接把这头牛拉到另一个生产队。

但屈家已喜庆如过年：县里开大会已经公布了这个奖，全县的人都知道屈五居得了这个奖，其他不重要了。

前面有一段话"……村里很多人患癌去世，屈云富得以幸免"，并非题外话，所以在这里陈述清楚。事情源于1975年打的那口井上。全村人十几年都在用这口井，后来村里的男人们逐个患了各种癌，除了屈云富，其他成年男性没有活过47岁就先后去世了。临河区防疫站闻讯后派人来查，查清病因是砷超标，立即为这里安装了自来水。此后，村里再没有人因患癌去世。

至此，我惊叹于屈云富超强的生命力。他竟是全村一代男子中唯一幸存者。在他的脊背上，至今还保留着14个大小如硬币般的黑斑，而绿豆大小的点点就星罗棋布了。事实上，屈云富的脊背已成一份实体示意图，为全村人记载了那段惨痛的村史。现在的他很健康！

春节后采访到的两位耄耋老人，也都参加过二黄河工程和总排干工程。

85岁的老人李根小当年19岁，已经是城关乡曙光大队的团支书。这期间，他在二黄河工程和拦河闸工程的工地上，担任城关乡施工队的领工。李老强调：当上大队团支书、当上工地的领工，必须比其他人多干营生才行。

听李老讲述过去的事情，一开口就很流畅，就像在回忆昨天："挖二黄河是我一辈子见过的、参加过的最大的工程，那才是真正的全民总动员。别说男人了，老婆、娃娃都来挖，只要你挖得动。工地上一天三顿饭，都是碎大米和玉米糁子熬在一起的，早上和中午是'二不溜稀粥'，总之还是粥。一到晚上，就是'瞪眼儿稀饭'了。现在的年轻人不知道'瞪眼儿稀饭'咋回事，夸张点儿说，就是能数得清碗里有几粒米的那种稀饭。"

李老说到这儿有些感慨："谁要问我什么是受苦？我就告诉他，吃的这种饭、干的那种活儿，而且是拼命干活儿，就是受苦！当时有好几段工程，我们都是第一批走进工地的，我们管这种平地施工叫蛇蜕皮……"

我第一次听说把"开挖"命名为"蛇蜕皮"。这个说法顿时高级到有了画面感！而此前此类通用说法听到的都是"开生工"。

李老还说出一个专属于他们工地上的口号，叫"加三担"。咋回事？就是吹了收工号以后不收工，而是每人再担三担土，才收工。

见我有些惊讶，李老微笑着说：轰轰烈烈、吃苦受累挖大渠的场面，估计很多人给你讲过，我不如告诉你两个小故事，都是发生在二黄河施工期间的。1960年，那时最缺的就是粮食，人们都饿得前心贴后背了。有一天晚上，从劳改队买回来一胶车茴子白（卷心菜），都还没长出菜心，从里到外清一色的灰绿。说好了第二天中午给工地上1000多个民工烩一大锅菜的，没想到一夜间就被大伙儿生吃光了，连车底板上都找不到一片菜帮子。那年月人们饿呀，饿！"

告辞时，李老突然朝我摆摆手，示意"稍等"，然后小心翼翼地从上衣兜里摸出一枚红光闪闪同时也金光闪闪的纪念章——"光荣在党五十年"。

李老是一只手拿出来，之后用两只手捧着的。他那谨慎的样子，分明是担心掉在地上。

我瞬间明白了一位老共产党员的心理：纪念章不能掉地！

88岁的老人周子祥，是狼山富义村人。当年大搞水利工程时，他是乡里的会计。令他记忆最深刻的人和事，都在那20年挖二黄河、挖总排干的两段工程上。"别说是个会计了，你是乡长还是农民，地主还是贫农……全都一样，没甚区别，给你定下的土工营生完不成你就别想回家！公社书记是全公社最大的领导吧？也一样，完不成任务照样留下来！看看人家李贵书记，他是全盟最大的领导，都在渠壕里担土流汗，别人还有甚说的了……80年代讲究'时间就是金钱'，那年月讲究'时间就是任务'。我23岁去黄羊闸，在工地上住了半年多，一直就是那么干下来的。我当时感觉快累死了，就趴在渠背上缓口气，缓过来不用人喊，自己'一卜列'就站起来了……你不知道那时候的情况，要是别人都挖完了，就剩你一个，你就羞死了！"

米成玉祖籍山西太谷，是当年老牌初中生。米成玉的爷爷是明清时知名的晋商，晋商是山西人的骄傲。他们把生意拓展到很多省市，以致山西太古曾被称为中国的华尔街。米成玉的父亲从18岁开始往返于山西忻州与内蒙古河套之间，倒贩皮货和糖盐等。而今米家在乌拉特后旗已繁衍到第六代。

米成玉讲述："当年巴音宝力格镇东升七队的民工，全部在杭锦后旗建国大队施工过。天寒地冻，人们就用炸药炸冻土。后旗所用的炸药完全自制，原料为硝酸铵、柴油和锯末，制作费用由旗政府承担。而今这个可以称之为文物的炸药厂仍然保留着，仍然存放炸药……我们挖总排干真是受大苦了，一天只睡两三个钟头，吃饭根本嚼不出味道。人们端着饭碗，迷迷糊糊地靠着墙根儿圪蹴下，往嘴里扒拉饭，扒拉着就睡着了，饭碗'啪嚓'，一声掉地，摔成两瓣儿。"

我眼前闪现出那位砸了饭碗的民工的表情，他眯眯瞪瞪的，眼睛无神。人饿困到极点时，睡觉的欲望就会占上风……

当时，我好奇地问了另外一件事："冬天一般是年轻人结婚典礼的季节，当时有没有因为挖排干耽误了终身大事的？"米成玉咧嘴一笑："结婚算个甚！那年冬天所有人心里只有 件事——挖通总排干！"

我想我一辈子也忘不了2015年7月10日那个星期五。我想说："谢天谢地谢下雨！"

那是我第三次奔赴乌拉特后旗，直奔乌盖。大戈壁雨路漫漫，没有牧童，也没有杏花村。我在失望中翻上一个高坡，路边蓦然出现一个小商店。我冒雨推门而进，没承想机遇扑面而来：一群老年牧民正在小聚，满脸笑呵呵的样子。后来了解到，他们当年都是在一条渠壕里待过的。

60岁的刘霓元一辈子没离开过巴音宝力格镇那仁乌拉饲料地，唯一一次出远门，就是1975年到联合公社挖了一冬天排干。他讲："我们有一段时间在沙地挣工分了。沙层特别厚，老点儿的人都知道，排干壕里'溜眼儿明沙'分量最重，上满一担足有300多斤重。刚担在肩上时，咬紧牙关还能站直，但是走上三两步就得换口气，感觉软得快趴下了。后来有人说这种换气的办法很危险，万一那口气上不来，咋办？……最疼的是肩膀，头天压出血来，一晚上好不容易干成血圪痂，第二天又挫烂了，烂处往外渗血，我永远忘不了。"

在座的几位都感慨道："不管咋说，排干是挖对了。看我们这群死老汉，甚时候想吃肉了、想喝酒了，一通电话就能聚齐。你也喝一杯哇，来者是客！"

感动归感动，我不能过分打扰这个珍贵的小聚。

路上，脑子里回旋着刘霓元讲的"最疼的是肩膀"，我想起白脑包的陈宝生也说过类似的话："第一天就把肩膀压破了，我没有衬衫，贴身穿的就是毛衣。到了数九天，睡觉不脱衣服，一来脱了太冷，二来毛线格子跟肉都压在一起了。有时我用手指从领口处伸进去，把毛衣和肉慢慢地分开，摸摸肉皮，就是一个个挺硬的小方格，真疼呀……想起来就像昨天发生的事。我们一直挖到那年的腊月二十三才把任务完成。当时的感觉真是祖国山河一片红！阳坡落山时，我们看到离开了83天的家，看到自家烟洞里冒出来的烟，看到等在村口的家人和村里人，他们站成一长溜迎接我们，就像迎接打了胜仗的英雄。这情景把我们辛酸得大哭起来，不分老小一边哭一边笑，我们挖完排干啦，我们回来啦……"

有收获就有信心，握着方向盘就绕着山根儿转，一直转到金石为开。在乌盖乡富海嘎查三队，我拜访了55岁的孟克那生。孟克那生天生一副大身架，而且直爽直言，她说道："……我阿妈两只眼睛都看不见，我从小就家里家外做营生，没上过学。你看我们家，阿妈是双眼瞎，我是睁眼瞎。"

孟克那生笑了，但我笑不出来。

孟克那生13岁就跟大人们去挖渠，她讲："那时我个子小，自己爬不上卡车，还得大人扶。到1975年疏通总排干，我15岁了，也长高了。我干营生比大人都厉害。有人说好好干还能'火线入党'，我就拼命干，甚也不重要，挖排干最重要！你说咋？我真的入党了，跟嘎查里的大人一起宣誓！"

我敬佩地望着她说："你真了不起啊！""我有甚了不起的，那时候的人都这样。走哇，我带你去找几个挖过总排干的民工。"

79岁的奥日旺玳，一直住在乌盖乡联合牧业队，早在1960年她24岁时就入党了。奥日旺玳说："挖总排干时，我女儿才两岁，丢在家里不放心，就天天把她背到工地上。我只顾挖大渠，有时候把娃娃都忘了。她一个人在渠背上抓土玩儿，瞌睡了跌倒就睡。有人喊我：娃娃睡着了，赶紧去给她盖个皮袄！我的娃娃天天在野滩里坐呀睡呀的，晚上收工了我才把她背回家。这样整整一冬天，娃娃可都没感冒过。"

当我写到这里时，眼前出现了奥日旺玳女儿的小脸，她正在野外四处张望，然而并不是欣赏冬的景色，而是在寻找妈妈的身影。也许脑海里会弹出"妈妈在哪儿？"的问题，但她只能以哭泣去表达——怎么表达也没人发现，因为妈妈忘了她。奥日旺玳两岁的女儿哭着哭着就困了、睡了……我想到的是，两岁实在是太小了，她一生都回忆不起这个冬天，否则足以成就一篇磨砺心志的大文章。

孟克那生领我又找到几位老人。83岁的王保田十分睿智，岁月的幽深和阅历的沧桑，都印在他的言谈举止中。当年在总排干工地，王保田负责全苏木的先行粮草。他说，那不是一般的工地，是要吃大苦受大罪的呀！我必须时刻死盯着，缺甚送甚，尽量不让民工受憋屈。

那木沁花62岁，因为挖总排干时超负荷劳动，后来一直腰腿疼到卧床不起。令她更痛苦的是久治不愈的病——部分语言功能缺失。好在她的判断能力和分析能力还算正常。所以，她只能躺在床上看看这个看看那个，虽然都听清楚了，可惜却不能搭话。我来到那木沁花床前，看见孟克那生再三引导，促使她回忆起一个老邻居的名字。看到那木沁花灵动的眼神，分明想起来了，却怎么也说不出……

我叹息着，恳请大家想一想，当年在总排干工地上拼过命的民工还有谁，老人们回忆了好一会儿，说出：黄旦旦、乃玛金、黄金科、叶素金、昭林、田六十一、王三、黄金山、白新民、韩满栋、刘继宝、贾厚、康鸡换、白玉花……但多数人或因换了手机号，或被外地工作的儿女接走颐养天年，有的几次搬迁，他们的住址信息很难查到了。

此时，我突然生出一个愿景：将本市曾经挖过二黄河的、至今在世的老人的照片全部收进本书，那将是一个"不见其损，日有所亏"的珍贵纪念。拿起这个愿景真不容易，但放弃这个愿景更不容易……

李双全，86岁，现住狼山镇幸福村。

赵如川，80岁，现住五原县套海镇赛丰村。

邬振华，83岁，现住份子地新园村。

张尚建，85岁，现住五原县。

王国荣，78岁，现住狼山镇汇丰村。

姜占荣，75岁，老家乌兰察布市，现住巴彦淖尔市临河区。

杨文义，76岁，现住八岱乡农光村。

王外姓，79岁，现住白脑包镇三八村。

孙玉明，81岁，现住狼山镇民强村。

李双全

赵如川

邬振华

张尚健

王国荣

杨文义

王外姓

孙玉明

姚二仁

刘　英

杨世连

赵兰花

赵毛眼

蒋占荣

杨国栋

屈五居

周子祥

王贵生

赵志梅   许秀英

还有姚二仁、许秀英、郭福生、刘英、杨世连、赵兰花、赵毛眼、杨文义、蒋占荣、杨国栋、屈五居、周子祥、王贵生……

四、人的精神，所有人的精神力量

精神的力量！

伟大的精神之源！

如果说塞北平原史上有过一段称得上铁肩担道义的岁月，那么共产党员、原盟委书记李贵带领15万河套人民所行的大道之义，担当得起！

（一）李贵

田聪明于2006年《忆李贵同志二三事》中写道：……当时李贵同志说的第一句话是"河套是个好地方"，说得非常深情。

五原县和胜村村民发言：李贵蹲点儿到咱村，挖渠浇水夜挑灯，五更带头担尿桶，引进良种操碎心。李贵蹲点儿到咱村，中旗捡粪他先行，拉土送肥锹铲麦，扬场晕倒不叫疼。李贵蹲点儿到咱村，秋收秋浇忙不停，深耕压肥搞实验，社员过上好光景。

亲历那场全民战争的河套百姓发言：那会儿我们常说，李贵不死，挖渠不止——挖渠真是挖对了！

1975年秋天，李贵站在临河县胜利路的体育广场发布战前动员令。10月25日，巴彦淖尔盟委做出《关于疏通总排干和十大排干的决定》：总排干西起杭锦后旗太阳庙，沿阴山南麓、河套平原北侧，东至乌梁素海，全长257公里。随后，一拨人马又一拨人马直至千军万马，集结了浩浩荡荡15万野战大军——农民队伍。这支队伍出发时的大场景，远远望去，清一色的破烂行头，清一色的简陋铺盖，清一色的菜色面孔，却是清一色的心甘情愿！

李贵率先跳进总排干的战壕里，15万大军也一起跳进总排干的战壕里。

1975年冬天，全线贯通总排干的那段历史，已自行记录下对河套水利工程一片真心的各阶层民众。他们是满腔热忱的复员老兵、远离父母的一代知青、投身熬灯苦写的文化人……

（二）老兵

总排干工程，河套地区各行各业都是主角，军区和兵团战士一马当先。2015年仲夏，我走访了牧羊海牧场。离牧场发起施工动员令还不到一个月，转业老兵、现役军人、各地知青以及复员战士共200多名，已全部进入工地。

为了了解兵团战士段德平，我采访了他的战友段振生。古稀之年的段振生，面孔暗黑，呼吸急促。他慢慢地站起来说："我喝口水才……能跟你说，不然气短得……说不成。"

段振生（陈慧明摄）

那是一个令人屏息无语的回忆：28岁的段德平背起200多斤重的一大块冻土，刚迈出第一步，就扑倒在地……段振生说战友留给他的印象只有扑倒的那一刻，因为他再也没能站起来。

我发现段振生每走一步都十分艰难，便急忙帮他倒了一杯水，随后请他讲讲挖总排干的经历。段振生说，他们在那儿劳动的冬天3个月，住在阴湿的菜窖里，因此小腿患了静脉炎。完工回家后，他天天疼得吃睡不宁，最多一次吃过8片索米痛片。

段老斩钉截铁道："我真没后悔过。"

此后的大半生，段老都奔波在求医路上，但病已无法治愈。于是，有人建议他拖着残脚去找政府资助，段老却不以为然地说道："挖排干是一件正儿八经的事，我为什么跟政府找麻烦？"

我小心地说："我能看看您的脚吗？"

他顿时慌忙把腿缩回去说："快不要看了……"

我坚定地弯下腰为他脱掉袜子。一双脚10根脚趾，已经失去6根。左脚最小的那一根还能独立存在，而右脚中间残存的3根却粘成一体。事实上，仅存的这4根软弱而又扭曲的脚趾，已经失去了支撑、平衡身体的能力。

我举起相机那一瞬间，潸然泪下……

河套人民的血肉脊梁（磴口县博物馆藏）

我拜访过的所有当事人都说，工地上的土，有一半是人们背出去的。我便潜心寻找图片以佐证，一时难找到。之后终于在磴口县博物馆发现了一帧"人背冻土块"的图片，便急忙欣然地翻拍下来，这是厚重历史的凝眸。

（三）知青

无论是谁，只要触碰磴口县史，就无法回避知青时代的那一片沧海，无法绕开兵团时代的那一块桑田。据史料记载，从1969年开始，先后有10万知识青年来到巴彦淖尔，他们把人生最美好的年华献给了他们的第二故乡。

磴口县博物馆藏有两张并列的照片，题为"四十年前无愧，四十年后无悔"，十分令人震撼。人还是那些人，中间却相隔着40年。40个春秋几乎可以概括人生了，可他们的风华少年与花甲白头，同时出现在那几节阶梯上。其间的一大段人生况味，心之感慨，何以言说？

王双琳曾在临河区乌兰图克公社团结二队插队，现年76岁。他在《难忘的疏通总排干大会战》中写道："……我们都是二十七八岁的壮小伙子，队里叫我们去，我们没二话，坚决服从领导安排。'志士不忘在沟壑，勇士不忘丧其元'。"

王双琳至今珍藏着获奖的一个脸盆，盆底上印有"志在农村"的字样。他形容这个脸盆：釉色光泽清亮，片瓷未跌。盆的外侧，天蓝花釉的图案上黑色的"总排干奖"斑驳可辨。它伴随着他从临河到北京，数度搬迁，几经辗转，不曾丢失，不曾磕碰。那是他收藏了40年的宝贝。

我想把所有的"王双琳"都记录在本书中，我查询到还有杨淑玲、刘汉顺、朱振、徐宗棠、张玉新、赵志凤、常树通、贺春文、薛银霞、查保龙、李博纳、李萍、陈秀兰、林振彪、马继红、赵铁良、余玉玲、王文虎、袁照耀、杨金声……

王双琳说："你到临河区文史馆去查，2018年，我们65届600多名'老插'都登记了名字。"

2018年，30名65届北京老知青自行组织回临河寻根。临河区人大、政协、政府策划，王双琳拍摄完成《魂系临河——65届北京知青回访故乡纪实》，分上下两集。他们坐了当年的那趟同列次的火车，途中播放了主题曲《我们这一辈》。

我们这一辈，与共和国同年岁，上山练过腿，下乡练过背……

（四）写作者

1976年，由中共巴盟总排干施工总指挥部政治处、巴彦淖尔盟"革命委员会"文化局组织编写、内蒙古人民出版社出版了总排干速写式战地纪实文学《河套川上铺彩虹》。这本书尚存于世的已不多。2015年，我听说网购一本500元，后来查了购书网站，所显示的信息是"目前无货"，显然这本书已成"珍稀文物"。

我翻开《河套川上铺彩虹》，将杨若飞、李子恩和李廷舫三位老作家的三篇文章各摘一段，以飨当年激情似火的岁月，以飨今天心平气和的读者。

《激战前夜》 作者：杨若飞

十五万钢铁大军，不，一百万英雄的河套人民，在这场激战中……踏着大寨人的光辉足迹，栉风沐雪，搏击严寒，攻克万难，用一不怕苦、二不怕死的彻底革命精神，谱写了一曲高亢入云的胜利之歌——预计三个月才能完成疏通、扩建总排干的工程任务，只用了七十多天的时间就全线告捷了！

《高举火红的战旗》 作者：李廷舫

战旗似火，染红五百里阴山山麓；战歌雄壮，响彻八百里河套平原。

在伟大领袖毛主席"农业学大寨"的伟大号召鼓舞下，巴彦淖尔人民在五百里阴山脚下摆开了疏通总排干的宏伟战场。

磴口县施工段位于总排干西端的杭锦后旗大树湾公社。在九华里长、几十米宽的施工面上，红旗在朔风中猎猎招展……"全党动员，大办农业，为普及大寨县而奋斗"的大字标语牌，屹立在干渠两岸，在晚霞的映照中闪烁着夺目的光彩。

《迎风展翅》 作者：李子恩

三星偏西时分，新红大队研究疏通总排干作战方案的党支部扩大会议才散了。支委们正要离去，哗哒一声，门被打开了，风风火火地闯进一个人来。大家抬头一看，只见来人身穿一件半截子白茬皮袄，一顶大皮帽子几乎将眉毛也扣住了，脸上还带着憨厚的微笑。

"这是哪来的小后生？"一个来参加会的同志瞪着疑问的眼睛。

"我们队的。""啊？"三队的同志嘴张得拳头大，半天合不上

"小后生"头上露出了两条又粗又黑的短辫。

巴彦淖尔当年还有很多有文化的小后生，经过几十年苦拼成了自治区知名作家、评论家。他们也曾投身总排干战地，凭一己之力辛苦付出。比如，当时在乌兰牧骑工作的官亦鸣先生，被临时抽调到总排干指挥部负责编印工地战报。那是一份油印的8开小报纸，但必须把每天发生在工地上的好人好事、工程进度都编写成文、刻好蜡版油印成报，早饭时间给各工地散发下去。令官老师记忆深刻的有两件事：其一，他把小报上的素材提供给巴彦淖尔盟歌舞团的编剧冯苓植先生后，冯先生遂执笔写成了快板剧《大渠畔上的小故事》，一时间工地上到处都有"呱嗒呱嗒"的快板声。剧中一个只顾挣工分不顾质量的魏（为）得利，更成了民工们津津乐道的人物。其二，某天晚上，官老师编完战报已后半夜，正待休息，发现蜡烛即将燃尽。此时他无意间看了一眼蜡烛下边的纸箱，竟然印有"TNT"炸药的字样。他急忙借着烛光扫视一圈，满满一屋子炸药啊，原来这是存放炸药的凉房啊！官老师猛地跑出屋外，虽夜深人静、天寒地冻，但他不敢回屋。次日，官老师跟领导说起，领导说不用怕，那东西没雷管引爆不了。但官老师至今想起都心有余悸。

还有，刘先普先生说他当年是施工领导的"小秘书"，整天坐着帆布篷子小车颠簸在排干两侧，然后回去创作。刘老师曾感慨地讲起几件趣事——凡是那时称为趣事的，基本上空前绝后。他说，乌加河的同进湾（地名来自当年一位叫作"老同进"的老人）附近，有一个几十亩大的水洼子。大地封冻后水洼子也结了冰，民工们挖排干已经累到筋疲力尽了，但一说到水洼子那边可以破冰取鱼，立马来了精神。因为从冰窟里掏出来的可都是活蹦乱跳的鲜鱼啊，搁在锅里熬出来的可都是香味四溢的鲜汤啊，想想太解馋，太幸福了！心灵的天空啊，别提多么湛蓝啦！刘老师还记得总排干竣工后，他分得了一条19斤重的大草鱼。时值腊月，他把这条鱼冻住后装进口袋，背着坐火车去包头跟家人团聚过年。刘老师说因为这条草鱼目标太大了，人们会从露出来的那一截鱼尾巴，想象袋子里整条鱼的情况。

五、那些趣事，仨瓜俩枣就七荤八素

狼山镇造纸厂职工任清磊回忆防洪往事："水火无情，乡里着急忙慌地从各村社抽调民工，一下聚起好多人，当天就把供销社的麻花、火柴和手电筒都买光了，晚来一步的人一脸怅然。晚上，大伙儿睡在露水地里，冻得不行咋办？有人设法借来两块拉货用的大苫布，铺一块、盖一块。你猜猜一块苫布能盖多少人？最多时20多个？错！一块苫布能盖60个人，大伙儿是打蹚脚睡下的。'打蹚脚'是何种模式？就是所有的脑袋都朝外，所有的脚板都朝里，齐刷刷地把60个人分作两排，摆成一处。"任清磊比喻说："那样子就像在洋火匣匣里摆洋火棍棍……"我想，今天我们听到60个人盖一块苫布的场面，估计像听到童话故事一样，会对那样的事物产生无限的猜测：那样，人还能睡着吗？

能。因为处境顺理成章，因为心神过度疲累。

白脑包公社的农民陈小二，后来叫陈老二了。当年上工地时只有15岁，身板属偏小偏瘦型。他由于挖不了多少也担不了多少，队长就安排他跟68岁的蒋老汉负责编笊头。这一老一小深知自己相比挖渠的人来说，是何等的轻闲，所以他们只有埋头苦干才能对得起大伙儿。队长下令了，他们必须一天编12个笊头，才能供得上民工使用，否则次日就得挑着半坏截烂筐担上，那还不把编笊头的人羞死？可是一人一天编6个，任务实在太重了，把手磨得血泡叠血泡，都顾不上疼。陈老二说，这还不算甚，最大的问题是十里地以内的红柳都被他俩割光了，后来只好改用乌柳编。但乌柳条远远不如红柳条结实，笊头烂得更快，一天必须编16个才供得上。这样他们每晚只能睡两三个钟头，就眯瞪一会儿眼睛，"噌"地一下爬起来干活儿。那段日子才叫日子哩，时间卡得死死的，吃饭撒尿就算歇着，其他时间都在编笊头。陈老二说，当时他跟蒋老汉就像电影里的机器人一样，都不说话，把嘴闭得紧紧的，一直编到十一二点，挖渠的人都回来了，他们才像如梦初醒，长出一口气，放下营生……

造纸厂的陈强也讲过一个有关笊头的故事。陈强说，厂里的职工多数是老弱病残，挖排干的任务下达以后，他只能因人而异，派患了痔疮的老杨去管后勤。老杨除了每天给大伙儿做好三顿饭之外，还在饭后给大伙儿说书。记得有段时间讲的是《薛仁贵征西》，其实人们挖一天排干已经把力气用尽了，吃饭时困得都抬不起头，所以听不了几句就呼呼睡去了。

刘先栓讲："比起天天滚在泥土里的农民，站讲台的教师应属讲卫生一族了。但是，当年他们学校的18名教师在工地上住了两个多月，因为村里的井水都被吃到见底了，谁还好意思再用清水洗脸？若按生存要求论资排辈，吃饭第一，喝水第二，洗脸算老几？今天说起来滑稽到难以置信，而当时却是一个严肃的问题。老师们只能克服了，起床就吃饭，吃完就出工。当然，也有比较讲究的，办法是含一口水吐在袖口上，然后再在脸上擦一圈，这样看上去白净好多。但是也有'严格自律'的老师，硬是能不浪费那一口水，硬是坚持20多天不洗脸，哪怕成了'窑黑子'。他们却自有说辞：'脸面，不是全靠洗的！'"

刘先栓说："要让我回忆挖排干，还是开心事多。比如，我们有一处工地，经常能从排干底部挖出河蚌，一次就挖三四十个，最多那次挖了满满一脸盆！突然就能吃上海鲜，什么心情？我们哼着歌去捡柳条，然后围坐一圈，看着柳条烧得旺旺的，听着河蚌烧得吱吱的，香味顺风风就飘过来了。大伙儿你看看我、我看看你，无法用言语表达，只有心花怒放。那种快乐一辈子能有几次？周围的民工们奇怪得要命，其中一个文化人猜测：他们那边一定发生了地表运动！"他说到这里就笑了，我相信他笑出了吃河蚌的样子。

某日我拿到一条独家新闻：糖福喜大挖总排干。

河套俗语，"糖"就是傻。村里有人说糖福喜长着一副福相，有点像"灶马爷爷"（灶王爷），大眼睛、双眼皮、眼睫毛长而弯弯。1975年，糖福喜已经25岁了，却大约只有5岁的智商。就因为糖，糖得甚也不懂，所以没人给他讲解为甚挖大渠，也没人管他挖了多少，"雀儿放屁也扇风哩"，挖一锹是一锹，由他去哇。

有段工程，胜利大队的民工住在乌拉特后旗的一个村里。在那一个月里，大家认为是相当幸福的。因为他们不但有房子住而且有大炕睡，即使不生炉子，捡柴火也能把炕头烧热。有一天，人们收工时捡了几大捆红柳条，睡前把灶膛塞得满满的，一晚上满炕烫人。人们形容睡这种炕的感觉：就像烙饼，翻过来烙烙这边，翻过去烙烙那边。凌晨，人们穿好衣服准备出工时，发现糖福喜还在酣睡，大家都知道他在装睡，就吆喝他快穿衣服。糖福喜还在磨蹭，多躺一会儿是一会儿哩。队长突然闻到一股烧焦味，于是就到处找，忽地一下揭开糖福喜的被了，问题果然出在他那。糖福喜铺的毛毡被烧开一个洞，红线一般的火头正在乱窜。

队长照着糖福喜的屁股砸了一拳，糖福喜这才揉着眼睛爬起来。他看到屁股旁边的烟火，顿时嗷嗷叫起来，光着身子敏捷地跳到地下。队长舀了半瓢冷水，把冒烟的窟窿浇灭。

糖福喜确实傻，但傻人也会有一两根"精明"的神经，否则他怎么一天天地往下活？比如，糖福喜特别懂得"死拖"，看起来并没闲着，确实在挖渠，而且左脚还踏在锹头上用力，只是用力半分钟都插不进土里，插进去半分钟都挖不出土来。村民们为了赶工期急得要命，谁能顾得上理他？有那闲工夫还不如自己多挖几锹哩。糖福喜却因此沾沾自喜，窃以为人们都糖，糖得发现不了这个情况。

人们确实忽视了糖福喜的存在，所以糖福喜可以享受独一份的自由。他想歇着就去屙尿，一走就没影儿了。待人们忽然发现糖福喜半天不见时，就站在排干背上张望，然后气咻咻地跑老远一段路，去盐蒿滩的凹处把他拽回来。你拽他，他还笑，感觉自己占便宜了。

糖福喜不姓糖，本姓高。高福喜于2012年秋天去世。如果将《糖福喜挖排干》搬上舞台，或许是一个舞台效果不错的小品。

在蛮会镇的南北街上，有一群上了年纪的老人，天天凑在商店门外的墙旮旯儿里闲聊。他们的说法是"夏天躲凉凉、冬天晒阳阳"。当我了解到这群老人都是当年拼死拼活挖过二黄河或总排干的民工们时，顿时起敬。

陕坝镇西城小公园里也有这样一群老人。他们天天聚在小凉亭外边下棋和看下棋。出于不同的原因，他们从旗县、乡镇搬进城里来居住。我瞅了个闲空插话："麻烦问问，你们当年挖过二黄河或者总排干吗？"没人抬头，只听人群中甩过一句很强势的回话："谁没挖过?!"我还想问点什么，但他们的注意力都在那盘棋上，而且有两位老人为"棋阵"争吵起来，就更没人理我了。

这两个场景都被框在了2015年。六番寒暑过去，在这个墙旮旯儿里，在那个小凉亭外，虽然还在"躲凉凉、晒阳阳"，虽然还在争吵"楚汉相争"，但多数面孔已被岁月悄悄替换。我驻足片刻，终是没能走过去问："以前的那几位……老人呢？"

黄河砥砺，前浪滚滚而去。

六、大数据时代，记录大格局、大精神

从河套人民20世纪50年代"开生工"劈开黄河的第一锹，到万里黄河泻入总干渠的第一水，天赋河套已注定。我们应为拥有也为不负——天之赋予黄河，河之赋予"U"弯而荣，一荣俱荣、大业大成。

记得2015年在《一千里水路云和月》创作完成之前，我不相信国家级的媒体对河套平原水利工程这一"天下大事"没有做报道，曾悉心查阅资料，在新华社、人民网强国论坛平台找到一则消息，数据属实有力：1977年，巴彦淖尔盟河套灌区总排水干渠扬水站建成，每年排水4.5亿立方米，可担负

2015年7月19日晚，二黄河开闸放水流过永济渠（刘枭摄）

灌区400多万亩农田的排水任务。

2021年，据第三次全国土地调查，巴彦淖尔市全市耕地面积90.51万公顷，其中水田0.04万公顷，占0.04%；水浇地87.72万公顷，占96.91%；旱地2.75万公顷，占3.04%。在全国灌区占比名列前茅，在黄河流域各灌区位列首位。1958年以来，历经引水工程、排水工程、灌排配套、节水改造的4次大规模水利建设，实现历史性跨越，从黄河通过渠首和一条总干渠向东引水，通过13条干渠、48条分干渠、339条支渠和85522条斗、农、毛渠将水输送到田间。然后，再通过17322条斗、农、毛沟，346条支沟，64条分干沟，12条干沟，汇入总排干沟和乌梁素海，最后汇入黄河，形成一套完整的灌排体系。每年为河套灌区供应农业用水43亿立方米，排水6亿立方米，排盐180

万吨，为河套地区农业增产、农民增收、农村发展提供坚实的水资源支撑。

截至2020年底，已完成乌兰布和沙漠综合治理面积4万余亩，地貌景观恢复60%以上。2019年，乌梁素海水质已达到V类。目前有鱼类20多种，鸟类260多种600多万只，包括国家一级保护动物斑嘴鹈鹕、二级保护动物白琵鹭以及疣鼻天鹅，其中疣鼻天鹅的数量将近1000只。

巴彦淖尔已从"河湖污染防治保障人类健康的生态文明建设"的1.0时代，进入"流域多要素系统治理提升生态功能的生态文明建设"的2.0时代，并迅速向"人与自然和谐共生的生态文明建设"的3.0时代迈进。

近年来，巴彦淖尔市在二黄河水利风景区陆续主办以及承办龙舟赛、马拉松赛、自行车赛等国内国际比赛，也经常举办梨花节、放灯节、放河灯、冰雪节、迎春灯会等各种文艺庆典活动。巴彦淖尔这张城市名片，已声名远扬。

然而，坚守吃苦、埋头苦干的精神，日夜流淌在河套平原一千里水路上，必将激励着河套人民不断奋进！

BAYANNAO'ER ZHUAN

巴彦淖尔传

城市演变篇（李平原）

探查城市蜕变记

楔 子

时光推移至18世纪末，由于临河城边缘阡陌相望，水系发达，移民越来越多，便产生了移民自发组成的圪旦（河套方言，意为村落）。

中华人民共和国成立后，绥远省陕坝专员公署改设为内蒙古自治区河套行政区，政府设在陕坝镇。1956年，甘肃省所辖巴音浩特蒙族自治州和额济纳自治旗划回内蒙古自治区，成立巴彦淖尔盟。到1958年，河套行政区与乌兰察布盟部分县、旗划入巴彦淖尔盟，成为新的巴彦淖尔盟，一座新型城市出现了。

时光荏苒，白驹过隙。

2003年12月1日，国务院批准撤销巴彦淖尔盟和县级临河市，设立地级巴彦淖尔市，巴彦淖尔市又设立了临河区。巴彦淖尔市人民政府驻临河区，辖杭锦后旗、乌拉特后旗、乌拉特中旗、乌拉特前旗、五原县、磴口县和新设立的临河区。

巴彦淖尔市的位置、建置和区划，经过数千年的演变与整合，终于完美地呈现出来。今天，我们回溯这座城市的历史变迁，是以一隅之地，见微知著，用别样的方式向滚滚历史车轮中不断前行的城市敬礼。

一、圪旦村，一座城邑的赓续印记

话说1925年，山西大地流传一句话：河套烧红柳吃白面，是个有把子力气就能把日子过富的地方。就是这个传言，把饥民袁栓罗吸引来了。他赤着脚，裹着寒衣，风餐露宿，一路从山西来到临河（过去临河县），去三盛公（今磴口县）寻亲。当他看到广袤无垠的河套平原，黄河一泻千里，渠沟纵横交错，土地沃腴肥美，一下就迈不动步了。

早从1901年清政府进行庚子赔款，为解决经济困境，实行"移民实边"起，河套就成了垦荒种粮、屯兵屯武器的塞外福地。从1901至1925年，由迁徙而来的移民把牧场改造成良田，再挖渠引水，实现农业生产劳动。他们初期是"走雁式"种地，春天搭个茅庵房住下，秋天拉头毛驴装上收成离去。随着时间的推移和蒙古王爷的默许，"雁行人"慢慢定居下来。

袁栓罗停留的地方，那时是一片蛮荒之地，前面来的人都聚集在强家油坊附近。强家油坊曾经只有强姓一家，河套的土地适合胡麻生长，胡麻一窜半人高，颗粒饱满，油脂丰硕，于是，强家人根据家传手艺，榨油供自己食用，后来周围住的人多起来，他们就帮邻居榨油，渐渐名声在外，索性开起榨油坊，外界称为"强家油坊"。强家油坊可能是近代河套最早开办的商号之一。后来，他们的经营范围扩大到碾米、磨面、制粉（条），供应附近的居民。

由于强家油坊的商业行为形成了繁荣的小市场，人们便倚它而居，茅庵房越来越多，人口也越来越多。1925年，临河设治局建立，临河县政府就建在强家油房。强家油坊面朝正南，方方正正，每边长为270丈，面积为1215亩。城池设有4个门，东为翼绥，南为兰安，西为通宁，北为敷化（此门未通）。城内设经路4条、纬路24条，划分成若干个坊，每坊边长为10丈。坊内有单位、居住区，还有一座坛庙。

据说，这座城池还被时任西北边防督办的冯玉祥设为兵站之一，以供应西进过路官兵的军需。强家油坊成为可与陕坝、蛮会相媲美的繁华小城。小城内商店林立，经营百货五金、糖业烟酒、副食糕点、中西药品、书籍文具、理发照相、缝纫钟表、饭店茶馆等。这些商业项目中，碾磨坊的生意最好，原因我想是老百姓需要粮食填饱肚子。后来，强家油坊新增碾磨坊达40余户，加工米面的作坊成为小城的一道景观。然而时局不稳，就在袁栓罗蓬头垢面地站在荒野，想着如何开荒种地时，绥远和包头沦陷，大批难民逃到河套，丢失防地的兵士也退守到临河县附近。在此混乱之际，强家油房同时遭遇天灾鼠患，随后遭遇众匪劫攻，又遭遇黄河泛滥，一夜之间，居民被鼠疫传染、商号被盗空、城区被淹没，强家油坊回归到昔日的荒凉。站在城墙俯视，城内住户只剩百十来户，多无院墙，房屋零落，稀落冷清。

袁栓罗突然发现周围的人多了起来，他们圈地，说地是大伙的，你不种就是我的。他们盖房，说茅庵房经不住风雨，土圪垃房扛硬（意为结实）。他们几户人家占据一片区域，对外称这是什么圪旦。

圪旦是什么意思？圪旦，即形容类似圆形的东西，比如土堆、脑袋等。圪旦也用作形容词，在詹耀中编著的《巴彦淖尔辞典》中，圪旦解释为：地势高的地方，常用于地名，是村子的代名词。据说，叫圪旦的村庄主要集中于临河、五原，离开黄河灌区，到了北面以草地为主要地貌的乌拉特中旗、后旗，基本找不到用圪旦做地名的了。《巴彦淖尔辞典》中记载，截至2005年，仅临河一地继续沿用的圪旦村就有200多个。

采访中，一些上了年纪的人说，他们的父辈大多是走西口来到河套的山西、陕西或河北人，圪旦是陕北、内蒙古西部地区的方言。地名中使用"圪旦"一词，带有特定的历史背景。过去由于黄河水泛滥，两岸农民常受水患灾难。为了趋利避害，人们选择地势相对高的地方居住，在相对低洼平展的地方耕作。

关于圪旦还有一个传说：圪旦村旧时是山西高平通往长治的必经之路，路穿村而过，村里店铺很多，途经的行人都要在此歇脚，当地人俗称"圪耽一会儿"，意思是要在这里耽误一会儿。因"耽"与"旦"同音，"旦"的笔画又少于"耽"，书写起来较为便利，所以"圪耽"慢慢演变为"圪旦"。

老百姓在高高的圪旦上盖几间土坷垃房，从中选一位德高望重的人，用其名作村名，如高二圪旦、余二贵圪旦、李新亮圪旦；有的起不出名字，就用自然和人文景观命名，如红柳圪旦、牧场圪旦；有的用商号起名，如永盛和圪旦、四柜圪旦；有的用方位命名，如东圪旦、西河头圪旦、北二圪旦；或用吉祥字眼命名，如马富贵圪旦、高富贵圪旦等。

总而言之，他们起的村名除了圪旦，就是圪卜、圪堵、圪梁，高的地方称作圪旦、圪梁，低的地方称作圪卜、圪壕。袁栓罗住的地方较高，被人们称作"袁栓罗圪旦"。

离开强家油坊的人，散落在临河广袤的土地上，沾亲的凑成一群，带故的抱成一伙，种地、挖渠、盖房、生根发芽、开枝散叶。那些曾在强家油坊开过铺面的人，又迫不及待地在现住地开起铺面。几年后，在离袁栓罗圪旦几里外的地方，又崛起一个小商业圈，它就是新临河县城的雏形。

彼时，袁栓罗在自己开出来的土地上劳动，没钱挖水渠，就交水费从永济渠买水。永济渠，原名缠金渠，是嘉庆年间地商甄玉、魏羊二人从黄河上开挖的。相传开挖此渠时，有一只斗大的蟾从中跳出。巨蟾通体金碧，双目进放金光，竟发出洪钟之声，一跃窜入芦苇丛中。渠成放水时，人们奔走相告前来观看，只见渠口奔腾而出的河水流入笔直的渠道，河水金碧辉煌，人们传说"金蟾出世，碧水不竭"，故将此渠命名为"缠金渠"。光绪初年，甄玉、魏羊二人又联系了几十家地商，续挖缠金渠到卜尔塔拉一带。20年后，钦差大臣饴谷督办河套垦务，又将该渠辟宽挖深，经公中庙等地，到达乌加河，并改名"永济渠"。

据袁栓罗的后人说，从1925到1928年，袁栓罗吃苦下力，盖了一间茅庵房，开出了几亩薄田，置下了几亩良田，买下了一头毛驴。他给山西的家人写信说：来河套安家哇。

黄河渡船（临河区党史资料办公室提供）

那个时期，袁栓罗的消息是闭塞的，他只知道埋头种地，殊不知，通过种地、挖渠、开商号积累起资本的大地主们，占有河套一半的土地，还有很多集中在富农手中，袁栓罗那点薄地，还得被有渠的大地主们掐着脖子，没地的贫苦农民更是比比皆是。

那时，一旦走上租种土地的道路，就是一辈子的长工。袁栓罗蛰伏荒野，是不幸，也是万幸。手握权益的大地主们，采用出租土地、雇工、兼并商业、放高利贷等形式，对农民进行残酷的剥削和压迫，加上反动政府的苛捐杂税，农牧民的负担极为沉重。贫农租种地主的土地，按租约给地主交租，租成有三七开、四六开或对半开，其中大多数粮食要交给地主。地主雇工种地，长工每年的工钱仅为30多元，短工每天0.2元，童工管饭没工钱。另外，地主操纵商业，把布匹、茶叶、烟、糖等商品，以高出进价50%到200%的价格卖给农民。荒年或青黄不接的时候，地主还会给农民放债，借一还二，实行利滚利的手段剥削农民。贫苦农民辛辛苦苦一年却所得无几，常因交不起租税被打，甚至被抓去坐牢，被冻死和折磨死的更是不计其数。大地主们更加残暴，他们一般都掌握地方政权、财权以至兵权，私设公堂，随意残杀无辜百姓。

那时候，绥远省（今呼和浩特市）建设厅要求临河县政府"以工代赈"，新建路桥。1929年，开展了轰轰烈烈的马道桥建桥运动。马道桥源于古代的"骡马大道"，过去叫缠金渠大桥，后改称马道桥。这座老桥是连接陕坝和临河的重要交通桥梁。

二、战争年代的陕坝

"陕坝有亲戚，都走马道桥。"陕坝于1929年成为临河县三区区公所所在地，而马道桥连接陕坝和临河，所以马道桥成为临河县通往陕坝的重要交通要道。

据《杭锦后旗志》记载，陕坝地名是由"善巴"人名演变而来的。相传，善巴的父母在善巴出生后，专门请了一位得道高僧，给他起了个藏语名字——善巴，希望他将来成为一个乐善好施之人。善巴为藏语"松布"音译的串音，善巴是善良的意思，松布是古刀布钱币名，有财富的寓意。正如名字的含义一样，善巴为人善良忠厚，见多识广，并精通医道。他常云游四方，行医行善，治病救人，所到之处，深受百姓信赖。1874年，善巴来到陕坝，发现这里土地肥沃，水草丰茂，便定居下来，一些颠沛流离的人也挨着他住下来。

善巴闻名于方圆百里，人们要去善巴居住的地方，往往呼之曰去"善巴"。久而久之，人们便以善巴之名称其所住之地。又由于汉语、蒙古语和不同方言交谈中的串音和音变，"善巴"逐步演变为"陕坝"。

1900年，陕坝形成几十户人家的小村落。

在漫长的岁月中，陕坝的人口逐渐多起来，尤其是园子渠挖通后，成为水旱码头的陕坝，城区渐成规模。但那时，人们对于生产生活的要求还只停留在住房上。

之后，在陕坝的一些地方，出现了许多从事手工业作坊的小铺面，同时广和义、长春堂、万德堂等药店也隆重开张了。这期间，陕坝的固定居民达400多户，以小转盘为中心的十字街道已现雏形，成为商贾贸易的集散地。

据袁栓罗的后人讲，他们的父辈在1929年来河套时，还带来一位两姨妹妹，她的丈夫早两年走西口来到河套，在陕坝铁匠巷盖起一间茅庵房，让她来团聚。那些年，很多人离开河套，又有很多人在河套团聚。

如今，陕坝小转盘周边建起了高楼，但西南方向和铁匠巷仍是平房区。

2020年正月，我来到铁匠巷，看到两座建于民国时期的古民居，应该算是陕坝现存最早的民间建筑，历经岁月磨砺，愈发显得雅致，其斑驳的外表向人们诉说着昔日的繁华。

几位八九十岁的居民正在巷内攀谈，我问及铁匠巷的历史，他们腼腆地笑着说："已在这里住了六七十年，不知道历史，只记得铁匠巷一些传闻。"我很感激他们，是他们珍贵的回忆才让我有机会记录铁匠巷的发展脉络。

据说，晚清时期随着杨家三代开挖杨家河，农业生产兴起，小转盘南面聚集了几家铁匠铺，主要打制锹头、镰刀、叉子、铲子、切刀等铁制器具，同时兼营卖马掌、钉马掌业务。铁匠铺里收徒弟，徒弟学成又开铺，形成铺铺相连的局面。久而久之，这里就形成陕坝集中经营铁制品的街，铁匠巷因此而得名。

紧挨铁匠巷的是木匠巷，这里聚集了走西口来的木工师傅，主要制作和出售门窗、桌椅板凳、柜子等木材家具，是陕坝最早的木材加工买卖市场。铁匠巷的东面，是一个杂货市场，有针头线脑、皮件毛绳、棉麻布匹等。再往南走，有一个大院子，叫"隆记缸房"，是个酿酒坊。据资料记载，河套地区的酿酒最早出现在康熙年间，到清末民初，凡人口集中的地方，就有以缸房命名的酿酒，如永记缸房、玉隆永缸房、白龙圪梁缸房等。到了1929年前后，随着陕坝地区商业空前繁荣，涌现出一批引领商业潮头的大商号。他们在新形成的集镇开商号、开缸房，满足人们各方面的需求，譬如在蛮会镇东北部建成的玉隆永缸房、白龙圪梁缸房、陈柜缸房。杨家河开通后，西部形成杨柜、胡柜城集镇。他们又在这两处集镇建成丰盛堂缸房、杨柜缸房和胡柜城缸房等。至中华人民共和国成立初期，陕坝地区共有酿酒坊十余处，酒香四溢，当地酒业兴盛可见一斑。

由晋商沈家兄弟在1927年成立的玉隆永商号，位于今杭锦后旗团结镇巨和桥村四五组一带，其旗下的玉隆永缸房生产的60度白酒曾畅销绥远，最远到达大库伦（今蒙古国）。傅作义进河套后，工商业迅猛发展，酒坊利润可观，数量逐年增长，其中距陕坝镇30公里处的米仓县，有很多民间酒坊，人们一般农闲时酿酒，农忙时停产，缸房生意季节性很强。头道桥镇有一个村子，因家家既种田又酿酒，因此得名"缸房村"。缸房村鼎盛时期的产酒量为每天300斤左右，销售范围广，东至河套周边及包头等地，北边走旱路，至蒙古国，南边从园子渠码头或杨家河装船，走黄河，销往他处。

据坊间传说，1952年地方国营陕坝制酒厂建成后，各地小缸房相继关闭，国营制酒厂招贤纳士，招来很多小缸房的酿酒手艺人，就是这些人代代相传，才有了如今"河套酒业"这张名片。

还有传闻，铁匠巷的隆记缸房才是河套酒业的鼻祖。但无论哪种说法，可以肯定的一点是，陕坝地区的"水"功不可没。据有关部门化验，陕坝很多地方的地下水含有多种微量元素，水质绝佳。

铁匠巷的一位老人自豪地对我说："铁匠巷也出过共产党员呢。"他说得很模糊，稀松的牙齿因为圈不住音而呲呲作响。我只好查阅史料，最终得知：铁匠巷靠西的一个大院子曾经是大公报报社的秘密地址。据说，当年刘进仁开展地下工作时，在蛮会镇发展了两名中共党员，又建立了陕坝、蛮会、王亮滩党小组，铁匠巷成为共产党员的活动场所。当时，这里住户多，人流量大，共产党员化身为打铁匠，以打铁的节奏和声音为信号，秘密组织活动，发动群众，积极开展地下工作。

我至今不知道袁栓罗家的那位两姨妹妹叫什么，只知道有一年铁匠巷大兴土木，两姨妹夫被有钱的大户请去建房。房子很讲究，户家请的全是能工巧匠。一般，户家提供罕见的灰砖和上好的木材，让他们按照图纸建成造型独特的四合院。房子建成后，还上了砖雕，有"福""飞花""牡丹"等图案，颇有土默特风格，后来了解到户家是土默特人。几年工夫，依照巷内土默特人家原样照搬，建起七八户同等造型的房屋。

铁匠巷拉动了陕坝的商业发展，一时间，以小转盘为中心的铺面多起来了，有裁缝铺、瓷器铺、粮食铺、杂货铺、糕点铺等，加上流动货郎穿梭此地，叫卖声不绝于耳，商业氛围一时异常浓厚。

如果没有战争，铁匠巷也就籍籍无名，但人公报报社秘密地址昭示着这里注定不平凡。1939年，绥远省政府随军西迁，傅作义率部在陕坝建立绥远省政府临时省会，军政人员及家属三四万人来到陕坝，陕坝一度称为陕坝市。

袁栓罗家族的那位两姨妹父，给大户人家盖完房子后，发现自己家居然成了陕坝中心区，越想越觉得害怕，夫妻一商量，悄悄把房子卖掉，搬到平民多的鸡蛋巷去了。那时的铁匠巷以及铁匠巷向外延伸的小转盘，随着军队的进驻、人口的迁移，变成一个高级商业区。各种各样的房屋，形形色色的铺子，如雨后春笋般建起来，有经营百货棉布业的万利和，经营杂货的万益德，经营副食品的蚨来号，以及恒义永饭庄、德盛隆鞍子铺、义合成客货栈、会生医院、救世医院、新华药店、大安药店、永兴浴池、永兴舞场等，占据了陕坝的商业舞台。大商铺安上霓虹灯，天一黑，霓虹闪烁，映照着街面。

三、百川堡，独立王国与秘密军事基地

时间回溯到1930年。

马道桥的重建，加速了临河西北方向的街区建设进程，特别是在私人住

房的建设方面。当时，只要不妨碍交通、不影响市容、不挤占公用场所、不侵犯他人利益，私人住房均可择地而建。一些土木结构的住房也应运而生，那时的住房都属于私有，就连年年更替的县长及其家眷也得租赁私房。

袁栓罗圪旦像一块璞玉，深藏于荒野之中，不为外人所知。不过，袁栓罗家已经是一个大家族，七八口人生活在一起，住一盘大火炕，炕头连着炉灶，炉灶上放着一口九梢大锅，锅边常年浆着米，用来熬酸粥。那时候，周围的圪旦、村庄遍布各地如满天星，谈不上什么规划。

《河套风云》一书中，由作家李廷舫整理的中共临河县原县委书记王森的回忆录，对那时的景象做了描述：河套遍地长着一人多高的红柳、苦荬，春天的大地被枯黄的野草覆盖着，向远望去，无边无际，苍苍茫茫，还多少带一点原始味儿。

据回忆录记载：王森于1932年春天坐着靠烧木炭发动的敞篷汽车，在荒野上颠簸摇晃了两天，才从包头到了五原，又改乘一辆由两头骡子拉的花轱辘大车，来到河套腹地的中心城临河。在王森眼中，广袤的荒野间，偶尔有牛、马、骆驼出现，又夹着大片的农田和渠道，有农田的地方，就有一座座孤零零的低矮土屋和用红柳、茅草、泥巴搭的茅庵房，像稀稀拉拉的晨星，又像残棋，东一家西一户地坐落着。只有靠近它，或看到飘起来的袅袅炊烟，你才能发现房屋的存在。

那是一个黄昏，王森在一家车马店下了车，逢人便打问，背着行李往街里走。当时临河县只有短短的一条直筒子街，站在街东头，一眼就能看见街西头。街道两侧有些铺面，也都是土门土脸，几家用青砖镶了边的房子，算是全城最阔的建筑了。街两边，有些零散的独院和土屋，都被苦荬、芦草、红柳、白茨包围着。

这些文字，清晰地描述了当时的临河县概貌。

王森在街西头，找到组织让他接头的地点——鲁大药房。鲁大药房的匾额很低调，房子是里外两间，外间设柜卖药，里间住人。一个身形如塔的人走出来问："你有什么事?"——他是房鲁泉。

临河县革命斗争史册上记载，房鲁泉和他的光大药房（与鲁大药房分家后的店名）仅排在刘进仁与王森后面。房鲁泉，山东寿光人，自幼家境贫寒，只上过几年小学，1929年随山东移民来到河套。因他看过一些医书，河套又缺医少药，便与别人合伙在临河县的筒了街上开起药房，以维持生活。他的药房兼营卖报，每月通过邮局买进几十份《大公报》《益世报》等进行零售，也能有些额外收入。他性情豪爽，关心国家大事，爱钻研，很有政治头脑，常看书看报，就国家的局势提些问题，发表些议论。他还有着较丰富的社会和自然科学知识，是一位多才多识的生意人。

结实的土坷垃房几十年屹立不倒（齐鸿雁摄）

王森在药房居住期间，曾几次沿着筒子街，去西南角的王英（王同春之子）匪部政治处。那里荒凉而僻静，有个三间正房、两间厢房的独院，四周没有毗邻的房舍，土墙外长着一人高的红柳。已经成功打入王英匪部的孙景绪，得知王英要组建"政治处"，便把王森介绍给他，说王森是中法大学毕业，懂政治、法律、军事。王英当着王森的面，拿出委任状，让王森速速组建"政治处"。于是，王森配备好人员，在这处独院的大门外挂了个"政治处"的木牌子。

有了政治处主任的头衔做掩护，王森双管齐下，一方面积极开展对王英匪部的策反工作，一方面成立中共临河特别支部，发展地方组织。经了解考察，王森介绍房鲁泉加入中国共产党。

房鲁泉入党的第二天傍晚，王森来到刘进仁家，这是他第三次上门。刘进仁家住筒子街西头，院落狭小，只有一间正房、一间厢房，木头窗，窗框上贴着麻纸，看不清里面，然而墙上的对联字迹工整。这次会晤，两人亮明了身份。刘进仁诉说了他与党组织失去联系的困惑，王森说明了此时"揭锅"的意图。后来，王英匪部溃散，阎锡山的屯垦军又来了，谁都想站在老百姓头上作威作福。介于这种局面，省委建议尽快建立县委，以加强党的领导。

1933年5月23日，临河县各支部代表在临河北面30多里处的杨六十五圪旦开会，讨论建立县委一事。杨六十五圪旦靠近兰锁河，只稀稀落落住着十几户人家，而选择开会的小学校，离最近的人家也有数里地，那里四面是大片的苔芨滩和红柳地，是理想的开会场所。会上成立了中共临河县委，由王森担任临河县委书记。

这个消息传到袁栓罗圪旦时，已是10天以后。袁栓罗的家人们正吃着酸粥。他们并不认为这是一个重要的消息，因为对他们而言，普通农民的视野只在土地和肚皮上。

几年后，筒子街逐渐拉长至东边，受一座圪梁所挡，新建的房屋就势拐了个弯，向南边的袁栓罗圪旦延伸。为了挤走从筒子街前来建房屋的人，袁栓罗又从老家拉来十几口亲戚乡邻，凑成一个有八九十口人的村落。在此之前，有一些拖儿拽女的移民，路经袁栓罗圪旦，想要在此落脚，都被袁栓罗及其子女以田地淌不上水为由劝走了。现在他们转变思想，积极劝说挽留，还留下两个大姓，一户姓康，一户姓李，还有几户其他姓氏。在他们的意识里，人多、房多，就能把从筒子街前来建房屋的人挤走，但他们的想法错了，在那个没有规划的年代，城区的发展是无迹可寻的。

那时候，河套经过数年人口变迁，在建房上有了新标准。受气候条件、生活方式、经济水平、民族习俗等多方面影响，人们无论在宅地选择、房屋朝向、平面布置、结构构造、材料选用上，还是在门窗的局部处理上，都十分注意防寒保暖。房屋建筑大多采用土坯垒墙，房子开间很小，一般10平方米左右，高度不超过3.3米，且门窗小，门大约75厘米宽，1米见方的木制小窗由麻纸糊贴。多数房屋是南向或东南向的平房，一些商富之家还建有东西配房，设计成搂尾（漂亮整齐）的四合小院。庙宇建筑也讲究不少，不像强家油坊的坛庙那样简单，在用料、造型、艺术装修等方面，当地都使足财力，以示虔诚。

通过种地积累了一定财富的袁栓罗，不再满足住茅庵房，而是蛋摸成材的大树，让子女一边劳动一边踏坷垃（类似砖头、土坯）。坷垃是河套地区的产物，河套红泥多，在淌过水的红泥里撒上麦壳麦屑，会使红泥更加坚固。用碌碡把红泥打实，用铁锹踏成四方块，然后放在太阳下晒，晒干后就可以用来盖房子了。但坷垃在地里闲置了10年，由于战争爆发，袁家的房子也盖不成了。从1932年祥泰裕起义，到1935年大顺城惨案，再到1940年五原战役，荒凉的袁栓罗圪旦也受到大环境的影响。其间，阎锡山走了，傅作义来了。傅作义和阎锡山一样继续把河套作为自己的后方基地。

阎锡山在河套地区建起17个新村。各新村的建筑形成一致：村公所建在中心，四周建房舍、仓库、栅栏等。各排房屋的四面筑城堡，挖壕沟，四角筑炮台，用以自卫。新村面积南北长280丈，东西宽280丈，占地1000多亩。每户授1.6亩地，居民建房用地600多亩。东西南北是大马路，宽为6丈，用以行走和行车，路旁植树，树有专人打理。村公所建房45间，学校、医院各建房40多间，公区建筑有170多间。

傅作义在阎锡山"屯垦实边"的基础上，在早已败落的祥泰魁商号东侧，修建了一座高5米的城堡，命名"百川堡"。堡内建砖瓦房百余间，花卉温室一所，还有办公室、库房、食堂、宿舍、村公所、学校、医院等建筑，还在堡子中心建了一个百川公园。公园旁，附设一所雅致的图书馆，藏书很多，由专人管理，供官兵阅读。堡外东西南北有4条大马路，开设铺面，成为临河之外的又一个繁华贸易之地。

为解决部队粮供给的问题，傅作义一面开荒挖渠，改良品种，引进犁耙自种，一面向种地的百姓征收粮食。虽然河套地广，但究竟有多少耕地，多少荒地，谁也说不清楚。于是，傅作义决定丈量青苗，按青苗的多少，决定一户交多少粮食。1940年5月中旬，部队的人踩荒来到袁栓罗圪旦，马车远远地停在平坦的地方。来人惊奇地说："没想到这儿还隐藏着几户人家。"他们宣读文件说，过去实行跑马地，一鞭子下去，任由马匹飞奔，直到那马自动停下来为止算一亩，这样算不准，现在重新丈量，不仅丈量土地，还丈量青苗。袁栓罗的地不是马跑出来的，他不敢出声，豆大的汗水从额头滚下来。袁栓罗圪旦的百十来号人，从落户那天起，凡事都听他的，他俨然成了领头人。好在来人看到他们的地不多，象征性地量了量，定了一个交粮数，此后忙于战事便没再来。

战争不久后爆发了。1940年春，日军以及王英日伪军以五原为中心，占据了半个河套，临河与五原交界的丰济渠成了一道临时防线。据长篇小说《山河如初见》记载，傅作义的指挥部由什纳格尔庙移至临河县亚马赖村（今乌兰图克镇团结村团结一队）。2月26日夜，傅作义在亚马赖村召开会议，制订了反攻五原的计划，五原战役从3月20日打响，激战三昼夜，取得五原大捷。

战后虽然还有日军飞机不时前来袭扰，但日子基本如常。进入20世纪40年代，临河筒子街向东拐弯的地方再次拉长，形成一条拐杖形状的街，新延伸出来的部分是杖把，筒子街是直柄。临河县委当时建在筒子街的西南方向（今团结路与万丰街交叉地带），与县招待所毗邻。新建的临河县公安局和县医院（今妇幼保健医院附近），一个在筒子街路南，一个在路北。有很多单位，东一个，西一个，全都面积不大，散落在筒子街和拐把子街上。

1942年，拐把子街角成立了一家煤炭公司，煤炭公司有一个装卸工李栓柱，李栓柱有一个继子李根保。李根保的出现，把袁栓罗圪旦后续的故事拉长了。

李根保的母亲提出，再婚后让聪明的李根保读书，李栓柱当时满口答应，但后来却让李根保给地主富农放牛放羊。据李根保回忆，渴望读书的他，经常赶着牛羊到附近的学校听读书声，他说那是世间最美妙的音乐，所有的喧嚣仿佛都静止了。

1944年冬天，黄河冰块涌入永济渠，冲毁了马道桥。次年，绥远省公路处决定重建此桥。新桥采用"豪氏木桁结构"，桥墩基桩入土8米，中孔跨10米，墩前2.5米处置破冰桩。桥总长32米，桥面高出洪水面1.5米，下可通船筏。为使桥渠免受洪水冲击，对旧桥上游0.5公里曲段截弯取直，西移约

50米。这是河套建桥史上的第一座木吊桥。

中华人民共和国成立后，党领导全国各族人民迅速恢复了被战争破坏的国民经济，逐步完成社会主义改造，李根保一家分得了土地、房屋、农具、牲畜。3年后，李家靠种胡麻有了余粮余钱，还包了章嘉庙十几亩地。章嘉庙曾写作张家庙。清朝咸丰年间，村内曾建有喇嘛庙，庙名章嘉为藏语译音。后来，庙上的土地分了，章嘉庙的和尚全去了黄河的南面，庙宇无存，只剩个土圪旦和一棵茂盛的水桐树。1950年，李根保结婚了，那年他22岁。

四、军防、保卫、经田安屯

——民间"红风白风"的由来

黄河千里富一套，河套从春秋战国起，就是兵家必争之地，战乱不断。1950年，河套百姓在新生的人民政权组织下，满怀信心地在旧社会的废墟上建设新的家园。然而，一些残余势力不甘心覆亡的命运，明里暗里进行种种破坏活动，企图扼杀初建的政权。一时间，河套地区土匪猖獗，再加上乱兵之祸，更是雪上加霜，大有黑云压城城欲摧之势。为此，临河、陕坝纷纷组建剿匪部队，调兵遣将，布阵于两地之间，与旧恶势力展开殊死搏斗。其中，以陕坝地委的红马连、白马连最为出名。他们行如一阵红风和白风，静如一幅牧歌之图，给老百姓留下了深刻的印象。

在纪实小说《河套荡寇记（下）》（张志国著）中，真实再现了20世纪50年代红马连和白马连的情况。书中记载，当时陕坝地委有权调拨指挥的剿匪部队只有两个连队，与绥西区生产建政工作团同时调来。当初调这支部队过来的意图是负责地委的安全保卫工作，因而暂时隶属于陕坝公安局领导。200多人经过严格筛选，组成两个骑兵连，白天出兵沿山巡逻搜剿土匪，夜晚返回驻地肩负保卫地委之责，战士们昼出夜归，风餐露宿，不辞辛劳。

那时，土匪主要集中在狼山一带，行踪不定。敌人在暗处，战士们在明处，土匪活动猖獗，隐藏很深，狼山的地形很复杂，剿匪斗争艰苦复杂。加上部队装备有限，战马老的老、弱的弱，战士们心有余而力不足。陕坝地委认为，河套马匹甚多，可以征集一批良马，更换战士们的骑乘。有人提出，河套红马和白马多，用马的毛色编队，可以整军容。于是地委下达通知，从各地征集1000匹好马，马的毛色都是红色或白色。一连战士骑红马，被称为"红马连"；二连战士骑白马，被称为"白马连"。红马连和白马连各有战士130人，每个战士配有一把马刀，一支轻型步枪。

有了装备，接下来是实战演练。陕坝地委根据骑兵连的特性，草拟了一套训练大纲，要求每位战士必须具备马上斩杀、乘马射击、乘马越障、长途奔袭等基本技能。不仅如此，根据河套地区山地平原相间的特殊地形，坚持"上马练骑兵，下马练步兵"的训练模式，以适应多种地形作战的需要。经过刻苦训练，红马连和白马声名远播。

在民间口耳相传的关于红马连和白马连剿灭土匪的传奇故事有：秦扣圪旦远袭御敌、阻击一〇八师叛逃事件、庙儿沟剿匪等。秦扣圪旦在乌加河渡口附近，土匪控制了渡船，肆意抢掠，一时间，渡口路断人稀，商贩绝迹，农民逃离，秦扣圪旦成为土匪的据点。当时正是夏收季节，农民怕土匪，眼看麦子晒得干黄，就是不敢收割。陕坝地委接到匪情后，红马连和白马连夜行120公里，到达秦扣圪旦，以三面弧形攻击态势，消灭了土匪的大部队。那时，陕坝地委的一红一白两个马队看上去威风凛凛，但绥远起义过来的一〇八师却认为，共产党在军事上还是一张白纸，一个步兵营保卫陕坝守备空虚，红马连和白马连整天在外剿匪，首尾难顾，只是摆摆阵势，于是决定起事。一〇八师师部设在陕坝东北方向（今东北大桥附近），部分军官白天人模狗样，一到晚上就出去为非作歹，糟害百姓。经过密谋，一〇八师驻东北大桥官兵，拉着队伍向后山逃窜。红马连和白马连发现后随即一路追踪，摸进后山，从三面包围了叛兵，仅一顿饭的工夫将叛兵全部消灭。

有一天，200多名骑匪旋风般地向三道桥窜去，他们砸了区工所，烧了粮库，抢劫了五原隆兴长十几家商号。剿匪部队接到指令后，兵分两路，一路直捣土匪指挥部西补隆；另一路沿北山南麓迂回，直插炭窑口与红山口，堵截逃散的土匪。红马连和白马连的战士们个个奋勇当先，拼命厮杀，仅有少数土匪逃窜进大山。

由于土匪横行，1950至1952年间，临河县筒子街、陕坝铁匠巷的所有铺面，以及五原的商号等，都装上了防盗木板。板子白天取下，晚上安上。虽然土匪真正动起武来，板子不起作用，但也是一种心理安慰。据李根保描述，那时他们几乎不敢上街，家里没盐了，就去碱地刮点盐碱，没醋了，就用腌菜的酸汤代替。过了两年，土匪彻底被红马连和白马连赶走了，百姓的日子才逐渐正常。

那时候，袁栓罗圪旦的人口逐渐增加，房子也越来越多，从远处看，显示出村落的轮廓。人们在盖房子时，自觉与邻居拉开距离，留出巷道。深谋远虑的人家，会把房子地基抬高，防止雨水倒灌。村子成排或错落建设，往往前一家的后墙，是后一家的猪圈或羊圈的前墙，也可能是柴火圐圙。总而言之，在没有任何规划下，袁栓罗圪旦基本保持"房成排，巷纵开，两家左右各开门"的粗略格局。到了秋天，马车很容易通过巷道，把粮食和柴火拉回家。那时的农民都有积存柴火的习惯，一个院子，半院柴火，一点也不稀奇。有房有地，有骡马和牛羊，是衡量一个家庭会不会过日子的标尺，倘若人口多，牛羊也多，院子里鸡鸭成群，就是殷实的好人家。

生活安定了，民众的业余生活丰富起来。袁栓罗圪旦和邻近的几个村子，每年秋天都要举办一次"举羊赛"。活动很简单，让村里力气大的人举，能举起最大最重的羊的，就是这一届的羊王。据说，那时蛮会盛行"举牛赛"，牛可比羊重多了，一个牛王的奖品是一只小牛犊。

城里人的业余活动是另一种形式，露天戏演了一场又一场，演多了，就搭成戏园子，戏园子再发展就是电影院，既能演戏又能放电影。据说，当年盖电影院时，从深坑里挖出一枚炸弹，军队立刻戒严，进行拆除，后得知是五原战役时，日军投下来的哑弹。危机解除后电影院很快盖起，除了放电影、演戏，各种县级会议也在电影院召开，那时电影院叫影剧院。

从1953年开始，临河县人民政府根据住宅需要，开始统一建盖干部、职工住宅，由于那时国家计划住宅建设费远不能满足住户发展需要，一些机关、企业便自己搭建住宅。

住宅开始向拐杖街延伸，把拐杖拉得不像拐杖了。筒子街西面顶在马道桥上，反方向往拐杖街上顶。过了几年，拐杖街长了，筒子街却短了。

再次改建马道桥是1955年，内蒙古自治区交通厅联合采用柴油机打桩、汽车引擎动力带卷扬机打桩、射水冲桩3种机械方法。桥墩基桩入土11米，下部为座架式墩，桥台前设导流平台。墩座前置三角形桩，束破跨体以利破冰导流。上部改为3孔跨12米豪氏木桁架，总长42米。桥面高出洪水位1.5米，桥下可通船只。桥上安装栏杆，铺设双层木桥面板并建有避车台。这座桥的造型、工艺、质量在河套木桥史上堪称一绝。

五、乌兰布和沙漠十日谈

在巴彦淖尔的城市变迁中，新成立的巴彦淖尔盟行政公署迁至磴口县这一笔，怎么也绕不开。1958年，磴口县因盟政府的迁来，逐步开始各项建设，先修建了东升、团结、东风3条主街道，后增修了9条侧道。主街道两旁相继建起盟委、盟行署、盟商业局、工会、招待所、医院、邮电局、新华书店等几座大楼，最高4层，最低2层。还兴建了红旗电影院、军分区礼堂、东风剧场等文化娱乐场所，和三八、团结、东副食、西副食、火车站、南副食等商业门市部，以及部分盟直机关办公室和巴彦高勒火车站，自治区、盟、县所属工厂就有30多家。

磴口三面环沙，一面临黄河，自然环境十分恶劣。人民经常受到风沙和水灾的侵害，风沙来自乌兰布和沙漠，水灾来自黄河。100多年前，乌兰布和沙漠边缘因黄河洇湿，草木丛生，形成许多海子和湿地，沙漠移动缓慢，后来清政府以地租折抵白银，将大片良田划给教会，外国传教士实行乱垦滥伐，严重地破坏了固沙植被，加之没有管制的饥民到沙漠里刨挖柴草、药材，长年累月，草木被砍伐一空，流沙没有束缚，以平均每年十几米的速度东侵，最快时速度达七八十米。从1950年起，磴口一直在不间断地防沙治沙，历经数年，已经营造起一条防沙林带，并向沙漠引水，开渠43道，向沙漠收回被侵占的耕地十几万亩。然任重道远，巴彦淖尔盟行政公署迁来，积极争取国家的扶助，于1959年成立中国科学院内蒙古磴口治沙综合试验站，中国顶尖的治沙专家开始把目光转向乌兰布和沙漠，相继建立巴盟哈腾套海综合机械化林场、包尔套勒盖林场、太阳庙林场、磴口县防沙林场、巴盟治沙综合试验站等单位。现在我们熟知的"一团"，曾经是巴盟哈腾套海综合机械化林场，也就是通称的"老兵团"，后更名为"乌兰布和农场"。而六团则是新建单位，当时荒芜无林，现在俨然是沙漠里的一颗夜明珠。

报告文学《穿越乌兰布和》（陈志国著）中，有一段生动的描述，大部队上来了，工、农、兵、学齐上阵，一支支队伍浩浩荡荡地开进沙区……到了夏天，新疆的白杨、贺兰的红柳、河北的枣树、吉林的沙棘，相继在这里安家落户。经过几代人的努力，沙逼人退渐渐变成人撵沙走。

如今的乌兰布和沙漠已大变样，笔者于2021年4月10日至20日，在种梭梭的季节，来到乌兰布和沙漠，亲身体验严寒、风沙和孤独，窥一斑而知全貌，来探索沙漠之城形成的轨迹。

我去的地方简称"十七牧"，全称是巴彦淖尔市圣牧高科生态草业有限公司第十七牧场，下面有1至16牧，上面有18至25牧，共25个牧场。这25个牧场，前期用沙打旺、毛苕子、草木犀等豆科作物作为绿肥，改良盐碱化土壤，固定土壤表层，防风固沙。又以冬青、柠条、梭梭等低矮沙生灌木为主，新疆杨、胡杨、沙枣、榆树等树木为辅，建植防风林带，阻挡风沙。

十七牧的药材基地占地700亩，每100亩为一格，格与格之间由小路连接，有的格北高南低，有的格西高东低，格内的沙丘最高达十几米。按照规划，每100亩的4个角，以及连接4个角的直线距离，都要种防沙固沙植物，用来保护种在沙地中间的药材。这里已经靠近乌兰布和沙漠的西南端，由于沙化耕地多，从圣牧大道的柏油路下来全是颠簸的沙路，而圣牧大道的树木，则齐齐整整地聚拢在黑色的马路两侧，嫩绿的枝条随风摆动，那气度透露着成长的自信，绿意暗藏着活下来的机缘，俨然是沙漠之城的见证者。

沙漠的春天是积蓄和酝酿，它们在等待沙尘暴停歇的时机，那一刻一旦到来，玉米基地、土豆基地、饲草基地……都将行动起来，种子落地，药材开花，一种新的防风固沙模式在已形成的基地上实施。然而眼下，十七牧所在的"沙金套海苏木项目区"是孤独的，十七牧处在春天幽深的孤独中。

来的路上，我看见乌兰布和宏伟的引黄河入沙漠工程，已经进行到十二牧和十三牧之间，一渠澜澜大河从南边的黄河直入沙漠，水波碧绿清澈。这说不清道不明的沙漠世界，在城市之外，在沙丘之间，神奇得让人捉摸不透。

在沙漠治理中，万物生长主要靠水管和毛管的引入，每一个毛管上的孔，在距离植物根部最近的地方滴灌，为植物补充水分。水管和毛管是消耗品，一年铺一茬，需要把旧的撤去换成新的。可惜药材基地去年种的果树苗全死了，光秃秃地立在沙地里。那些被风侵蚀了一年的管子，依旧可怜地缠绕着树苗。为了防止风沙把管子吹走，在去年的管子上，每隔三四米压着一层厚厚的沙土。现在，沙土变大变硬，把管子深压在下面。于是，所见之处，毛管有一段没一段，若隐若现。撤管子是个力气活儿，需要把安在阀门上的粗水管用镰刀割断，沿水管往下走，边走边把每隔4米的三通拔下，扯去上面的两条毛管头，再折回一条毛管的另一头，之后再把埋在沙子里的管头拽出来。

这块沙地南低北高，返绿的青草逐渐升上头顶，很快我便看清，那不是青草，是药材。药材是草本状灌木，既是固沙植物，也可以药用。这个季节，还分不出雄球花和雌球花，因为它们正处于复苏阶段。缓坡上停着一辆大型平移式喷灌机。50多米的长臂如同一只振翅欲飞的大鸟，下面的轮子可在电脑的操作下，进行平移喷水作业，平时只将它们用于喷灌药材。栽种在地角的梭梭和沙枣，也全靠水管子关照。

尽管经过五六十年的植树造林与沙漠改造，但乌兰布和沙漠的风依旧肆虐，风总在某天的下午三四点造访，在沙地形成一个又一个小而扬尘、大而旋风的阵势，不过它们往往在有植物的地方落败，可见植物对风的威慑力。每年四五月，市区两级和磴口县各企事业单位，有上万人来这里植树造林。过去沙漠缺水，栽种的树成活率为三分之一；现在基地通水通电后，只要没有沙尘暴戕害，一般情况下都能成活。

药材基地北面是未开发的沙漠。去年铺设毛管时，沙子还在基地界碑外；现在北头的地角已经被移过来的沙子掩埋，并且沙子还在进一步推进。

从界碑网侧面看，网基不见踪影，网子被沙子拉得一条一条的，好像基地这边有诱人的糖果，它们非来不可。未开发的沙漠令药材基地老板发愁，人没有力量把移过来的沙子推过去，需要动用大型推土机，而且移过来的沙丘后面，又顶上了新移过来的沙丘，依此类推，人是无法将它推回去的，只能寻找新的沙坑。如果把沙子铲出去，费时费力又费钱。

在乌兰布和沙漠搞开发，首先是推沙，把高沙丘推进沙坑，把深不可测的大沙坑填平；其次是改良土壤，这个过程比较漫长；最后是选择种植项目。在已经成形的牧场基地，小散户拥有二三百亩沙地，拥有上千亩的更是大有人在。

基地雇工人，越是大户越能雇到好工人，这是双向选择的问题，一是好工人愿意找好东家，二是好东家能让好工人有钱赚。圣牧有机牧场喜欢招夫妻搭档，原因是沙漠空旷寂寥，夫妻一起来打工待得住。

圣牧大道是一至二十五牧的主路，沿大道往北走一段，就看见二十五牧的牌子，沿牌子一直往东去，是二十五牧的玉米基地。玉米基地更加平整，不知道的还以为是河套平原的土地，一眼望去，平整宽阔，无边无际。机器压的塑料薄膜光洁顺直，一道一道延伸到眼睛看不见的地方，所有毛管从膜里被揪出来，接在粗水管的三通上，乍一看，它们仿佛是一路隐藏在膜下的，来到水管前集体探出头。于是，你看吧，一道粗水管带动着膜下的无数小水管。未来，小水管上的孔将为玉米进行滴灌，陪伴玉米从种子发芽，到玉米棒子变黄，水管和毛管才算完成使命。

茫茫沙漠，动辄几十里，工人大部分时间都耗在路上了，步行是不可能的，都是由包工头接送。每个包工头都有一辆能拉七八个人的商务车。每天早晨6点30分，晚上7点30分，包工头开着车，接送他的雇工到各基地干活。因有的牧场没有采光板房，有的基地没电没水，他们得租用其他牧场的驻地。包工头也很辛苦，工人下工后可以休息，而他们还得去拉水，安排厨房伙食。那条圣牧大道，对他们来说轻车熟路。

我已经基本了解了周遭环境，虽然没一一去过，但大致图谱刻在心里。药材基地的角角落落，都在撤毛管与铺毛管过程中一一了解。我甚至知道一至七号地是沙地、红泥地，还是沙与红泥混合的土地。我知道哪块地的沙和尚、黑甲虫最多，哪块地的老鼠洞又大又深。刚来时，如果在地里看到有趣的事或景象，我还会趁休息拍个视频或照片。

离我们最近的邻居是西面地头外养牛场的花白奶牛，我们去那里劳动时，总是看见它们一边咀嚼一边流口水。每天上午10点，牛场会传来阵阵音乐声，那是给牛听的，为了让它们心情愉悦多产奶。牛棚外面有几排白色的、像小房子一样的格子，是初生牛犊的"婴儿房"，非常可爱。

除了刮风，沙漠的春天多半是阴天，阴天并不冷，但潮湿的空气让人烦躁。每当我们在凹处的沙地干活时，总感觉沙梁很高，云层很低，我们像被什么东西压着。我们就像丈量地球的行者，在沙地上一遍又一遍地行走。

沙漠需要雨水，但此时基地的负责人却害怕下雨，因为刚刚铺好的毛管，虽然有沙土和沙袋双重保护，但仍有被掀起来的危险。还有梭梭苗和沙枣苗，它们稚嫩的茎条经不起风吹雨打。沙漠植物难活，难就难在要么无雨，要么刮大风，气候不定。今年种不活，来年要接着种，在沙漠里只有锲而不舍才能收获成果。

我做了一个试验：在沙堆下挖一个坑，几小时后，坑居然被沙子填平，形成一个小沙丘，可见沙子移动的速度多么快。

包工头曾经带我们去六团买过一次日用品，六团名为"农一师六团"，始建于1958年，是一个以农业为主，农、林、牧、副业全面发展的中小型农牧团场。阿克苏至塔里木公路和十几公里长的防渗灌渠纵穿全团，有得天独厚的地理优势。团部建有滨河路、建设路、晨光路3条纵向道路，以及健康路、迎宾路、友谊路3条横向道路，同时还建有一条滨河景观带、一条商业街、一条环城公路。现在的乌兰布和沙漠部分区域俨然是一座城市，六团是其中的一颗夜明珠，吸引着沙漠腹地的人去它那里消费。

据了解，按照城镇化发展的思路，未来的六团将对市政道路实施升级改造，铺设五连至六团的柏油路，还将建设文化墙、文化广场和亭台，改善职工的生活环境。这些举措无疑不是城市的构想，沙漠之城的规模将随着沙漠的改造，一步步扩大，整个乌兰布和必将摆脱"红色公牛"的恶名。

有一天，天刚蒙蒙亮，透过化肥袋子制成的窗帘，我看见外面黄漫漫、混沌一片，是沙尘暴来了。经过一夜风沙的侵扰，采光板房内沙尘泛滥，我们的被子、枕头、鼻子、脸上全是沙子，一张嘴，嘴里也是沙子。风呼啸了一早晨，能见度不足3米。

这样的天如果人们不饿，只能无休止地睡觉。在睡梦中，我看见一棵梭梭被风刮倒了。梭梭的生命是大自然赋予的，大自然每年收到千千万万棵这样的礼物，又失去千千万万棵这样的生命。这并不是梭梭娇贵，也不是沙漠无情，而是风很狂妄。狂风总是在中间使坏，不让它们相生。人类为防风固沙前赴后继、屡战不怠。

风刮了一天一夜，第二天风平浪静。我有一件急事需要尽快返回城里处理，开车走上圣牧大道时，我竟流下眼泪，握铁锹而不能伸直的手无力地摊在方向盘上，十几天的苦累在这一刻化为至高无上的崇敬。过去的、现在的，好几代治沙人造就的沙漠之城正在焕发光彩，而广袤的沙漠仍将需要现在的、将来的代代治沙人接着去征服。

六、巴彦淖尔影剧院的前世今生

再把时间拉回到20世纪50年代末。当时，临河县发生了两件大事：一是包兰铁路正式通车，临河县有了火车站；二是临河县委加强对乡镇的整合管理，袁栓罗圪旦更名为"曙光二社"，李根保就任临河县第一个村级社队长。撤去村名的袁栓罗老人，和新的村领导李根保相遇了。

李根保上任后，十分尊重袁栓罗老人，遇事都要与他商量。袁栓罗也喜欢李根保，觉得李根保有远见、有魄力，一定能把袁栓罗圪旦，不，是曙光二社带领好。李根保不负众望，先集资修建从曙光二社通向拐杖街的土路，又把农业技术人员请来指导生产，增加了社员收入。次年，他整修房子，把老婆和女儿从邢家台子接过来。老婆当时抱着大的、怀着小的，对眼前的变化充满疑虑。她万万没想到，有朝一日放羊小子李根保能当上队长。

过了几年，城里主街的商业项目逐渐增多，百货店、副食店、药店、书店、理发店、照相店、钟表店、饭店、茶馆，应有尽有。因临河县火车站开通，拐杖街一路向南，被坐火车的人踩出一条车马道，这条车马道就是临河胜利路的雏形，在当时，它还是曙光二社的土地。

临河县火车站是兰州援建的，职工也都是外地人，他们说着普通话，穿着蓝色工作服，自行车把上常用网兜装着一个明晃晃的饭盒，走起来哗啦哗啦地响。他们不怎么到城里买东西，火车站福利待遇好，许多日用品定时发放，还有可能就是他们整天坐火车周游，见多识广，都在大地方消费了。他们与本地人，除了中间隔着荒野，还隔着一层生疏。

当拐杖街不再依附城里的主街，即将形成比主街更加宽敞的独立街路时，李根保带领社员把那条土路拓宽、加高，把隐藏在荒野的曙光二队与城市连接起来。然而，一旦进入城市网格，与城市主体发生关联，它的村容村貌也就被纳入管理范围。城里要求他们讲卫生，不能随便倾倒垃圾。为了过冬，村民发疯似的往回搂地里的秸秆。因为村里烧不起煤，甚至有的人不知道世界上还有煤这种东西。在他们固有的认知里，煤是公家人用的，农村人只能烧柴草。

李根保倒是经常光顾煤炭公司，因继父之前在煤炭公司当过装卸工，知道煤的好处，也知道如何省煤，所以他们家会用煤。早年，河套有"白贱黑贵"之说，白指白面，黑指煤。百姓主要把植物秸秆和动物粪便当作生产和生活燃料，只有少量富人使用煤，煤的价格也高得离谱。但是中华人民共和国成立以后，煤炭公司由几个商号联营，政府调控价格，城里一般人家都能

老人说"有大门的人家都是搂尾人家"（马利红摄）

烧得起。那时煤分三种，即乌达块煤、乌达面煤和三道坎煤饼。李根保家用的是乌达面煤。面煤也分等级，最次的不起火，只冒烟，十分便宜，他们买的就是这种煤，回家和上红泥打成煤饼，只要着起来，就比柴草耐烧。

为了解决城市脏、乱、差的现象，临河县委组织建起16个混凝土预制垃圾箱和5个公共厕所。那时还没有从地下走污水一说，一个厕所，男女各半，中间是露天的粪池。粪池建设容易，管理难，城里的环卫工人数量有限，连街面都顾应不了，根本没有时间和精力去打理粪池。于是，公厕成了"公害"，一到夏天，臭气熏天，臭味能飘到几里外。于是，李根保带领社员挖了个蓄粪坑，分时段进城去拉大粪。大粪浇到地里当地肥，庄稼长得旺。城里人嫌弃的大粪在曙光二社是宝贝。倘若曙光二社的社员因为农忙，没顾上进城拉大粪，临河县委的人还会找上门，央求李根保快派人去。

随着人口的不断增加，到了1961年，旧的县医院已经不能满足居民看病需要，县政府选定胜利路中段（今临河医院）为临河县医院新院区。之后，临河县医院升级为临河市医院，撤盟设市后，又改为临河区医院。今天我们看到，临河区医院被高楼大厦嵌在中间，但在当时，那可是雄伟宽阔的建筑。2021年6月20日，笔者在临河区医院看到，医院已经搬到更大的场区，旧楼正在出租，过去一楼的门诊室窗户，被改成一个个门店。从地理位置来说，区医院环绕着商业大厦、金川贸易大厦、富源商厦、蓝宇大厦、百花商贸和世奥广场，它归于商业乃大势所趋。

过了两年，城里有人骑自行车了。不过他们的自行车与火车站职工的自行车不一样，火车站职工的自行车分28式、26式，男的骑28式，女的骑26式。而他们的自行车一律是28式，大个儿把座调高，小个儿把座调底，有的够不着脚蹬，就先利用自行车的惯性坐在大梁上，然后从前把腿跨过去，再把屁股挪到座上，骑的时候，蹬下高的脚蹬，勾起低的脚蹬，屁股一拧一拧的，一直拧到目的地。那时，公安局只有一辆212型号的吉普车，一般的办案人员仍然骑马，马队进进出出，经常把城里踩踏得一片黄尘。

位于火车站南1公里外的先锋桥，是1964年由自治区水利厅投资，巴彦淖尔盟、临河县两级共同施工，工程为期110天，总投工7343个，实际支出74162元。1968年，大兰庙桥由木头桥改为钢混桥。这些桥梁的建成，打通了巴彦淖尔盟的进出口通道。

拐杖街于1965年从东门修到火车站，称作"胜利路"。胜利路的贯通，扩展了临河县城的框架。两年后，内蒙古巴彦淖尔解放军二七九医院在临河县胜利路建成，是团级野战医院，主要负责包头以西、兰州以东地区驻军的医疗救治。它当时是内部医院，后对外营业。李根保从来没去看过病，也没进去过那里。据说二七九医院内全是罕见的松树，门诊后面的疗养区，绿树成荫，曲径通幽。

城市加速向曙光二社靠拢，曙光二社东临今建设路，南至今新华街，西到今团结路，北接今临五路，漫漫田野，正在被城市一点一点吞没。谁也无法预知未来，当年袁栓罗来到这个荒无人烟的地方时，绝对想不到今天的变化。

袁栓罗年纪大了，李根保成了200多户社员的领头人。离城市近，李根保的思想更新很快。他成立了临河县农村第一个保育站，让不能出工的孕妇和老人做保育员，把村里5岁以下的孩子集中看护，解决了社员的后顾之忧。保育员除了看孩子，还照顾社里的孤寡老人，一批保育员工作到孩子断奶，再换下一批，依此类推……于是有人开玩笑说，曙光二社的女人结婚第一，当保育员第二，幸福的保育员过后，就是漫长的劳动岁月。

李根保又萌生了大棚产业的想法。他看到城里人冬春只能吃腌酸白菜和储藏的土豆、白菜，有钱都买不到其他蔬菜，于是就带领社员在今建设路东北头，原先的一个庙圪旦上盖起4堵高墙，里面建设温室大棚种菜，为社员增加经济收入。

采访中，已经是86岁的李根保说起这段往事仍心驰神往，说："你看吧，每天早晨，在城市和农村之间，在新修的胜利路至城里的解放街上，从曙光二社菜园子赶出来的马车，拉着绿油油的蔬菜，在街上叫卖，那情景真是好哇。"老人说，温室大棚是集体的，社员种菜的种菜，浇水的浇水，摘菜的摘菜，卖菜的卖菜，分工明确。上街卖菜时，每辆马车分配一个赶车的，一个提秤的、一个记账的，晚上回来统一给队里的会计交账，一年下来，再给社员分红。

20世纪60年代末，是临河县城市发展的转折点，也是袁栓罗和李根保生活的转折点。巴彦淖尔盟政府即将迁回临河县，划定今新华街盟委旧址为盟委大院，同时划定百货大楼、法院、检察院、公安局的位置全部在新华

早期的临河市政府大院（马利红摄）

街上。这些重点单位和一些公司、商店，基本占去曙光二社南边的大部分土地，曙光二社要融入城市的发展。20世纪70年代初，临河县的城区建设均按规划有序进行，布局紧凑集中。火车站和旧城通过纵向道路连接，横向（东西方向）街道相对较短。分区功能较为明确，工业区布局在县城西南部。

1970年，巴彦淖尔盟政府搬迁回临河县城。翌年，临河县通往火车站的灰渣路翻修，筑成渣油路面，为巴彦淖尔盟县城道路高档次修筑的首创。也就在这一年，曙光二社的200多户人家被各个单位、住宅所包围。从外观看，单位、住宅齐齐整整，但曙光二社却破破烂烂，柴火乱堆，污水横流，晴天土圪卜，雨天泥水滩。与此同时，曙光二社东西两面的土地都被划出，其中东面修利民街，建学校，规划住宅，西面与城里相连接。这样一来，曙光二社就只剩下菜园子了。李根保和他的曙光二社，成为巴彦淖尔历史上第一个为城市让路、搬迁的村子。当时，很多社员闹情绪，不愿搬，大队让队长带头搬，李根保只好在大队管辖的一队要了一片宅基地，地址在今大学路六完小附近。

当时，社里、家里乱糟糟，谁也顾不来谁，李根保背起行囊，从曙光一社调了几个社员，在一望无际的麦田里，破土放石，拉砖运沙，盖起了房子。

那时的房子，一般都是里外间格局，人口多的就盖两个里间、一个外间，没有客厅之说。李根保怕家里人多住不下，别出心裁地加大女儿房间那面墙的用量，从走廊又贯穿出一间卧室，这样房子的结构就成了：一进门，前客厅，后厨房，东边大卧，西边小卧，小卧南面与主墙之间是一条走廊，走廊尽头又是一间大卧。李根保爱思考，他在盖房子时就想到整个大屋取暖的问题，把做饭的灶盘在厨房后墙，顺后墙又做了一堵贯通3间卧室的、1.5米高的火道，称之为"火墙"。到了冬天，在厨房的灶上一做饭，带动着3

间卧室全暖了。穿过走廊的这间卧室，门朝客厅开，约15平方米。为了增加它的亮度，李根保做了一个内置窗，也就是说，走廊外是房子的大窗户，走廊内是卧室的小窗户，窗窗相对，光照充足。

从小流离失所的李根保特别重视对房屋的建设，大到椽檩，小到螺丝钉，他都亲力亲为。他不知从哪儿学了水磨石的制作方法，不顾儿女们的反对，非要把东卧室的地做成整体水磨石。这是个费时费力的大工程，得一点一点用手把图案打磨出来。他每天白天上班，晚上打磨图案，家里人看不过去，只好全部上手。一个月后，图案打磨成功，细碎的象牙白石子散落在方形或椭圆形的格子里，格子与格子之间是水泥色的线条，十分精美。

秋收后，在临河县城东面的广阔平原上，李家的房子逐渐显露出来。社员们不理解，公社明明指定了迁移地点，大家又可以住在一起，李根保为什么要搬去没有人烟的地方？关于这个问题，当时李根保的想法很简单，深入农村，心里踏实。李家后来成为当地学校和民居的坐标。

曙光二社整体搬迁后，巴彦淖尔盟政府因开会没有大会场，演出没有大舞台，放电影没有大剧院，便决定在曙光二社旧址建一个影剧院，并向自治区提出申请。1979年3月，自治区拨款20万元，后追加到70万元，其余部分由地方自筹，用于建设电影院。电影院由内蒙古设计院参考内蒙古工人文化宫的设计，后来因增加了一个舞台，遂改为剧院。剧院于1979年秋开工，由巴彦淖尔盟建筑公司施工，可抗9级地震。1981年9月底，剧院竣工。主楼建筑总面积达3400平方米，占地近8亩。关于剧院的定名，"河套电影院""巴盟剧院""巴盟戏院""塞上剧场"等众说纷纭。梁国财研究了北京60多家影院、剧院、戏园的名称，认为它是一个集开会、放电影和演出为一体的多功能综合剧院，所以叫影剧院最为合适，前面冠上"巴彦淖尔"。他的建议得到认可，巴彦淖尔影剧院的名字定了下来。11月1日，巴彦淖尔影剧院举行落成仪式，李根保当天带女儿看的第一部电影叫《特高课在行动》。当时的巴彦淖尔影剧院，是那个年代内蒙古西部地区独一无二的、宏伟壮观的建筑物，是巴彦淖尔盟一道亮丽的风景线。

10年间，临河—陕坝公路重修加宽，百货大楼开始施工，公用房产迅速增加，成立了城建局。胜利路、新华街、团结路，翻修为渣油路。其中，临河百货大楼建于1971年，竣工于1975年，楼面正面为3层，侧面为2层，营业面积为8800平方米，宾馆饭店面积为3500平方米，仓储面积为2120平方米，是那个年代临河县唯一的综合商场。

临河县百货大楼于1975年竣工的时候，人民公园也建成了，总投款4万元，占地20公顷，刚开始叫"新华公园"。公园建成后，园林管理所人员就地建起砖窑，开始烧砖，用自己烧的砖相继建起围墙、大门、售票处、管理室和两道花墙。围墙为砖石结构，基础为毛石带形，墙身为红砖，墙高2.3米，主大门为三门联座。

3年后，按县委规划，公园的东北角划拨建设体育馆，新华公园改名为"人民公园"。今天，人民公园的东南西北各有一个门，可以满足来自胜利路、欧式街、团结路、新华街4个方向的市民进园游玩，今天看来，它已属于城市中心。

后来，胜利路上建起一座胜利桥，也叫马拉沁桥。先是木桥，后由政府投资改建，成为一座钢混结构桥。今天，我们开车走过此桥，在快上桥时会迟疑一下，因为建桥时设计的机动车道与非机动车道的尺寸，显然与今天的路面、车流量不匹配，感觉那桥突然缩回去了，车也得跟着往回缩，否则继续直行会撞在桥墩上。桥下是北边渠，过去直向东去，浇灌着东边的田地；现在断流，成了沿渠居民的垃圾点。政府几次整治，都因拆迁难度大而停滞。2020年，政府下决心整治北边渠，要把它建成像永济渠那样的长带公园，目前正在拆迁，靠近渠边的平房区好拆，楼房有些难度。紫薇园附近的北边渠南，有一栋老旧楼房，笔者在现场看到，楼房拆了一半，又停工了。拆除的地方，用网围栏围着，里面黄土漫漫，亟待建设。紫薇园南门的树林已经在向长带公园靠拢，里面绕树修了人行道，老人们在里面遛弯、打太极，是当地休闲的好去处。试想这个树林子和长带公园合体后，该是多么好的景致。

七、城中村新时代纪略

1978年后，临河县城区新建了大批私产住宅和商铺，曙光二社让出来的土地成了街道和房屋。这些建筑像5月的麦子，一天长一截，半年大变样。

接下来几年，可谓发展迅猛。就在李根保的小小女儿在巴彦淖尔盟附属小学上学的5年里，利民街形成，利民东街刚好在李根保家前面，他家前后左右陆续建起房。紧接着，利民街中段的四中、附中、师范学院，利民街东段的六完小、广播电视学院、水利学院、财经学院、党校逐步建成，后来河套大学建成，人们把这条路叫大学路。

弹指之间，风驰电掣。

1984年，一个振奋人心的消息传来：临河县升级为临河市（县级市）。同年，革命烈士纪念碑在人民公园开工兴建。此纪念碑是为纪念1928—1951年在巴彦淖尔地区革命斗争中牺牲的革命烈士，以及在中国人民解放事业和抗美援朝保家卫国的战争中献身的河套儿女。次年，胜利路进行拓宽改造，拆迁房屋200多户。经城建局重新规划设计，路面拓宽到40米，路面改为机动车道、人行道，中间机动车道分快慢道，两侧为人行道。新华街也实施了拆迁拓宽方案，拆迁房屋55户，路面拓宽到40米。

5年后，临河市妇幼保健院门诊大楼在影剧院西面开工建设，老街解放街重修，新修了庆丰西街、西环路和横纵街路，临河市城区的框架进一步扩大。解放街由原来的9米拓宽到14米，长达2450米，一条沿用了60多年的老街再次焕发出勃勃生机。

进入20世纪90年代，改革开放的脚步改变了曙光二社菜园子的生存，山东菜、银川菜每天早晨像小山一样堆在菜市场批发，中间商不再光顾菜园子，菜园子逐渐衰败。李根保顺应市场潮流，把菜园子试着承包出去，结果谁承包谁赔钱。社员的大田基本都被城市占领，菜园子又不景气，社员们没事干就只好去城里打工。

李根保被调到曙光乡的乡镇企业当干部，就在菜园子地衰败之时，乡镇企业却发展得如火如荼。改革的力量打破了旧的，创造了新的。解放街的门

20世纪80年代的临河县街景（临河区党史资料办公室提供）

市部一个挨一个，路南主要是打机井设备的门市部，大约有十几家；路北有塑料厂、螺丝厂、铁丝厂、工艺美术厂、玻璃厂等，涌现一大批曙光乡的乡镇企业门市部。当时，在解放街向东延伸的地方，还有曙光乡的造纸厂、医院、建材商场等。

李根保晚年最难忘的两个人，一个是袁栓罗，另一个是工艺美术厂的厂长董尚文。工艺美术厂的第三代学徒闫丽霞，于1989年进厂，在1995年离开厂子，工作了6年。据她说，1989年的城里已经不再繁华，繁华区在今金川贸易大厦一带。当时，那里是露天市场，后来被盖成封闭式的便民市场，从如今的胜利路起头，到团结路结尾。后拆迁修成欧式街，商户全部搬入金川贸易大厦。在当时，城里最大的商店是城关乡的乡镇企业——城关商场。

1989年，现在的临河区博爱医院所在区域是那时的工艺美术厂，门楣上的5个鎏金大字在黑色木板的映衬下显得光彩夺目。那些木板其实是护门护窗，主要是防盗的。门上8块条板，窗上16块条板，用一根"U"形铁棍固定，U形顶端的两头伸到门窗的凿洞里，可以从里面别住。每天早晨，当班的两个小子站在窗下，一个在外面用手推"U"形铁棍，只听"哗啦"一声，另一个小子的头豁然从玻璃上露出来。几个女孩打开门，进行晨间的清扫。这时，一个瘦瘦的、矮矮的、头颅呈倒三角形的老者，从里面的暗影中走出来，他就是董师傅，闫丽霞就在那几个女孩中。

工艺美术厂布置简单，却充满浓厚的文化气息：一进店，对面墙上挂着一幅镇店匾——孔雀东南飞，2米长，占去多半墙面。边缘搭配一些其他作品。另一面墙上则挂满了锦旗，有大的、小的、长的、方的、三角的……给顾客做好的锦旗会在店里挂两天。锦旗上粘着的各种字体的海绵字，就是董师傅的杰作。

工艺美术厂鼎盛时期有30多名员工，那时还不兴叫员工，叫徒弟。工艺美术厂的前身是工艺品厂，是曙光乡从南方引进的项目。厂子不缺有技术的工人，就缺能写会画的人。工人不懂美术，更不懂风景的构图、动物的框架，常常把孔雀的羽毛粘成鹦鹉的羽毛，又把该用贝壳表现的景致胡乱用石子代替。乡里决定选拔能人，李根宝请董师傅出马。董师傅上任后，匾额制作精良，成为人们送礼的绝好选择。每一块匾额外罩玻璃上的祝福语，都是董师傅亲手写上去的。李根宝每次路过，都要进来看董师傅写字，啧啧赞叹，充满敬意。

到了1990年，众多商店出现在胜利路上，似乎一夜之间，城里成为机井管网的天下。董师傅的手艺绝佳，全临河市独此一家，生意欣欣向荣。随着城市的快速发展，玻璃镜面的需求量加大，离临河市最近的乌海制镜厂扩大生产，但满足不了临河市的用量。曙光乡审时度势，决定在工艺美术厂成立临河首家制镜厂。前期的预备工作结束后，董师傅带领一众徒弟开始艰难的制镜过程。制镜充满坎坷，生产出来的废品总是比成品多。还有一个原因，据传制镜过程中散发的化学气味对人体有害，徒弟们很担心，慢慢地都离开了。董师傅最终关停了制镜厂，继续从乌海进货。

经济进入活跃期后，开业时赠送贺礼已经不再拘泥于匾额，市场上的礼品花样繁多，选择的空间很大，工艺美术厂的匾额滞销。同时，街上出现很多玻璃代销点，店主年轻力壮，上门服务，工艺美术厂的老顾客被逐渐剥离。1991年，有人购回一台原子刻章机，影响了手工刻章行业的秩序，老艺人失业，现代企业粉墨登场。董师傅的牌匾生意、锦旗生意、刻章生意陷入低谷，曾经辉煌的工艺美术厂"门前冷落鞍马稀"，一派萧条。再后来，工艺美术厂被拆迁重建，盖成现在我们看到的临河区博爱医院。

李根保家东墙下的沟渠，曾在修大学路时建了一座小桥，人们称作"六完小桥"。后来桥下的水断流，桥也荒废了，不知何时被掩埋了。现在说

"六完小桥"，很多人不知道。

袁栓罗晚年蹲在被城市包围的菜园子门口晒太阳，城市的楼房眼看就要盖到这里了，他心慌得眼皮一跳一跳的。孩子们宁愿在城里租房住也不愿回来住破旧的土坷垃房。他能理解，孩子们要在城里扎根，就像他年轻的时候要在河套这片土地上扎根一样。

1992年，菜园子被拆除。这回是拆除不是拆迁，而且拆了盖商住楼，分给曙光二社的社员经营。也就是说，失去土地的曙光二社社员们，成为失地农民。盟里、市里、乡里，经过无数次协商，先规划了路，后大胆提出盖小二层楼，目的是让社员们在下面做生意，在上面居住。工程历时4年，4年后，一条商住楼环绕的建设路与解放东街延伸路诞生了，这片区域称作"曙光新村"。

袁栓罗的孩子们搬回来了，曙光新村现在是城市的一角，曙光二社社员被集体转成城市户。年轻人和孩子们从此脱离农村，成为城里人。

李根保当年选择的宅基地，现在成了大学路的中心位置，路边都是门脸房，后面是住房，中间是果树和菜地。李根保和几个社员，当年没随众转城市户，现在依旧是农村户口。曙光新村盖好后，过去的老邻居让李根保回去住，李根保没回去。他喜欢看大学路上的孩子们熙熙攘攘地上学，喜欢听学校的铃声和读书声。他一直遗憾自己没读书，虽然后来也读了几年夜校，能看文件和报纸，但少时没读书的遗憾终究是个心结。

尾　声

2003年，巴彦淖尔盟改为巴彦淖尔市，临河市改为临河区。2018年4月，巴彦淖尔市党史办和临河区党史办共同发起"寻找中共临河地下党组织——临河党支部的旧址、中共临河地下党组织联络站——光化药房的旧址"的行动,希望通过树碑立传,引导年轻人回顾历史、敬仰英雄、珍惜现在。这一年,袁栓罗已经去世,李根保也85岁高龄。

李根保清楚记得这两处革命旧址,说:"就在城里影剧院那儿,两个地方离得不远。"经核实,两个旧址,一个在临河区解放街101号(万客乐超市后),一个在临河区解放街130号(五洲大酒店前)。老人回忆说,袁栓罗跟他说起过,说他曾经骑马去这两个地方看过,临河县党支部旧址是一个平民小院落,土坷垃房,一进一开,里间盘着火炕,炕上铺着一整张席子和两块毡,窗格子上糊着麻纸。光化药房就是后来的临河县医药公司,再后来盖成五洲大酒店。

经过论证、勘察、定址,最终在离原址400米处的解放街经纬广场,立起一座纪念碑。纪念碑由基座和碑身两部分构成。基座呈长方形,正面镌刻"中共临河支部党组织联络站纪念碑",背面为汉白玉浮雕,生动浮现了临河支部成立的场景和光化药房作为党组织联络站的日常活动场景。碑身为书本造型,寓意历史教科书。碑文为汉蒙双语篆刻,分为中共临河地下党组织——临河党支部碑文、中共临河地下党组织联络站——光化药房碑文。两段碑文中,"刘进仁""房鲁泉"两位英雄的名字赫然在目。

今天,我们驱车从解放街由西向东行,会看到马道桥的造型像一道彩虹,架在永济渠潺潺的流水之上。直走一段路就来到经纬广场,它因纪念碑的树立,有了历史韵味。碑文所提到的英雄人物极大地增强了人们的爱国情感。对面临河一中的学生经常驻足,宁静地观看,细细地品读。跳广场舞的大妈也经常走过来,看到文字,立刻静默下来。

再往前走,是临河区妇幼保健院和公安局。前几年,公安局迁到西区,旧楼被保险公司租用。此后,老解放街一直保持着14米的宽度,房稠人密,

2021年的巴彦淖尔市新华街磴口县方向入口（马利红摄）

很多建筑维持原状，不像后来形成的街巷，说拆就拆，仿佛一夜之间就能盖起高楼。

解放街与胜利路交会的地方，曾一度被人们称作"东门"。如今，东门是一个大十字路口。过去的煤炭公司，现在是星悦广场和美丽园小区。昔日，这一带是黑色的煤粒，现在花团锦簇，人声鼎沸，石头古玩商店一个接一个。

从胜利路一直向南，是一条笔直的马路，直抵临河火车站，来到巴彦淖尔市的中心商业区。历经50年风雨的百货大楼，今天仍屹立于巴彦淖尔市的商业潮头，但它已然衰败，只不过因位置好，一楼的黄金区和手机区人们时常光顾。还有一些念旧的中老年人时不时来转转，百货大楼的服装风格因此趋向中老年人。

如果时光倒流，回到1925年，这里不是繁华的商场，不是曙光二社，更不是袁栓罗圪旦，刚过此境的袁栓罗会想到，一片蛮荒的土地会发展成为如今这般繁荣景象吗？

桃李不言，下自成蹊

教育发展篇（高莉芹）

一、私塾、教会学校，一抹多彩的霞光

（一）夫子执教，乡间书声琅琅

我多次爬到阴山的山顶，目的只有一个：眺望黄河。我喜欢那条因遥远而变得柔软、因柔软而变得像绸带一样的黄河。它银光闪闪地穿过一片开阔地向东悠然流去，在阴山与黄河之间形成一条狭长的沃土粮川，这是我生于斯长于斯的家乡——河套平原。

这里曾是一块蛮荒之地，人烟稀少。

经过漫长的岁月，这里人口逐渐增加。至清朝中后期，随着蒙地大量放垦和农业经济发展，内地人口的迁入垦殖，河套地区得以较快发展。清道光年间，随着引黄垦殖的不断发展，许多移民在五原定居，一些财主、富户和商贾兴办私塾以教化自家子弟，出现了河套地区最早的私塾。

1865年，著名的"隆兴昌"商号开办后，现五原县隆兴昌一带成为商业繁荣、人口密集之地。另外，邬家地、乌镇、塔尔胡也形成了较大的村落，这些村落相继开办了私塾。据1934年出版的《绥远省河套调查记》载："不独各乡村牛犋司账先生兼充教员，即隆兴昌镇中，亦有十数内地来的童生秀才设教糊口。"

清光绪年间，现乌拉特前旗境内曾先后在大佘太、贾全湾、通顺泉、后口子、百盛号、西海生等地创办私塾。据记载，1910年，乡绅李银娃在水桐树庙（今巴彦淖尔市临河区白脑包镇水桐树村）创办私塾。杭锦后旗蛮会私塾建于1926年，私塾先生董志刚招收学生十几人。

私塾往往租赁一两间书馆，馆中置一张高桌供奉孔子牌位，另有一张先生用的方桌，上面放有笔墨纸砚及一把戒尺。塾生均坐在炕上自备的书柜旁就读。塾生在新入学时须带香、纸、点心等，在先生的指点下给孔子的牌位烧香敬纸叩头，然后再给先生鞠躬行礼，自此正式入学。

私塾教学多以儒家经典为主，一般学习《百家姓》《三字经》《千字文》，外加《弟子规》《名贤集》《庄农杂字》等启蒙读物。其后以"四书""五经"为主要教学内容。条件允许的私塾，加学一些尺牍、珠算、契约、兰谱、婚贴、祭文之类的应用文。

私塾先生的教学方法简单，包括点、读、背、讲、写。初级阶段，只教学生断句，加标点，然后先生领读，学生背诵，若有背不会的，都要受到戒尺打板惩罚。这不禁使人联想到鲁迅先生《从百草园到三味书屋》里的寿镜吾先生，要求学生背诵"仁远乎哉我欲仁斯仁至矣……"的课堂情境。虽然说私塾教育一定程度上禁锢了孩子们活泼的天性，但对于蒹葭苍苍的乡间，无疑是文化的启蒙，对地方教育的发展起到源头活水的作用。

即便如此，旧社会大多数贫苦人家的子弟还是没有上学读书的机会，除交纳不起学费之外，这些子弟还是家庭的主要劳动力。即使有个别贫寒家庭的子弟进入私塾，以期日后能识文断字或记个账，但没学多久，或因农忙，或交不起学费等，中途辍学是常有的事。随着教会学校特别是公立学校的兴起和发展，私塾也渐渐淡出人们的视野。

（二）知识传播，文化润泽心灵

鸦片战争后，西方传教士利用与清政府签订的不平等条约取得在华传教特权。传教士在澳门办了马礼逊学堂，相继又在5个口岸办了一批教会学校。1877年5月，在华传教士在上海举行了第一次传教士大会，建立了全国性联合组织，其文化侵略逐渐由沿海深入内地。1883年，经罗马教廷批准，将内蒙古地区划分为东蒙古、中蒙古和西南蒙古3个教区，河套地区属于西南蒙古教区，主教堂设在三盛公。

各地教会将兴办学校作为传教布道的重要手段，河套地区的教会学校由此而生。教会办学形式多样，有以招收教徒子女为主的全日制学校，也有以教徒为对象的男学和女学。

由于教务人员的文化程度比较高，加之学校管理秩序严格，教会学校的教学内容广泛。初级部课程有党义、国语、算术、常识、工作、美术、体育、音乐等；高级部课程有党义、国语、算术、历史、地理、自然、卫生、工作、美术、体育、音乐、农业等。

当时的教会学校虽有半殖民地色彩，但也突破了中国封建社会的教育内容与制度。有些教会增加了"四书""五经"和唐宋八大家诗文等，女校还会加设缝纫、刺绣、工艺美术等技能课程。

19世纪70年代，外国传教士德玉明在时称阿拉善旗的三道河子（今磴口县境内）兴建教堂，此后开办了常书房学堂，招收天主教徒、教会佃户子女入学，这是巴彦淖尔有文字记载最早的教会学校。

巴彦淖尔除磴口县有教会学校外，杭锦后旗、临河也办过教会小学、教会中学。1946年，天主教宁夏教区主教王守礼（比利时人）委派罗马传信大学哲学学士、神学硕士孙仲贤在陕坝公学院基础上建立了天主教私立普爱中学。

邹国华就是一位接受过教会学校教育，又在普爱中学教学的神父。

邹国华于1915年出生在冀中平原一户平民家庭。为了让他长大后能够成为有用之才，父母为他取名"邹国华"，对他寄予厚望。

在他七八岁的时候，他进入当地的教会学校学习。从小学到中学，他一直是教会学校的优秀学生，数学成绩尤为突出。中学毕业后，在教会学校的推荐下，他到北京文声学院（也叫若瑟大修院）继续深造，他在34岁时做了神父。

1948年，邹国华被派往内蒙古乌兰察布盟玫瑰营当副本堂。1949年，他来到巴彦淖尔。

中华人民共和国成立后，邹国华因文化底子厚，进入杭锦后旗普爱中学教书。因其身份特殊，要接受党的教育，潜心学习矛盾论、唯物辩证法等著作。在

传教神父邹国华（邹兰香提供）

不断学习和接受教育的过程中，他的思想观念发生了极大的改变，经过反思、觉悟，自己决定从此不再当神父。为此，他在当时的《绥远报》上登报申明脱离教会，并准备结婚。

他的行为得到政府的支持，经普爱中学校长张清河介绍，他与问三梅女士结婚，婚后生有二男一女。

因其在数学方面的才华，在临河一中成立伊始，他被调往临河一中，做了一名数学老师。从走进临河一中的那天起，他就决心当一名合格的数学老师，为巴彦淖尔的教育事业奉献余生。他是这样想的，也是这样做的。在师资力量相对薄弱的年代，邹国华的数学教学无疑弥补了当时高中教学的缺憾，凡他教过的学生无不称赞他数学教学水平之高。他的数学课妙趣横生，深受学生们喜爱。

他77岁去世后，在家属没有通知任何人的情况下，得到他去世消息的学生一传十、十传百，为他送行的人来了许多。

邹国华从教会学校习得文化知识、神哲学，但在三尺讲台上传播的是自然科学知识。

据《巴彦淖尔教育志》记载，1950年，陕坝镇人民政府接管了普爱中学。1952年，普爱中学与奋斗中学等合并，改称陕坝中学。

另外，当时的教会极力打压非教会学校，企图占据教育阵地。据《临河教育志》记载，共产党员刘进仁以国民党绥远特别区党部执行委员的身份出现在临河县，筹办学校。他联合李春秀和王汝贤，搞了一些木材开始动工建学校。学校建成后，李春秀请了一位叫赵学安的老秀才当教员，并把原东关小学的学生招收过来开了学。至此，临河一小宣告诞生，刘进仁任第一届校长。

在乌兰淖尔主持教堂工作的比利时神父林允中，看到刘进仁等办起了学校，十分气愤，企图阻止办学，并施以种种阻挠破坏手段。他诋毁公立学校，并带人到学校公然大打出手。在教会的胁迫之下，临河一小不得不解散。

刘进仁、李春秀等与教会不断斗争，后争取到地方绅士及政府的支援，学校再次开办起来，学生人数逐步增加。在与外国天主教争夺教育阵地的过程中，他们表现出斗争的智慧与策略，最终取得胜利，在巴彦淖尔教育发展史上写下光辉的一页。

二、私立、公立学校，漫漫求索路，殷殷园丁情

（一）衣带渐宽终不悔

1931年9月18日晚上，日本关东军炸掉位于沈阳柳条湖附近的南满铁路轨道，并嫁祸给中国。日军以此为借口，并且用大炮轰打了中国军队驻地北大营和沈阳。第二天，日军占领沈阳。到1932年2月辽宁、吉林、黑龙江三省沦为日本的占领地。

战火蔓延，百姓被迫携妻带子向关内迁徙。他们背井离乡，历尽严寒风雨，忍饥受饿，寻找一方栖身之地。

张海兰就是这千千万万逃难者中的一员。他十几岁曾留学美国，学有所成后回国。之后，他在山东济南开办了一家人寿保险公司，生意做得风生水起，日子过得平稳安宁，但这一切在战争爆发后就灰飞烟灭了。

张海兰关闭了公司，携带家眷，加入逃亡者的行列。在经历了漫长的跋涉之后，他们落脚到河套平原，定居在临河北边一个叫张大起圪旦的村子（今临河区新华红旗村）。这里到处生长着苣荬、哈木儿、红柳，人烟稀

少。荒凉的土地上零星散落着一些低矮的土房子，掩映在草中。如果屋顶上不冒烟，这些住人的房子很容易被忽略，因为太低矮、太破旧了。

土房子都是用土坷垃垒起来的，顶上搭几根木椽，铺上苞茨，再盖上一层泥巴，一间能遮风挡雨的房子就完工了。房子正面开一个四方小窗户，用木条做成格状，上面糊一层白麻纸，作为采光的通道。用木板做成的一扇狭窄的薄门，跨出门看到的是苍茫的世界，跨进房间有一盘能休息的土炕和一个做饭的灶台。

张海兰领着家人盖起两间土房，在阴山脚下的河套地区安顿下来。虽然这里偏僻蛮荒，但没有战争，而且孩子们也能入当地的教会小学读书，这让张海兰一颗漂泊的心稍稍有所安慰。

他在张大起圪旦定居下来后，看到这里有大批闲置的土地，就花钱买了下来，垦荒种植。随着孩子们的长大，教会小学的学业完成了，可是中学该到哪里上呢？张海兰犯愁了。他是一个读书人，深知学习对一个人成长的重要性。

经过彻夜不眠的思考后，他决定自己办一所学校，这样就能解决自己的孩子和周边的孩子上学困难的问题。但办学校并不像盖一间房子那么容易，需要上报批文，筹建规划。这个有想法的山东人，行事果断，说干就干。

在张海兰的筹划下，河套地区北端偏僻的张大起圪旦终于建起一所学校，张海兰任督学，聘山东籍同乡秦鸣村为校长兼教员。

秦鸣村，原籍在山东省潍坊市高埠村。当时正值日寇侵略，兵匪横行，老百姓深陷水深火热之中，大部分人过着饥寒交迫的生活。秦鸣村的父母经营着一个织袜厂，虽仅能勉强度日，但还是竭尽全力供子女上学。在齐鲁大地这个孔孟之乡，人们对读书识字很重视，即使生活艰难，也不耽误孩子学习文化知识。

秦鸣村从师范学校毕业后，被几个村子推举为联防会长，以抵抗土匪入村侵扰百姓。他在保家护村中习得一些武功，于是在农闲时组织大家习练武术，因此成为当时周边几个村子响当当的人物。

后来，秦鸣村为了实现自己的理想和抱负，毅然决然参了军，进入隶属冯玉祥的部队。由于战争的需要，部队经常换防、作战，战士们需要适应不同的环境。在一次日寇的轰炸中，他们被打散了，与部队失去了联系。在寻找部队的过程中，他流落在山西省境内。后随山西走西口的人到达后套，落脚张大起圪旦。这里有独在异乡为异客的凄凉，但大后套的烟光草色给了他一丝生存的希望与安慰。1937年，他看到内蒙古河套地区几乎接近原始状态，远近看不到树木，只有野蛮生长的芨芨、红柳、哈木儿、芦苇等杂草，但这片处女地张开怀抱接纳了他，从此一个山东人在此扎下了根。

张海兰、秦鸣村、高步云三人办起了一所私立学校。他们到附近的村里招收学生，只要学生愿意学习文化知识，不限年龄。刚开始招收的学生年龄差距大，有10岁左右的，也有20多岁的，大家挤在一个教室里上课，离家远的就和老师吃住在一起。秦鸣村既是校长，还兼伙夫。在极其艰难的办学条件下，他们自己解决教材、文具等。除上课外，他们还利用业余时间带领学生开始在学校附近栽树。几年后，他们栽种的树木给这片蛮荒之地带来无限生机，葱茏了一方水土。

在经济凋敝、文化落后的偏僻之地，人们过年写对联就用碗底蘸上锅底黑，在红纸上托圆圈，一个圆圈套一个圆圈，形成一串圆圈，一副对联就完成了。张海兰、秦鸣村的到来，结束了这里扣碗托写对联的习惯。他们给村民写对联，教孩子们读书识字。

时隔多年后，逝去的早已淹没于荒芜，但那些人、那些事，没有被时间遗忘，成为人们记忆中的一座富矿。

这两个山东籍的文化人，在从事教育工作期间，教育学生德、智、体、美、劳多方面发展，亲自建校舍，与学生同吃、同住、同劳动，帮助生活贫困的家庭，可谓全身心投身教育事业。他们用自己所学知识，改变了这里文化落后的现状，使一部分贫寒子弟走出文盲的暗夜，为他们的人生点亮一盏明灯。

他们教过的学生，对他们的师风、师德都赞不绝口，这些学生常说：两位老师教书育人，与人为善，是受教育者最好的滋养和恩泽……

（二）吹响一支清远的竹笛

中华人民共和国成立后，政府积极发展普通教育，大力开展扫盲运动。除了开办冬校、民校、识字班等，还出现了家庭扫盲的教育形式。

当时偏远乡村的孩子们读书要步行六七里路。夏天有些孩子光脚去学校。因学生居住分散，学校采取"一放学"的教学管理办法。"一放学"，即上学、放学一次性。早晨孩子们在家吃了早饭，去学校上学，一直挨到放学。书包里面只装着两本书（语文、算术）和一个本子，本子是家长用各种纸缝起来的，还装有一截铅笔。

除了开设文化课外，学校还开设体育课，教学生一些简单的运动常识。临河新建营子小学的体育课是班主任兼任，那时学生穿的都是母亲手工缝制的粗布鞋。班里有个小女孩，据说她的父亲在一个大城市工作。她的父亲给她买回一双小皮鞋，她穿着皮鞋来学校上学。

乡村的孩子从来没见过那么漂亮的皮鞋。大家围着她，盯着那双皮鞋看。有个小女孩蹲了下来，用手摸了一下，然后惊讶地说："这鞋巴子光溜溜的太滑了哇？你穿上不怕跌倒吗？"其他女孩也伸手摸了摸，摸完之后搓了搓自己的手，仿佛这手也顿时光滑起来。

上体育课时大家站成两排，男生一排，女生一排。女生站在前排，男生站在后排。穿皮鞋的女孩两腿直立，小皮鞋在阳光下泛出闪亮的光泽。老师的目光落在那双皮鞋上，过了好一阵子，目光才从那双皮鞋上移开，只听老师说："于敏慧，请你站出来。"于敏慧向前跨了一步，她的小脸憋得通红，不知老师为何让她站出来。

这时老师对同学们说："现在请于敏慧同学为大家示范转向运动。"在老师"向左转、向右转"的指令下，于敏慧扭动双脚完成了一系列动作，而所有同学的目光一直停留在她转动时的皮鞋上，至于转向运动，谁也没留意……

深秋季节，河套平原上的庄稼早已收割完毕。小河里残留着一些积水，但已失去了流动的活力。只有小河两旁的柳树，垂下长长的枝条，枝条的叶子上覆盖了一层白白的糖浆，是蜜蜂留下的。走近这些粗壮的柳树，孩子们的眼睛里闪现出活泛的灵光。他们守在一棵柳树下，拉起枝条，舌头在沾满蜜浆的柳叶上舔着，被舔过的柳叶又一次焕发出深绿的颜色。这些蜜浆滋润了饥饿的肠胃，同时也成为孩子们童年时光的甜蜜记忆。

他们回到家后帮助父母干活，直到晚上才算消停下来。一盏煤油灯点亮了昏暗的屋子。父母拿出一个小本子，像小学生一样坐在孩子面前，让孩子教他们一些常用字。孩子们耐心地、一笔一画地为父母讲解，他们成为许多大人在扫盲过程中的第一任"老师"。

20世纪60年代初，乡村学校除了有几间土坷垃盖的教室外，课桌也是用土坷垃垒成的泥台子，外面裹一层泥，泥台子上掏一个洞，就是所谓的"桌洞"了。上课时，书包塞进泥洞里，学生坐在泥凳子上。夏天还好，冬天泥台子冰冷，手脚都不敢放上去。那年月教室里都是烧火炉子，但是买不起太多的煤，所以特别冷。许多乡村孩子因为路远，身上没有厚实的棉衣御寒，由此辍学的很多。

多数父母认为，能认识自己的名字就行了，念不念书都要种地吃饭。在此情况下，老师们只能不辞辛劳，走进学龄儿童的家中，苦口婆心地做家长的思想工作，讲解"知识改变命运"的道理，让孩子读书，将来做一个对社会有用的人。有一大批孩子受益于老师的启发和引导，坚持接受教育，完成了学业。

巴彦淖尔有一大批甘愿奉献的辛勤园丁，他们就像木槿花一样，开在偏僻的乡村教育阵地，装点了校园的春天，濡染了孩子们心灵的天空，给他们展示出一个值得努力追求的未来。时隔几十年，那些走出乡村的孩子们，回忆起自己的老师，无不感慨万分：当年的您如一支清远的竹笛，为我们吹响了激扬的进行曲。

三、现代教育，启迪智慧的艺术殿堂

（一）历尽千帆，不染岁月风尘

回顾巴彦淖尔教育发展历程，涌现出许多为教育事业呕心沥血的辛勤园丁。他们虽然早已化作天边的一颗星，然而所发出的光亮依然熠熠生辉。

李世荫老师就是其中的一颗星。

李世荫老师毕业于北京辅仁大学国文系古文字古典文学专业，师从高步瀛、陆宗达、沈兼士先生，并获得文学学士学位。改革开放后，获"内蒙古自治区首批中学高级教师"称号。

李世荫老师大学毕业后就供职于北平先农坛体育场，任办事员。抗战爆

发后，北平沦陷，日寇将先农坛体育场占为粮食物资军用仓库。李世荫老师失业后，又受聘于北平市教育局，担任科员。抗战结束后，他回到故乡，在绥远省建设厅担任秘书。因其才华出众，且地方政府正是用人之际，时任建设厅厅长的潘秀仁将他提升为省党部主任，并任其做私人秘书10个月。1949年，李世荫老师被绥远省政府派往绥西行署陕坝工作，全家随其迁往陕坝。9月19日，绥远和平起义，他离开绥远省政府，当了老师。这一当，就是几十年。

由于文化知识丰厚，又是文学专业毕业，李世荫老师受聘于五原县中学，并担任该校首任教导主任兼语文教师。他用自己的专业知识培养在校的学生，使受教育者如饥似渴地吸取源源不断的文化知识，品尝文化盛宴。一大批从五原县中学毕业的学生，走上自治区、盟市各级领导岗位。

李世荫老师（李乃铎摄）

李世荫老师因教学成绩突出，于1953年被评为自治区模范教师，并参加了国庆观光活动。他当时的工资待遇在当地的同行中最高，月工资79.5元。

1954年，陕坝师范学

校急需优秀的语文教师，于是李世荫老师又被调往陕坝师范学校开展语文教学工作。1956年，临河准备筹建第一所中学，李世荫老师又一次被调回临河参与建校工作。同年9月，临河中学（今临河一中）开始招生。为了解决学校师资缺乏的现状，李世荫老师毅然承担起语文教学工作。他腹有诗书，深受学生喜爱。临河一中校史中记载："建校初期，条件极为艰苦，师资力量缺乏，个个以一当十，李世荫老师尤为典范……"

由于博学多才，他还兼任历史、美术、体育、几何、手工劳动、教材教法、普通话推广等课程的教学。

1957年，在反右派斗争中，因特殊的家庭背景和复杂的社会关系，李世荫老师被下放农村劳动改造一年。他的工资由原来的每月79.5元降为每月30元。

在劳动改造的一年中，他因从小喜欢体育运动，加之身材魁梧高大，所以从不惧怕劳动。他乐于助人、重情重义的品格很快融入农民这个朴实的群体中。晚饭后，他的小屋里经常挤满了农民兄弟。在文化生活极为贫乏的乡村，农民兄弟喜欢听他讲《三国演义》《聊斋志异》里的故事。

他不仅在课堂上为学生传授文化知识，还在偏僻落后的乡村进行最朴素的文化传播。

1961年春天，李世荫老师结束了劳动改造，重新回到临河一中。

1973年，巴彦淖尔盟教育处在磴口举办全盟中学教师培训班。为了提高青年教师的师资水平，促进全盟教育教学的长足发展，培训班请来了内蒙古大学、内蒙古师范大学的老师给培训班授课，而李世荫老师是其中唯一没有任何头衔被请来讲课的。他接到调令后，他的学生赶着毛驴车拉着行李，把他送去。

57岁的李世荫老师重新登上了讲台，讲授古典文学，诗词歌赋。学生听课后震惊之余议论纷纷："想不到我们当地还有这么吃劲的老师了，李老师真是太有学问了……"

李世荫老师主张，提高写作水平是语文教学的最终归宿。他在长期的语文教学中，积累了丰富的教学经验，从作文教学的命题到批改讲评，都有一套独特的方法和见解。

培训班结束后，李世荫老师调到临河三中，直到64岁才离开学校。

挥鞭驱牛田间耕作，杏坛讲学教书育人。李世荫老师扛得起锄头，拿得起粉笔，不论务农还是讲课，都尽心尽力。此外，他的书法造诣深得同行敬仰。1985年河套大学建成伊始，当时校长陈良璧亲自出面请李世荫老师为河套大学撰写奠基碑文，李世荫老师俊秀苍劲的墨宝至今收藏在河套学院。

时任临河区副区长的杨文奎先生曾在《巴彦淖尔日报》上发表了题为《唯有香如故——忆李世荫先生》的文章。他在文章中写道："还是在上中学时，我的一位语文老师就经常提起李世荫老师，说他很有学问，听了他的课终生难忘。1979年初秋，我从学校毕业分配到临河三中任教，有幸结识了李世荫先生。当时李先生已年过花甲，学校不希望他退休，于是他仍担任图书管理员和青年教师的教学指导工作。李先生每天早出晚归，满脸的慈祥，对人和蔼，说的一口套里话，使人倍感亲切……

"不到一个学期我就和先生熟识了，而我最期盼的是听李老师讲课。一天午后，我们语文教研组请李老师辅导古典文学。先生第一课讲的是诸葛亮的《出师表》，他没有做任何开场说辞，直接从课文入手，给我们示范着读了一遍：先帝创业未半而中道崩殂，今天下三分，益州疲弊，此诚危急存亡之秋也……经李先生这一读，一下子就把我们的心给抓住了。

"他的用语是那样的自若、流畅，语调的抑扬和节奏的顿挫又恰到好处。随着文章的层层展开和推进，他的语气时而回环往复、绵绵不绝，时而起伏跌宕、荡气回肠。每一词、每一句都紧紧扣动着我们的心弦。待读到：今当远离，临表涕零，不知所言时，我窥见他面部表情凝重，眼角似乎有些湿润。

"接下来李先生又分块做了讲述，淋漓尽致地将这篇文章的思想内涵与语言结构艺术展示给我们这些后学者，使我们一下子如获至宝地爱上了这篇流传千古的不朽之作，并由衷感到一种幸运和甜蜜。"

1989年，李世荫老师因高血压突发脑出血去世，终年73岁。

李世荫老师去世后，巴彦淖尔盟教育系统及各界人士纷纷前去吊唁。挽联中写道："国学大师，吾辈楷模""位在常人之下，德在众人之上""德高望重，一代尊师"……

这样的评价对于李世荫老师十分中肯。他以一个普通教师的标准严格要求自己，所学专业通过三尺讲台传授给学生。他如一棵大树，为巴彦淖尔教育的发展奉献一片绿荫。他也像一粒洁净的果仁，在孩子们心中种下未来的美好希望。

（二）玉壶存冰心，朱笔写师魂

1954年，陕坝中学（后来的杭锦后旗第一中学）来了一位头发稀疏、个子不高的老师。当他走进课堂后，当时负责教务工作的李素真老师给班里的同学们介绍："这位是楼宪老师，是一位资深文化人，有深厚的文学功底，以后由楼老师给大家上语文课。"

这时只见楼老师面带和蔼的微笑，弯腰向在座的同学们深深地鞠了一躬。同学们既惊奇又惊喜，惊奇的是老师怎么可以给学生鞠躬，惊喜的是他们遇到了一位态度谦和、知识渊博的老师。从此，一位带着浓重南方口音的语文老师站在陕坝中学的讲台上。

楼老师的讲课风格和其他老师的截然不同。他并不按照照本宣科的授课方式，而是善于从汉字的起源探讨中国文化的博大精深。例如，楼老师讲到"恬淡虚无"这个词时，首先讲"恬"这个字的含义。"恬"是竖心旁带舌头，动物受伤或人受伤后会下意识地用舌头舔那个伤口。实际上是因为唾液中有促进伤口愈合的酶。它是身体的一种自我疗伤、自我宽慰，最后达到自得其乐的能力。

听楼老师的语文课，除了能够学到语文知识，还能学到地理、历史、医学等相关知识，可以说他的语文课就像读一篇优美的散文。在语文教学方面，楼老师特别重视作文课。他鼓励学生，作文要注重情节叙事，在叙事

作家楼宪与丁玲（肖梅提供）

中，加入描写与抒情，尽量使所叙述的内容详细，达到情景交融的效果。

经他教过的学生，在作文方都有不同程度的提高，而且改变了之前不喜欢写作的态度。他通过讲授写作技巧，拓展学生的思路，让写作变成一种乐趣。而作文讲评也成为学生们最喜欢的教学内容。通过作文讲评，许多同学的作文受到老师的褒奖，从而激发了他们的创作热情。

德国哲学家雅斯贝尔斯曾指出："教育需要信仰，没有信仰就不成其为教育，而只善于是一种教学技巧而已。"朱自清也说过："教育者须对教育有信仰心，应努力成为那以教育为信仰的人。"楼老师正是怀着一颗对文学创作的信仰之心，倾情教学工作。经他培养的学生，许多人后来走上了文学之路，楼老师把一颗颗文学的种子撒进学生的心田，使其生根发芽。

楼老师在陕坝中学教书不到一年，1955年5月，因所谓的"胡风反革命集团"案受到株连，离开了陕坝中学。这一走，他再也没有回到陕坝中学。

楼宪，笔名尹庚，浙江义乌福田十里牌村人。1927年上海中华艺术大学毕业后，任报馆的文艺编辑和新闻记者。1931年东渡日本留学，参加组织中国左翼作家联盟东京支部。九一八事变后，随"左联""社联"等组织成员成立文化总同盟。同年底，在潘汉年、冯雪峰等人的领导下，与胡风、何定华、王达夫、聂绀弩等组织新兴文学研究会。

1932年回到上海后，他参加了中国左翼作家联盟，并承担起"左联"闸北区支部组织工作。1935年，在鲁迅先生指导下，出版了鲁迅的《门外杂谈》及左联作家欧阳山等撰写的进步图书20多部。1936年，尹庚与白曙等人联合创办了《现实文学》杂志，在创刊号上，他向鲁迅约稿，发表过鲁迅的著名文章《论现在我们的文学运动》《答托洛斯基派的信》。

中华人民共和国成立后，他筹办了泥土社并任总编，后因所谓"胡风反革命集团"一案受到株连，他在巴彦淖尔一待就是26年。后被选为内蒙古文联委员，经中央落实政策，迁居北京，并出席第四次文代会，1997年3月在京去世，享年90岁。

楼宪一生从事文化事业，译著了日本普罗文学作家中野重治的小说《老铁的话》、苏联爱伦堡的《十三个烟斗》等，创作了《鲁迅故事新编》《鲁迅故事》等著作。

（三）半亩方塘长流水，育的新苗成栋梁

根据资料记载，1949年绥远和平解放时，河套地区有中小学263所。1950年3月，绥远省陕坝专员公署成立。1952年，政府将原私立学校全部归国有并进行合并改组。年底，陕坝专区小学发展为294所，在校生30240人，教职工848人，河套地区各类中学经撤销合并，保留陕坝中学和五原中学两所公办中学，共有在校学生752人，教职工76人。[1]

随着经济建设的发展，教育方针确立为，"应该使受教育者在德育、智育、体育等几个方面都得到发展，成为有社会主义觉悟的、有文化的劳动者"。学校除了学习文化课外，开始大炼钢铁、支持劳动、勤工俭学等。

进入20世纪60年代末70年代初，盟内许多初中学生下放到农村、牧区支援农牧业生产。为了充实师资力量，一大批知青被选拔到学校承担教学工作。

河套地区的知青大都来源于北京、天津、上海等大城市，特别是一批老三届的知青，他们的文化底子厚，而且很多人还在艺术方面有特长。他们的到来，如同一股清流，给偏僻落后的乡村带来生机，为乡村的人们打开一扇重新认识世界的大门。

---

[1]引自《巴彦淖尔教育志》。

知青在乡村办起扫盲班，教村民识字、读书，通过文化传播的形式达到扫除文盲、普及教育的目的。一大批知青成为各乡镇中小学的骨干力量，在巴彦淖尔的教育发展史上，书写了辉煌的一页。

五原县塔尔湖镇联丰小学，坐落在一片沙漠边缘，学校有班级十几个，校内担任主要教学工作的除了个别公立教师外，大多是民办教员，其中知青老师就有七八个，这些知青老师担任初中班的教学任务。其中谢强老师教数学，刘汉夫老师教语文。谢强老师喜欢拉二胡，刘汉夫老师则喜欢拉手风琴。每当闲暇之余，办公室里总会响起悠扬的琴声，校园里回荡着欢快的笑声。

可以说一批受惠于他们的学生，在老师的熏染下，不仅学到了文化知

刘汉夫老师（前排左起第六人）和联丰小学的师生合影（刘汉夫提供）

识，而且在艺术上也得到启蒙。

其中有一个叫李明的初中生，把捡废铁卖的钱积攒下来，买了一支笛子。他在不懂乐理知识的状态下，模仿老师拉出的曲调自行吹奏。除了上课以外，他把其余时间用在吹奏上，特别用功。

只要你朝着一个方向努力，整个世界都会为你让路。李明的努力终于有了一点小成果，他能完整地吹奏一些曲目，这使他更执着于对音乐的追求。但没有文化的父母亲不理解自己的孩子，认为吹笛子是不务正业的行为，于是横加干涉，甚至扬言要砸烂他的笛子。

李明因此很沮丧，找到刘汉夫老师，倾诉自己的苦恼。刘汉夫老师理解一个孩子对艺术的热爱，于是答应做他父母的思想工作，并答应教李明乐理知识。在刘汉夫老师的开导下，李明的父母同意了孩子的选择，李明也成为刘汉夫老师的弟子。

在刘汉夫老师的指导下，李明在笛子吹奏方面进步很快。中学毕业后，他考入巴彦淖尔盟歌舞团，后来又到了大同歌舞团。他由吹笛子改为吹双簧管。随着艺术水平的不断提高，他在业内有了一定的知名度。20世纪80年代初，他又考取了天津音乐学院。音乐学院毕业后就业于中国电影乐团，还成为研究生导师。

在这些知青老师的影响和培养下，这些孩子有机会接近艺术、感知艺术，并得到良好的艺术熏陶。当时，知青老师是开启孩子们心灵智慧之门的天使，是让孩子们重新认识世界的人生导师。

（四）有一种关怀很温暖

"文革"结束后，巴彦淖尔盟的教育事业进入一个新的发展阶段。经过拨乱反正，各学校贯彻"以教学为主"的教育方针，恢复了正常的教学秩序。1978年，全盟中小学有1081所，在校生331591人。学校数量的激增，导致师资的短缺，因此，全盟范围内开始招收大批的代课教师。但招来的代课老师水平良莠不齐。

为了提高教学质量及广大教师的业务能力和基本素质，1980年，全盟学校贯彻执行"调整、改革、整顿、提高"和"重点保证小学五年教育，适当压缩初中，严格控制高中发展"的方针，对各级各类学校进行大力整顿。至1986年，全盟小学整顿为846所，在校生190646人；初中124所，在校生80808人；高中29所，在校生12443人。[1]

教育教学经过整顿提高，办学条件有了极大的改善。与此同时，鼓励在校教师通过继续教育的方式提升自己的业务水平。广大教职员工在搞好教学工作的前提下，开始自学考试。全盟有一大批教职员工通过自学考试的途径，获得内蒙古师范大学本科学历。还有一部分教师通过成人教育考试，进入巴彦淖尔盟教育学院、包头教育学院、内蒙古师范大学进修。

考入这些师范类学校学习的教师，大多数都已成家，有了孩子。脱产学习虽然是一个极好的提高业务能力的机会，但随之而来的是经济方面的压力。脱产学习如果不发工资，经济来源就没有了，进修的教师生活会很困难。为此，考入包头教育学院的学生们，联合给时任内蒙古自治区教育厅厅长查干写了一封信。信的内容是关于离职进修的老师们，没有工资来源，生活上有诸多困难。他们请求教育厅能否体谅当地在职教师离岗进修的特殊情况，适当发放一定的工资，以解决进修教职员工的后顾之忧。

这封信是集体起草，专人代笔。信寄出后，进修教师的一颗心也悬了起来。他们凑在一起时，总是围绕这个话题展开讨论：这封信能否到了查干厅

---

[1] 引自《巴彦淖尔教育志》。

长手里？即使厅长看到这封信，出来进修学习的教师数量不少，能否解决这么多人的工资待遇问题？如果解决不了，大家的生活来源确实成了问题，都是成家立业的人，总不能再伸手向家庭要吧？

这一封寄出去的信，承载着许多脱产进修的教师们的希望。望着校园里纷纷坠落的树叶在地上翻转，他们既有重返校园学习的欣慰，也有对未来生活的担忧……

在一个冬阳温暖的午后，他们收到查干厅长的回信。信中告诉大家：教师脱岗进修的工资照常发放，请大家安心学习，不要有任何后顾之忧。

这一消息使所有通过考试、外出进修的教师们犹如禾苗喜得春雨，兴奋得热泪盈眶。他们所担忧的问题，内蒙古自治区教育厅都给解决了。之后外出进修的教师们，再也不用担心生活上的困难了。

这是一件大事，在当时，为大批外出进修的教师们解决了极大的生活困难。虽然工资不是百分之百的全额发放，但能够保证在外进修的教师们生活所需，使他们安心学习。他们毕业后返回原岗位，继续为巴彦淖尔的教育事业做贡献。

通过继续教育，巴彦淖尔的师资水平有了很大的提高，中学教师的文化程度基本实现专科及以上水平，小学教师的文化程度基本保证在师范学校水平，教师的业务能力提高了，教学质量也相应得到提升。从一些重点高中学校考入国家重点大学的人数逐年增加。巴彦淖尔教育帮助巴彦淖尔莘莘学子进入梦寐以求的文化殿堂。他们的梦想从这片教育热土起航，展开理想的双翅，飞向远方。

（五）心有大爱，行有大德

20世纪80年代初，根据中共中央、国务院发布的《关于普及小学教育的若干问题的决定》，全国掀起普及初等教育的高潮。巴彦淖尔地区通过增加教育经费、改善办学条件，充分调动社会各方面办学的积极性并且在强化责任制等方面做出努力。到1989年经自治区政府验收，全盟基本上实现了普及初等教育，为之后全盟普及九年义务教育奠定了坚实的基础。[1]

在改善办学条件、加强学校管理方面，全盟对中小学校进行较大规模的改造与新建。其间有一位慈善家对中国的教育事业给予极大的支援，他就是电影制片人、邵氏影业的创办人、慈善家邵逸夫。

由他捐资建成的教学楼在大陆有3万多座，其中在巴彦淖尔许多学校赫然耸立的"逸夫教学楼"就是见证。

20世纪80年代，巴彦淖尔是一个以农牧业为主体经济的地区，依靠得天独厚的地理位置，引黄灌溉，使农业一直处于稳定发展的现状。但因工业发展滞后，和沿海发达地区相比，经济还处于相对落后的现状，教育基础建设更加薄弱。因此，邵逸夫专项资金的注入，为巴彦淖尔教育事业的发展起到重要的支持作用。

自1985年以来，邵逸夫通过邵逸夫基金与教育部合作，连年捐赠资金建设教学设施。

打开导航地图，上面标注邵逸夫教学楼的红点密密麻麻，3万多座"逸夫教学楼""逸夫体育馆"等宛若星辰熠熠闪光。

---

[1] 引自《巴彦淖尔教育志》。

有人说：当一个人成功后，他是被人欣赏的；当一个人成功后，利用自己的资源，做出有利于社会的事情，他是令人尊敬的。人们敬仰那些为社会发展、人类进步做出巨大贡献的人。在巴彦淖尔地区的校园里，一座座邵逸夫教学楼里传来琅琅读书声。受惠于此的孩子们都将"邵逸夫"这个名字刻在心中，力求做一个像邵逸夫那样，既能照亮自己也能照亮他人的有温度的人。

邵逸夫留给世界的不仅仅是一座座大楼，更是一种精神、一种情怀，这种精神和情怀是最好的教材。吃苦耐劳、无私奉献，用大爱拥抱世界、温暖他人，远比空洞的理论说教有意义。一座座逸夫楼拔地而起，如同大地上生长的一棵棵大树，深深扎根在河套平原上，成为受教育者心中的一片绿荫，滋养生命成长中的清凉世界。

（六）独美之为物，使人忘一己之利害

自实施素质教育以来，为了全面提高学生的素质，加强学生的道德教育，除了继续贯彻落实《中小学德育大纲》外，以《中小学学生守则》《中小学日常行为规范》为准则，培养有理想、有道德、有文化、有纪律的"四有新人"，成为学校德育教育工作的基本任务。

为了将素质教育落到实处，临河四中的校长王宗京在观摩学习过程中有了自己的想法。经过慎重思考后，他决定在本校开设一门"美育课"，以课堂教学的形式，渗透品德教育的内容。美育课的开设，能够引导青少年追求人生的意义和价值，潜移默化地影响他们的气质、性格和胸襟等，进而保持精神的平衡、和谐和健康，使其情感有充实的内容，促进理性的沟通，使各个方面协调发展。

有了这样的教学理念后，他首先派教师到上海市南洋模范中学去学习，学成后再回学校讲课。由于缺乏教材，教师们克服困难自己编教材。结合实践内容，美育课终于以校本课程的方式列入临河四中教学计划中。为此，临河四中的全体教师对孩子的成长、家长的期望，乃至对这代人的发展，对未来教育的憧憬都有一种畅意尽抒的成就感。

其间，市教育局组织全市部分中学校长进行教学观摩，近30位中学校长走进临河四中。临河四中教导处接待来听课的校长，并分别安排语文、数学、英语、美育等教学观摩课，由校长们自行选择听课内容。出乎教导处意料的是，竟有20多位校长选择听美育课。

此后，临河四中开设的美育课在巴彦淖尔市教育系统有了一定的影响。其实真正受益的还是学生，他们在年终最喜欢的课程评选中，为美育课投了神圣的一票。通过美育课，他们懂得了言谈举止要合乎礼仪，衣着要得体大方……

在多年后的一次师生聚会上，一个学生端着酒杯，走到美育教师的面前说："我上了三年初中，听了多少节课自己也记不清了，但唯一忘不了的就是美育课。那是我心中生长过的感情之树，无论怎样的风吹雨打，无论怎样的时空间隔，总是我生命当头的一片绿荫。"

在素质教育中，这片绿荫浓郁了许多学生的生命。一个孩子在成长过程中是需要这样的教育来滋养的。如果缺乏这样的润泽，情感世界会变得粗粝、麻木，这绝不是一种夸张。

所谓传道、授业、解惑，道位于首，因悟得道，而悟在课堂。近代国学大师王国维的"美育即情育""独美之为物，使人忘一己之利害而入高尚纯洁之域，此最纯粹之快乐也"。

（七）桃李不言，下自成蹊

20世纪60年代前，巴彦淖尔盟的高等教育尚属空白。之后建立的巴盟师范学校成为盟内最早的较为正规的高等教育学校。

改革开放以来，高等教育逐步发展。继巴盟教育学院、巴盟电大之后，1985年经自治区人民政府批准，河套大学正式创办。2000年，巴盟教育学院、巴盟师范学校并入河套大学。2004年，巴盟电大、巴盟财校、巴盟卫校、巴盟农牧学校、临河水校并入河套大学。

河套大学建校是在直属领导何俊士、杜凤华等人的大力支持下，由陈良璧校长主持筹建的。陈良璧校长毕业于英国剑桥大学，1951年回国，任北京

河套学院（原河套大学）（高莉芹摄）

大学经济系主任，后辞职回到内蒙古师范大学教学，1985年回到家乡河套地区，筹建河套大学。

陈良璧校长在河套大学建校初期，寄宿在原巴盟师范学校的宿舍里。当时条件十分简陋，但他没有丝毫不满，而是满腔热情地投身在家乡高等教育的筹建中。他的心中有梦想，希望这块热土上有自己的高等教育机构。他为改变家乡相对滞后的经济状况尽绵薄之力，同时也为巴彦淖尔的教育发展做出力所能及的贡献。

为了能使工程建设如期完成，并投入运营，陈良璧校长除规划校园建设外，还对河套大学未来的发展做了详尽而全面的规划。他首先提出：先建好教学大楼，完善教学设备，其他的项目可以后续进行，以此节约开支，保证教学工作的正常运行。他以身作则，每顿饭只吃一个菜。因为他是只身一人来到河套，住的宿舍，吃的食堂，有时一个菜吃不饱，可他想到经济困难，不能铺张浪费，所以一直生活非常简朴，尽己所能为学校节省开支，绝不浪费一分钱。

他所居住的校舍属于老旧建筑。冬天，风从门缝钻进屋里，加剧了宿舍的寒冷。他裹紧被子，把衣服搭在被子上面御寒。其实以他的资历，完全没必要在生活上苛待自己，可他却将全部精力投身到河套大学的建设上，不计较生活上的困难。

为建成一所大学，以填补家乡高等教育的空白，也为了更多的家乡青年接受高等教育，投入家乡的经济建设中，他倾尽全力，不辞劳苦。

这个理想犹如一颗带着生命绿意的种子，在他的心里扎下了根。同时，他也愿意把这颗种子移植到河套这块肥沃的土地上，让它成长壮大，枝繁叶茂，临溪流、吹惠风，成为河套大地一道亮丽的景色。

河套大学的兴建，除财政拨款外，还采取了地方集资的办法，并向社会发出集资号召。当时工作人员每人集资20元。有个行医的三喇嘛，一次性就捐了3000元。这3000元在当时可算是一笔大数目。人们惊讶三喇嘛的慷慨，后来才知道他捐赠的原因。

三喇嘛在河套地区行医多年，走的地方也不少，他看着没文化所带来的闭塞与落后，心里很难过。有一次，阴山脚下居住的一户人家的男人头疼得厉害，请他过去医治。他根据症状判断，该病人属于神经性头疼，扎几针就可缓解疼痛。当他从药箱里拿出银针时，病人及家属的脸上出现了惊恐的神情，尤其是病人，一边往炕里边挪着身子，一边说："这么长的针扎进我的头里，这不是要我的命吗？""扎针不是要你的命，是给你治病。""我不扎针，你赶紧走吧！"三喇嘛离开那户人家，但他深切地感受到，只有科学文化才能改变人们的愚昧无知。

还有一次，他还没有起床，就听到院里传来马嘶鸣的声音，继而传来急切的敲门声。他开门后，看到一个50多岁的男人，眉毛和帽檐上结了一层白霜，嘴里哈出的气也是白色的。在这寒冬腊月骑马跑来找他的人，家里肯定有重病号。来人也不说什么客套话，急切地央求三喇嘛："你快去救救我的女儿。""你女儿怎么了？""别问了，我们赶快走吧！"

三喇嘛提了药箱，裹了棉袄，随来人上马，向西北方向疾驰而去。冬天，河套平原一片萧瑟。清冷的早晨，除了乌鸦在树上偶尔叫几声，野外到处是枯黄的蓬蒿和芦苇。这些蓬蒿和芦苇在枯瘦的冬季，成为这片土地上唯一灵动的装饰，无声无息地散发着超然的气息，为这个冷寂的严冬带来些许律动与期待。

经过半小时的疾驰，他们终于到了病人家里。三喇嘛看到炕上躺着一位年轻女子，脸就像一张白纸，呼吸微弱，下身全是血。她的母亲守在身边，已经哭得一塌糊涂。看到三喇嘛后，她扑通一声跪在地上，求三喇嘛救救她的女儿。

经过简单的询问，三喇嘛才明白，这女子是嫁出去的女儿，快要分娩了，来娘家住两天，再回婆家生孩子。没想到来娘家的当天肚子就开始疼，孩子要出生了。按照当地的风俗习惯，嫁出去的女儿是不能在娘家生小孩的，如果没办法赶回婆家，只能到牲口圈里把小孩生下来。

数九寒天，女儿被送进牲口棚里，裹了一床被子，结果孩子没生下来，女儿出血快不行了。当娘的看到这情形，强行把女儿接回家里。可由于受冷，费了好大周折，才把孩子生下来，但大人出血太多，已然奄奄一息。

三喇嘛最后没能救活那位女子，成为他内心的隐痛。人们由于缺乏文化，产生一些偏见和迷信，导致一些无辜的生命被断送。这些事使三喇嘛深切地认识到教育的意义及作用。因此，他把自己行医过程中积攒的钱全部捐了出来，想为家乡兴办学校尽一己之力。

河套大学在各方人士的大力支持下建成了，为全面提高巴彦淖尔以及西部地区的教育水平起到应有的作用，也为社会培养了各类适用人才。2012年3月29日，经教育部批准，河套大学升格为本科层次的河套学院。河套学院成为西部地区众多求学青年的理想学校。

（八）平和养正气，水善利万物

"十二五"期间，宋铁局长带领市教育局领导班子励精图治，开拓创新，以党的十八大精神为指导，认真贯彻落实《国家中长期教育改革和发展规划纲要》，制定并印发了《关于加快教育事业科学发展的意见》《巴彦淖尔市中长期教育改革与发展规划纲要》，坚持"优先发展、育人为本、改革创新、提高质量、促进公平、强市惠民"的工作计划，继续以办人民满意的教育为宗旨,打造教育品牌。[1]

办人民满意的教育,首先要有一支热爱教育、有较强教学能力的师资队伍。而师资队伍的建设既要有长期、严格的培养过程,也要有领导的高度重视。巴彦淖尔市教育局宋铁局长,是从基层一步一步走上领导岗位的教育者。他懂教育,明白要想推动教育事业健康、快速发展,师资队伍的建设是重中之重。

在尊师重教方面,他身体力行,为广大教育工作者树立良好的形象,是教师们口口相传的"亲民局长"。

在一次下班回家途中,宋局长看到一位步履蹒跚的老人。老人那灰白的头发在夕阳的余晖中镀上一层薄薄的金色光晕。由于腿脚不灵便,老人每迈出一步都显得很吃力。但从她偶尔抬头的一瞬间,宋局长一下子认出老人是多年前退休的马守郡老师。

宋局长赶忙让司机停了车,他下车后来到马老师身边,亲切地喊了一声"马老师"。马老师愣怔了一下,盯着宋局长看了一会儿,惊喜地说:"宋局长,真的是你吗?"马老师的惊喜和意外都堆在她脸上的笑容里。"您这是要去哪里?"宋局长的问话使马老师原本喜悦的表情一扫而光。她叹了一口气说:"我这腿现在不利索了,走路困难,出来办点事,就得满满一下午,人老了,不中用了。"说完后,马老师拍了一下自己的腿,脸上露出无可奈何的凄然神情。

宋局长搀扶着马老师走到车前,并扶马老师上了车,告诉司机:"把马老师送回家,一直送到门口。"马老师坐在车里,一个劲儿地说:"这哪行?我还是步行回家吧。"宋局长向她摆摆手。车子启动了,宋局长步行向自己家走去……

----

[1] 引自《巴彦淖尔教育志》。

马老师是一位退休教师，曾与宋局长同在一个学校工作过。那时宋局长任学校副校长，马老师是数学教师。时隔多年后，一个退休、一个升迁，偶尔的一次相遇，宋局长没有视而不见，而是主动下车打招呼，并让司机送马老师回家。一件小事，在普通的市井生活中很平常，但折射出来的挚诚却留在当事人的记忆里，成为时光里温暖的关怀。

位于市中心的人民公园，每天晨练的人有很多。每到春夏之际，公园里花团锦簇，清风拥着花香阵阵袭来，铺满林荫小道。湖水泛出涟漪，垂柳倒映其中，这里成为人们强身健体的理想场所。尤其对于退休的人们，公园成为老朋友的聚集地。晨练完后，三五成群一起聊天，享受闲暇时光。

周末的早晨，宋局长也来到公园散步，呼吸清新空气。工作之余，这里无疑是缓解紧张与压力的场所。他走路的步伐很快，晨风掠过，丝丝清凉划过脸颊，整个人精神振奋。行进中，他看到几个熟悉的身影，他们正聚在一起高谈阔论。宋局长放慢脚步，走近他们。可几位老人聊得热火朝天，完全没有注意到有人在近处停下来。当其中一人转身的一刹那，看到宋局长正微笑地站在旁边，于是高声对其他人说："你们看他是谁？"

几个人扭头一看，不约而同地问："宋局长，你怎么有时间出来？"

这几位退休老人曾经在巴彦淖尔市一些学校担任校长。他们在校期间，为巴彦淖尔市的教育发展做了大量工作，可以说是巴彦淖尔教育事业的有功之臣。他们很理解作为市教育局局长的宋铁的繁忙，能在周末出来放松身心，实属不易。他们与宋局长在这里相遇，畅谈本地教育发展前景，并提出一些合理化建议。

宋局长为了进一步倾听老功臣们对本市教育发展的一些想法，想请几位老校长一起吃早点。大家谦让一番，生怕耽误宋局长的休息时间。宋局长再三强调是为了探讨教育方面的事宜，几位老校长才答应了。

令几位老校长感动的是，宋局长能为了当地的教育发展征求他们的意见。许多退休人员退了休也就退出了职场，而宋局长能坐下来耐心聆听他们关于教育发展的一些建议，对他们这些退休人员心灵上给予极大的安慰，体现出"亲民局长"在一些生活细节上对他人的理解、尊重和关怀。

人生最有力的气场，不是沸腾、喧嚣，而是内心的平和、谦虚，由此产生的强大力量，能够战胜生命中的一切困难，并使棘手的难题迎刃而解。一个人修炼到如此境地，能够让所有的浮华和动荡沉寂下来，并能愉快地和这个世界握手言和。宋局长通过自己的亲民行为，为教育踏出一条花蹊。

（九）辛勤的蜜蜂永没有时间悲哀

直到中华人民共和国成立后，巴彦淖尔的教育事业突飞猛进地发展。

从这片热土上走出去的莘莘学子，他们带着河套平原泥土的芳香，带着黄河孕育出来的不屈不挠的品格，走向全国、走向世界，成为各行各业的建设者、行业精英。

仅五原县天吉泰镇大坝滩一户人家，就有3个孩子分别考入北京大学、清华大学、内蒙古财经大学。作为一个普普通通的家庭，能够培养出3个大学生，他们由衷地感谢党的教育事业，更加感激为教育事业呕心沥血的教师们。

对于一个以打工为生的家庭来说，供3个孩子读书成为巨大的经济负担。他们曾经有过动摇，重点培养其中一个孩子读书，其他两个孩子上完初中，考个师范学校，自己能挣一口饭吃就行了。老大黄瑞峰初中毕业时，父亲执意让他考师范学校，可孩子的理想是上高中，考大学。

面对家庭生活的重负，孩子的内心非常矛盾、纠结，于是找到班主任，诉说自己所面临的困难以及自己的理想。班主任听完后，当场拍桌子说："这事包在我身上，我去说服你父亲，让你考高中。"

作为班级的优等生，黄瑞峰考上了临河一中。经过3年的奋斗，他考入北京大学。后来，他出国留学，博士毕业后回国，在癌细胞研究方面做出重大突破并做出卓越贡献。

老二黄云峰初中毕业后也顺利考入临河一中。3年苦读，即使春节，其他人家的孩子们都在欢度佳节，而黄云峰仍坐在书桌前，演算一道又一道数学题。功夫不负有心人，3年后，他考入清华大学，可巨大的经济负担使这个家庭陷入困境。

政府和市、区教育局了解到这个家庭的实际情况后，给予经济方面的援助，帮助这个家庭渡过难关。最终，黄云峰完成了在清华大学从本科到研究生的学业，以优异的成绩毕业并从事高等科研工作。

大坝滩是一个乡村，北望阴山如一列行走的驼峰，将山前平原与北边草原切割开来；南临黄河，村民世世代代以种地为生。村里家家户户出门都不兴上锁，村里有着"夜不闭户、路不拾遗"的淳朴民风。

村边的河堤上生长着许多古老的沙枣树，沙枣树枝干遒劲，拙朴弯曲，无法推断这些树木的年龄，但从它皲裂的纹理上可以判断它们的古老、悠久。每到沙枣花开的季节，整个河堤两岸芳香扑鼻，黄色花朵热热闹闹地缀满枝头，在阳光下芬芳绽放。

从这里走出去的孩子，考入国家重点大学的不下十几个，他们现在都是各行各业的精英。而他们的成功无疑是搭乘巴彦淖尔教育这列快车到达目的地的。他们虽然只是巴彦淖尔千千万万考生中的一小部分，但通过他们能折射出巴彦淖尔的教育事业硕果累累。

这片热土上也曾培育过党和国家的领导人，也为社会输送了无数建设人

巴彦淖尔市蒙古族中学（高莉芹摄）

才。在《巴彦淖尔市中长期教育改革与发展规划纲要》的大力推动下，各级各类教育事业健康快速发展。

历经百余年的艰辛曲折，特别是改革开放40多年的快速发展。巴彦淖尔的教育事业获得沧桑巨变、取得辉煌成就。这艘"几"字弯上的教育航船载着全市人民的希望，乘风破浪驶向远方。

（十）遥知不是雪，为有暗香来

乌拉特中旗是多民族聚居地，除汉族与蒙古族外，还有回族、满族、达斡尔族、藏族、朝鲜族、土家族等。因地广人稀，在中华人民共和国成立初期教育相对落后一些，缺乏师资，也没有教学设施。但这些困难并没有阻挡一个对当地教育怀有满腔热忱的人士踏上这片土地。

他就是用脚步丈量过乌拉特中旗大地的黄甫国佐老师。

中华人民共和国成立初期，政府在乌拉特中旗建立了第一所公立学校。说是学校，当时既无校舍，又无教学设施，只有临时使用张海圪旦的几间破旧办公室。根据教室所在位置，学校命名为"柳泉小学"。

从陕坝师范学校毕业的皇甫老师，怀着对新中国教育事业的满腔热情，背起简单的行囊，扛起自己对教育事业的责任和使命，踏上这片水草丰美的热土。一望无际的戈壁草原，宛若一块巨大的绿毯，覆盖在茫茫戈壁台地上，悠悠白云悬浮在湛蓝的天空中。草地上刮来的风清凉舒爽，皇甫老师从心底爱上了这里，并暗暗下定决心，一定要把这里的教育办好。

他的心里埋下一颗振兴乌拉特中旗教育的种子。这颗种子在他年轻的心灵土壤中生根、壮大，成长为参天大树。

他是一位拓荒者，

用脚步丈量乌拉特草原的黄甫国佐老师（黄甫林提供）

挑起了沉甸甸的担子，开始了柳泉小学的筹建及招生工作。学校刚建成后，总共招了20多个学生。大的有十七八岁，小的仅有七八岁。因为校舍简陋，再加上只有皇甫老师一人教学，所以这20多个学生只能在一个教室上课，成为名副其实的"混合班"。

每逢下雨，外面下的是大雨，教室里下的是小雨。能用来接水的瓢盆都派上了用场。皇甫老师的讲课声伴着滴滴答答的雨声，但这并不影响他洪亮的声音。这伴有滴水节奏的课堂成为学生们永恒的记忆。

没有课本，皇甫老师就自己编写。他一个人承担起繁重的教学任务，有学生家长戏谑：这是一所"独轮杠"学校。

学校在张海圪旦办了一年学后，迁往圐圙补隆（今乌加河镇联丰奋斗村），但环境依旧艰苦。学生分两部分上课，其中一部分学生在油坊上课。油坊内辟出一块空地，垒起一些小土墙，作为学生们的桌凳。学生们坐在土墙上听课，另一半房间榨油不停产。榨油时机器发出的吱吱嘎嘎声，伴随着皇甫老师的讲课声，在这间飘着胡麻油香味的房间里回荡。可这并没有影响皇甫老师专心致志教学，他一如既往地投身于各科教学工作中。

下课后，学生们偷偷挖上一块胡麻油膏塞进嘴里，填补"贫瘠"的肠胃。在成长过程中，没有比饥饿更具有紧迫感和恐慌感的事情了。

这事被皇甫老师看在眼里，他的内心十分矛盾。如果严加管理害怕孩子们缺乏营养，他们经常是可怜巴巴地在饥饿的状态下坚持学习；不严加管理，这种偷窃的行为是当老师的失职。经过再三考虑，皇甫老师郑重其事地向学生讲明：这种偷吃行为是不光彩的，况且油膏也是不干净的，吃进去容易损伤肠胃，会拉肚子。

后来又调来一位叫辛全金的老师。学校由原来的"独轮杠"升级为"二人台"，另外一部分学生在一间大房子的土炕上盘腿上课。

有一节课讲的是《孵小鸡》，皇甫老师用硬纸片做了一个的"雏鸡出壳"的教具。小鸡头和半个身子在壳外，那毛茸茸的黄色雏鸡栩栩如生。他利用课余时间教孩子们做手工。学校没有篮球架，他就和学生们一起动手，做了简易的单面球架，丰富了学生们的课余生活。他还教会学生们唱国歌、国际歌、少先队队歌……

他不仅教文化课，而且使学生在德、智、体、美、劳多方面都得到全面发展。

根据教育局的要求，要在海流图镇创办一所中学，皇甫老师被抽调去筹建海流图中学（乌拉特中旗一中的前身）。该校除了招收中学生外，还附设两个师范班，这是为了解决巴彦淖尔师资奇缺的燃眉之举。学校建成后，有三个班，一个蒙古族初中班，两个师范班（一个蒙古语授课班，一个汉语授课班）。师范班除了语文、数学课外，其他科目都是老师们相互兼课。

皇甫老师给汉语师范班的学生做工作：将来大家要在少数民族地区工作，学会民族语言有利于开展工作，便于沟通和交流，增进感情。他鼓励学生们克服困难学好蒙古语，而且带头学。在皇甫老师的鼓励下，大家的学习积极性很高，并大胆地和蒙古族学生对话交友。

这些掌握了汉蒙双语的师范毕业生，所学蒙古语为后期工作带来许多便利。在民族融合、民族团结方面，语言是纽带。皇甫老师从一个教育者的视角清楚地认识到这一点，为巴彦淖尔教育的发展奠定了良好的基础。

随着乌拉特中旗教育事业的发展和壮大，皇甫老师被调往乌拉特中旗各地办学、任教。他始终无怨无悔，背着行囊，迎着草原上的朝阳，走向一所又一所陌生而又熟悉的学校。他热爱乌拉特中旗这片神秘富饶的土地，更希望这里的孩子们能受到良好的教育，成为有文化的人，积极参与到家乡的建设中。

一个人一辈子执着于干一件事，并为此倾情尽责实在难得。皇甫老师把全部心血都奉献给教育事业，他既是一位教育的拓荒者，也是一头俯首甘为教育事业的"老黄牛"。

天赋与脉象，穿越千年的灵魂绝响

文脉走向篇（高朵芳）

楔　子

巴彦淖尔，这是一片无比丰饶的人类文明家园，可谓物华天宝，人杰地灵。

当我决意参与书写这部属于自己家乡的文化散文时，就注定以站立的姿势来解构它，这是我与巴彦淖尔心灵共振的一次释放。有着"山、水、林、田、湖、草、沙"多样美丽的地理经纬，消除了我内心千丝万缕的部分，将我的构思架构到纸上，以此还原物态本真。

就如何写好这部大文化散文而言，面对庞大繁杂的文化谱系，汲取哪些方面的内容，成了这次写作面对的艰难选择。

阴山，是横亘在中国北方的一座山脉，是一个地理名片。是否真正能写好、写实这个具有传奇色彩的东西，我心里的确没底，但我心中有一个无比强烈的夙愿，尽可能地把生我养我的这片河套大地写得精精致致，踏踏实实。

慢慢梳理，这条脉络便越来越清晰。真正动笔时，我首先需要向这片土地深深鞠躬致意，同时更要向深存于这片土地上的广大劳动人民致意。

阴山山脉是这片大地上隆起的脊梁，它以无比夺目的奇观，令人向往。

滔滔黄河将脉搏扭动，在千拧万扭中形成一个凹陷的"几"字弯，将古老的大地冲积成一片扇形结构，成就了"河套平原"。它滋养着一群在这里繁衍生息并以龙脉相承的人。他们前赴后继，创造出人类历史的灿烂文明。

当人们为这片古老而神奇的土地叫绝时，一条文脉始终延续着它原始的基因，分支扩散。文学艺术作品，随之异彩纷呈，百花盛开。新长出的村庄和城郭，新隆起的脊梁和精神维度，常以崭新的姿态亮出高翔的翅膀，气象万千，魅力四射。

它得天独厚的优势，成为一支多彩的奇葩；它的独具特色，成为人们为之骄傲的资本。

人们一旦触碰到巴彦淖尔的历史和人文以及哲学命题时，不免百感交集，心生困惑。但细细摊开，慢慢理顺，也就随之释然。

每一笔行文，都亟待真实感和被认同。除人物故事非虚构之外，还有撰稿中的我也不例外。毕竟，我在文章字里行间，如影随形，并承担着随时随地放逐在其中的原型，逐一还原之要务。这对我而言很沉重，也的确是一次巨大的考量，但基于所有涉猎的题材，不管大小，无论短长，都发掘于这片土地，取材于用脚力丈量着这片土地的人们。如今，不管历史的还是当代的、现代的，无论人物是健在的还是故去的，他们都将在我笔下重塑。

相信，他们与我一样站着。

因而，我应该向他们再次致敬。

一、阴山岩画，一部活着的人类发展简史

> 地球上所有抵达
>
> 或者正在抵达这片土地的人们
>
> 记住它，巴彦淖尔
>
> 一个颇具大文化、大色彩、大格局的地方……
>
> ——题记

（一）阴山岩画，在我心中一直是个谜

记得，我平生第一次接触阴山岩画形象，是在1986年的第四届华北音乐节上，由内蒙古广播艺术团的王瑞林和张新化老师创作并首演的大型手风琴交响乐《阴山岩画印象——狩猎》，被搬上艺术殿堂。

此后，这样一个宏大的主题，犹如严寒被强烈的阳光刺破，用音乐再现千古阴山的狂野与壮美，好像是大自然中散落的岩画被再次生成"高、大、上"。

要想将听觉变为视觉，就得将耳朵转化为眼睛。换句话说，要想揭开这层神秘的面纱，我们必须靠近它、走进它。

关于岩刻，至少有一万多年的历史。它历经时间久，历史跨度大，分布范围广，涉及的学科也非常多。

有了对岩刻的了解和认识，那么在接近岩画这个概念时，就想要对它更进一步的了解。岩画是凿刻在悬崖峭壁上的图画。目前，世界上已有100多个国家和地区有岩画分布，岩画学已成为当今国际上的热门学科。

阴山岩画（高朵芬摄）

阴山岩画，是我国北方地区岩画中的佼佼者。其数量之多，内容之丰富，体裁之广泛，密集度之高，乃世界罕见。另外，阴山岩画偏居一隅，自然环境优越且人迹罕至，几乎保持着原生态，很少受到后人的干扰，因而形成单独且相对完整的岩画系统，对研究史前以来的人类发展史和自然变化史，有着重要的史料价值。

根据查证资料显示，张春雨和束锡红两位岩画专家认为阴山岩画内容丰富，博大精深，充斥着鲜明的生活信息，记述了先民求生存、求发展的历程。

包括盖山林先生在内的，长期研究岩刻的学者认为，按照岩刻制作产生的年代，黑色石皮上岩刻的早晚序列是：深黑——浅黑——黄白。早期岩刻痕的颜色很黑，有的甚至与石皮同色，几乎分辨不出刻痕。晚期岩刻痕与石皮色泽有明显的差异，一看就能分辨清楚。

据考证，郦道元的《水经注》有多处关于岩画的记载。在今乌拉特中旗乌加河镇一带，地处阴山脚下，正是当年郦道元写下的"石迹埠""画石山"所在地。

阴山岩画的种类繁多，其中以动物岩画居多。山地森林动物有虎、豹、狼、鹿、岩羊、牛、马、骆驼、羚羊等。除此之外，还有草原和家畜动物岩画、诸神像岩画、狩猎岩画、天体岩画、畜牧与车轮岩画等。

据资料显示，1976年春夏之交，内蒙古文物工作队的盖山林先生，到巴彦淖尔北部乌拉特后旗考察汉武帝时期修的长城。他的那次闯入，使这片领地中的偶然变成了必然；巧的是，如果没有途中汽车坏了，盖山林先生也就没有在这个时间节点出去散步的机会，也就无从向当地居民打听有没有画在石头上的画的机会了。

正是由于这个"巧"的机会，发生了后来的故事。这也许就是人们所说的冥冥之中之天意吧。

那一次，牧民将一条重要的信息透露给他：一个叫白齐沟的地方有很多怪异的画像。

那就是岩画！一定是！

从那一刻起，发现成了一种神圣。

从那一刻起，阴山岩画就被揭开了它那层神秘的面纱，重现天日……

从那一刻起，这位伟大的考古学家，盖山林的名字叫响了……

从此，盖山林，这位著名的考古学家，走进了阴山山脉，走进了一个远古的画廊，拉开了后半生从事岩画考古的序幕。

时间的跨越真会折磨人呀！许多时候，它就是一个说不清的期许……

（二）阴山岩画，让我步入一个巨大的诱惑中

2017年4月20日，西北风，阴，零星小雨。

4月的河套大地，春风拂面，杨柳依依，山桃花开，喜鹊喳喳。时令把整个黄河"几"字弯北岸装点得春意盎然。像一首唐诗所绘的那样，"好雨知时节，当春乃发生，随风潜入夜，润物细无声"。应季节发出的邀请，我们探访家乡的一草一木。

巴彦淖尔采风团，在文联领导的策划下，选择在这个最佳时期进山。

此时，阴山山脉西段的狼山深处，闪烁着魅力。这一切的一切，都来自阴山岩画的诱惑……

此次进山由巴彦淖尔市文联的陈旭带队，张志国老师做向导。车子行驶在阴山西端南坡的戈壁滩上。我们看到大部分草还枯着，芨芨草随风摇曳，三三两两的红驼漫不经心地游荡着，红柳一丛一丛冒出粉红的头冠，让人心动不已。

半前晌，我们几经周折，终于到了阴山深处的格尔敖包沟。

顺着张志国老师手指的方向望去，岩画出现在断崖绝壁上！我兴奋得几乎要喊出来，真想把自己的胸膛贴近这座绵延雄伟的阴山山脉。

惊叹之余，随即保持沉默……我们屏住呼吸不敢作声，生怕惊动了那些先人的梦。但我的内心仍在默默惊叹，人类祖先的艺术天赋如此高超精湛。

峰峦之间，有的岩画抽象得贴近儿童简笔画，生动形象地描绘了古代先民生存繁衍的历史。

哦，这就是人类最初的绘画艺术，卓尔不群，举世无双！

阴山岩画采风团（张志国提供）

我默默按住自己的胸口，心想：这次总算圆了我的一个梦！

站在群山下的一处悬崖绝壁前，当我的双脚落定并踩实在一块岩石上，举目眺望的一刹那，初春的寒冷一下子被荡得一干二净，只觉浑身热血沸腾。

我们攀缘在石壁上，昂起头，使劲地看啊看，那一幅幅刻在石头上的画，栩栩如生。从它们闯入我眼帘的那一刻起，我再也按捺不住心潮起伏，心口上冲出一股别样的冲动来。

喊山山应了，我的回音穿透整个山谷……

此时此刻，我像有使不完的劲儿一样，试图学着古人的样子，穿越层层叠叠的悬崖峭壁……

我似乎感受到了那么多先民，他们在我的内心世界里，一下子复活啦……

阴山岩画采风（张志国摄）

是的，他们双手腾空而起，一下、两下……成千上万下，连续不断地挥舞、敲打、磨合，他们反反复复，仰着头，顶着烈日的炙烤和风雨的洗礼，多少个石头滚落下来，但他们心中燃起信仰的火焰，无所畏惧，他们继续凿啊刻啊……

那空旷中回响着石头的敲击声、凿刻声，声声悦耳，动听、粗犷、野性……

此时此刻，仿佛这些都不重要，重要的是，冥冥之中那些古代艺术家凿山刻画的绝活儿，竟然绝妙无比。

无论是旧石器时代晚期、新石器时代，还是春秋战国时期、秦汉时期、三国两晋南北朝时期、隋唐时期、辽宋夏金元时期、明清时期。我感叹人类祖先历经数不清的严寒酷暑，硬是将攀爬绝壁的本领练得登峰造极，将苍茫的崇山峻岭打造成千古绝唱的艺术画廊。

我在想，在遥远的古代，先祖没有创造出多美多丰富的语言文字，但他们内心对这个世界的表达却并不乏味。是的，人与万物的关系纷繁复杂，观繁星闪烁神秘莫测。在不断迁徙和演化中，我们的祖先不但学会了审美，还学会了模仿或者崇拜。

腾出来的空间与时间，生成天籁般的交响，似乎从空蒙的大山里传出来了。

人类的祖先，为了凿磨出一幅画，任石锤和石錾在敲打中发出不绝于耳的回响；清脆磨过凝固，意象胜于形象，想象紧贴现实，线条在不断发生变化。

变成石头上的马、鹿、人的动态。

变成纷繁复杂的叙事结构。

岩画中的游牧场景，有单人双人射猎，有日、月、星、辰，也有形形色色的神祇……

先民的游牧、迁徙，在不断行走中成就了人类的生存方式，力和力的角逐……

执念、无畏、抗争、生死契阔；生生息息，繁衍更替，地久天长……

（三）俯听阴山，心驰神往

2017年4月21日中午前，我们到达默勒赫图沟。

我惊呼，古人腾出双手予我；又惊呼，自己站在如此陡峭的断崖绝壁前，腿在发抖。

惊叹他们的执着和胆略，几乎都在这种状态下完成不可能的事情，他们将智慧发挥到极致，用身体够得着那个点，还原那个面，书写心中崇拜的那个图腾。

我的疑问同时也在不断加码，寻找回应。

那些工匠们，是先够着岩石，还是先够着那座内心建立的几近疯狂的宇宙呢？

大千世界，万物有灵。

不管是先人还是现代人，也许够得着的首先是他内心的世界！谁先够得着，谁就可以优先创造出奇迹。

让石头的敲击声，述说每一幅内心生成的图像，表达内在的长度、宽度以及深度。

从古至今，自然而舒坦的表达方式才是最合适、最贴切的。其实，那些先人最清楚每一幅画画的是什么，只是我们现代人与他们之间的跨度太大了。

我想，当他们把内心交给这座有宽度、有深度、有广度的大山时，就意味着他们自己向这个世界交出最理想的清单——沉淀的时间，赋有灵性的万物，蛰伏于阴山深处的灵魂。

阴山岩画——多少笔画和线条的凹陷，向着太阳神如是说。

阴山岩画——多少次生命的体悟，向着宇宙天体如是说。

阴山岩画——让北斗星呈现出 7 个数字，让宇宙呈现出浩瀚与斑斓。

阴山岩画——运用岩刻的方法，向人类展现宗教艺术雏形。

阴山岩画——尊崇了现实主义与浪漫主义的结合，表达对自然、动物、生殖、祖先的崇拜，同时富含古朴而又深刻的哲学意蕴。

阴山岩画——先人们将不可能变成可能。我抬头仰视，向着这座阴山行注目礼。

阴山岩画——虽然没有颜色的线条，却如此通透而流畅。它们古朴稚拙，它们白描抽象，它们直截了当。

阴山岩画——质朴中见灵动，简约中见苍茫。它们独具匠心。

阴山岩画——横平竖直之间交会，点横竖撇捺相互呼应，好似神来之笔，神赐之韵，向永恒的时间言说着存在的理由。

阴山岩画——我身不由己，一叹再叹，恍惚间好像自己就是某处岩画诞生时的那层落灰的转世。我感叹自己站在时间的节点上，在距今几千年之后的某年某月某日，竟然让我照样用肉眼洞见人类生生不息的延续。

阴山岩画——我真的感恩于这座苍茫的阴山的馈赠，我也真的感动于这片苍劲大地的馈赠。

阴山岩画——一部活着的人类发展简史。它站在地理的轴线上，散发野性而狂傲的大地的光芒。它在恶劣的自然条件下，凿痕依然深凹，刻印依然清晰，画面依然完美。

阴山岩画——让笼罩在诧异中的我时而感到受挫。因为被割裂，往往比脱胎换骨来得更彻底。阴山前后的坡地隆起，高原抬高了脚跟，不断适应气候的变化。至于那些野草嘛，在短短的几个月就完成了自己的一生。它们尽情长叶，尽情开花，尽情结果……

（四）榆树沟，人类文明的地标符号

沿着这座阴山西段的狼山地带，我们去寻觅人类活动过的踪迹。

张志国说，榆树沟地处乌拉特中旗瓦窑沟。他年轻的时候就一个人在温更的大山上攀缘，一个人在山间的沟槽里走，一个人自北向南横渡阴山，一个人在温更草原上仰望，对着蓝天苦思冥想。

此时此刻，我们行进在这条安静的比时间还要空旷的温更大地上。放眼四周，娇艳的黄刺玫张开怀抱，蜂缠蝶恋。所有生物都互相合作，我们的内心，何曾不需用野外的空气来滋养呢？

深入一个宁静之处，大家自发组织这次野炊。我们分头行动，说干就干。高明霞、陈晓帆老师捡来干柴，我捡来干牛粪，张文彪从崖壁上取来泉水，谢鹤仁、张志国他们找来石块架锅灶……转眼间，这条宽大而充满野性的季节性河槽里，青烟缭绕……

干透了的硬柴嘎巴嘎巴响，火星四溅。河槽狭长而又弯曲，山涧清泉发出悦耳的声响。周边湿润泥土的清香沁人心脾，我们一边吃着香喷喷的干牛肉，一边唱歌、跳舞、吟诗。人们仿佛被融化了。这条长达几公里的海勒斯太山沟，像一条慵懒的巨蟒，蜿蜒至峰岭地带。吃过饭，我们顺着嶙峋的黑石头向上攀登至岩画山。这里大约有2000幅画。这些画是两三千年前的阴山先民创作的岩画艺术杰作，先民们使用刀具，在悬崖绝壁或向阳山坡的石头上，刻下种种生动的画面。有较简单的三角形、足印形、圆形等，也有较复杂的驼、马、羊等动物，还有射猎、骑行、舞蹈以及天文星座等。这些自然与人文图景，惊人地记录下先民们的生存状况。这是一部人类灿烂文明的生动教材。

"看见了，这是一匹马！""看见了，这是五只羊！"人们不禁喊出声。在阳光的照射下，图案更清晰了，我仿佛穿越了几千年，仿佛看见那些先民们在古老岁月的浸泡中，在刻有岩画的山下，边歌边舞，兴奋地望着闪耀在黑色天幕中的猎户座，集体朝拜……

斧头与斧刃被锻造得坚硬而锋利，凭借古老的工具完成了凿刻。

谁是开拓者，谁披荆斩棘战胜恶劣的环境。

是谁处处迎接挑战，又是谁随时出没深山，攀缘绝壁，凿刻岩画。

是谁将自由的思考深深落于坚硬的绝壁之上，又是谁给人类画上地标性的生存符号？黑石头山啊，一座人类文明的祭坛！我想象着先民们在漆黑的夜晚，在火把橘色光焰的映衬下，刻画阴山山脉的神秘，再没有比这更让人充满自豪，去书写寻找宇宙万物的答案了。关于是否如此亢奋才能摆脱对某种事物的恐惧，人们为果腹与自然界不断抗衡，好像也有了答案——譬如勇士的威武、食物的占有、财物的纷争等，在阴山岩画中呈现着不同的版本。

时过境迁，这些版本贯穿过去和现在，没有被时间湮没。

（五）恍惚听到阴山岩画在与我对话

早春时分，无论是遥远的北托林沟山地，还是格和尚德沟中段，山谷闪烁着蓝宝石一样的光泽，草丛里回荡着一些十分可爱的声音。间或传来唧唧唧的鸟叫声，间或传来唰唰唰的动物追逐声，此起彼伏，不绝于耳。

这里，曾是人类生命的摇篮。我们的祖先老早就懂得在这里逐水草而居。

日月星辰之上，寄予苍穹下的仰望，莽莽阴山，人类的栖息地，被画上一道巨大的符咒……之后，保留至拥有现代文明的今天。

人类的灵魂寄存于神秘而斑斓的图像之中，每一笔都显得空灵而深远，好像是设定了遥远不定的路途。下一步该走向何处，留给我们一个巨大的哲学命题。

阴山岩画，是凝固在一个巨大的谜团中的印记，我用什么样的角度，又用什么样的思维，才能辨识祖先的审美，从而揭开谜底并找出答案，我还需一寸寸深入下去。

阴山岩画，属于时间深处的孤独……

那些祖先当中，有着思想高超的艺术家们的精神境遇，横空出世般的富有诗意的创造与探险精神，促使他们完成了人类早期的巅峰之作。

放眼望去，阴山山脉的褶皱里，一幅幅岩画妙趣横生。

如此神赐之笔，给登峰造极的具象与意象，留下浓墨重彩的一笔。

人与万物之间最直接、最形象、最逼真、最波澜壮阔的叙事，贯穿了数千年之久，至今没有将谜底揭开，基本处于一种迷茫状态。

孤绝而高傲的阴山岩画，耸立于阴山深处的悬崖绝壁之上。阴山岩画内涵极为丰富，是一座人类艺术的殿堂。

阴山岩画呈现出艺术绘刻中极为罕见的精神深度、思想高度和不可思议的艺术高度。

穿越历史时空，它们与天对话，面壁高山。在时间上，忍受着孤独，并与险恶斗争。

阴山岩画是深邃与珍贵的天然库存。其独特性、丰富性和传奇性，证实了先祖拥有无比丰富的经验与精神资源，将他们卓尔不群的艺术天赋，难以复制的个性表达，生动有力地刻写在世界岩画艺术史上。

阴山岩画，蕴含着祖先的高原情节、浪漫情节、生殖崇拜情节、英雄主义情结以及历史信仰等丰富庞杂的精神元素。

人们所谓的共同认知，譬如：善与恶的角力，爱的繁衍与生殖，其实比死亡的戕残更古老，更勇武。

时光本身赐予人类光辉的一面，但最不慷慨的还是时光本身。阴山岩画，在若干年之后，有些被环境剥蚀得无影无踪，这是他们无法逃避的宿命。

究竟是谁的淡定，如《神曲》般雄浑；又是谁的叹息，如史诗般恢宏……

大音希声，大象无形。

此刻，风雨在欧亚次大陆，自西向东，攀缘而上。

黑色的山体只能定格在月亮的背面，当夜晚献祭给黎明时，且听太阳的颂词。

相信：地球这边，为我一人独坐。

（六）祛魅阴山石刻，神驰艺术之巅

山川万象，远古文明被时间切割，被地理一层一层拔高演化，恐龙化石也长久被禁锢于地下不见了踪迹。我从一个又一个传说中，褪去魔力般的阴影，试图将人类印象中的神话变成记忆……

我骄傲，阴山岩画，是世界的窗口。

我骄傲，阴山岩画，让世界认识了巴彦淖尔。

在炭窑口阴山岩画遗址前，我们比赛攀登那座高大的鸡血色山头。

我开始想象，在星光的照耀下，阴山岩画上的动物图案活灵活现。他们或许崇拜万物有灵。是什么，帮助他们摆脱生存危机？又是什么，帮助他们发展狩猎和采集……

也许那个岩洞，就是上古时代原始氏族部落的居住点，也许是春秋至两汉时期的人们在不断迁徙中遮风挡雨的地方……

他们最终都被淹没在世界的尽头。

他们眼中的世界有快乐、有悲哀，因此，先民们留下的神秘痕迹与线条代表什么，也许是某个部落的符号，繁荣与强盛，敌意与防范，通婚与繁衍，混血与交融，同化与演进，人类究竟从哪里来，又到哪里去？

阴山岩画艺术，造型粗犷、思想奔放、结构朴实，极具独特的意境和艺术价值。

在黑色的岩石上，刻画出奔跑的鹿、好斗的大角羊、疾驰的骏马以及飞禽走兽。它们形态各异，栩栩如生。

阴山岩画的表达，揭示了人类祖先的情感、艺术、愿望、信仰……具有丰富的想象力和无穷的创造力。这是一座延续了长达几千年，在阴山生活的诸多先民们共同完成的艺术宝库。

二、百花齐放，弥合了世界与内心的缝隙
——扫描巴彦淖尔文学艺术界

（一）小引：有关文学的记忆符号

世上总有一些美好，既值得珍藏又值得期待。诸如巴彦淖尔文学艺术，就散发着神秘和期待。值此《巴彦淖尔传》出版之际，我有着让文本所涉猎的内容成为巴彦淖尔新的文学思潮的部分投射的奢望。于今，我总想以一拙之见，对那些封存于历史尘埃中的巴彦淖尔文学往事，做一个简单梳理。

1978年后，改革开放的春风吹绿了河套大地。巴彦淖尔的文学艺术如雨后春笋般焕发勃勃生机。巴彦淖尔文联先后在刘炳池、闫纪文、布仁等热心文艺事业的专业领导的带领下，一大批作家、艺术家活跃在巴彦淖尔大地上。他们以摧枯拉朽之势给文学艺术以巨大影响。文艺工作者们心情舒畅，创作热情高涨，巴彦淖尔也不例外。

《巴彦淖尔文艺》杂志的复刊，是文学春天到来之际一个标志性的大事件。之后，巴彦淖尔文学步入一个新纪元。

1980年后，怀揣文学梦想的专业作家和一部分文学爱好者，纷纷拿起

手中的笔，投入这场空前盛大的文学热潮中……文学艺术呈现出前所未有的繁荣景象。短短几年，许多优秀的小说、诗歌、报告文学、戏剧、电影、曲艺、音乐、舞蹈、摄影和美术等作品纷纷出世……热情高涨的书写者们创作的作品接地气、近时代、抵本相，能够反映广大人民群众的心声。

文学春天的到来，很大程度上反映社会、关照人生，其魅力可见之大也。文学的魔力总在向人们昭示心灵之声，使那些近似干渴的喉咙被水滋润，如同断水的麦田一下子被水浇灌，带来新的生机与激情，呈现一场空前浩大的视觉盛宴。

随之，又涌现出一批农民作家，这也充分体现出改革开放政策给农村经济带来的巨大影响。文学艺术作品从另一个层面将这场变革的某个拐点呈现，塑造出许许多多鲜活的人物形象，讲述了众多精彩动人的故事，给人们心灵深处注入新鲜血液。巴彦淖尔文学艺术界呈现出百花齐放、百家争鸣的崭新局面。

《花地》的创刊，承载着艰巨的历史使命，从此巴彦淖尔文学创作阵地有了真正意义上的时代感和存在感。巴彦淖尔的文学从改革开放初期进入人们的视野，而且催生了一批有质地的作家和艺术家。他们来自这片肥沃的热土，饱含深情，植根于这片土地，用他们丰富的经验在这片土地上耕耘，并收获。

有一批知识分子，如尹庚、叶祖训、陈寿轩等，在改革开放之后，放下手中的镐头和羊鞭，投入火一样的热情，重返文学艺术阵地。另有一批人，他们原本生活在农村牧区，像侯三毛、崔凤鸣、刘玉清、郭增源、曹治业、陈慧明、张巧玲、凌宏等，犹如一道光环，在巴彦淖尔文学史上闪闪发光。

还有一批来自各行各业的作家，像冯苳植、玛格斯尔扎布、闫纪文、王孟斌、蔺鸿儒、李廷舫、任义光、邢原平、刘正华、官亦鸣、王富林、温源、广文、西贝、杨桂林、布图格奇、李越、李玲、李虎平、刘福东、邢俊文、葛振斌、许从光等。他们有基层生活的经历，文学素材鲜活，对人生充满期待，因此成为当年很有天赋的一些作家。

以邢原平发表的小说《站在高高的脚手架上》为例，它记录了工业化走向现代化进程中的人和事。而当时人们需要这些精神食粮的补充，这本小说也恰到好处地反映了这个时代带来的新局面，于是小说荣获全国优秀短篇小说奖，颇具轰动效应。还有任义光创作的《家乡的小河》，以歌声表达了人们的幸福感和对家乡的自豪感。

一群土生土长的作家、艺术家如雨后春笋般拔地而起。他们写的作品有品质，也能够代表人民心声，因而被人民记住了。巴彦淖尔出现了以侯三毛、崔凤祥、郭增源为代表的"农民作家现象"。文学界曾经一度称他们为"农民作家群"。他们用激情饱蘸心血，用文字表达心声，他们用平实的语言，不但书写出河套农村鲜活而生动的生活场景，而且写出改革开放给农村带来的新气象以及在如火如荼的生产建设中出现的新人新事。直到今天，郭增源、陈慧明、谢鹤仁等一批优秀的农民作家，仍笔耕不辍。

"打铁还需自身硬"，这句话一点也不假。当然，也依托于各级组织为他们铺路搭桥，正所谓"众人拾柴火焰高"。正因如此，巴彦淖尔文学艺术界才得以人才辈出，薪火相传。

党的十八大以来，全市广大文艺工作者深入学习、贯彻、落实习近平新时代中国特色社会主义思想，始终坚持以人民为中心的创作导向，牢固树立精品意识和服务人民意识，积极投身于经济社会发展中，不断增强脚力、眼力、脑力、笔力，创作出一批又一批脍炙人口的优秀文艺作品，塑造出一批又一批经典艺术形象，推动巴彦淖尔市文艺事业蓬勃发展。市文联党组书记、主席白建军引领并鼓励作家们立足本土文学，践行文化自信，贴近实际、贴近生活、贴近群众，尽社会责任，以文化自信建设自信文化，用文学作品更好地体现地方文化，为本地经济社会发展服务。

2019年12月，邢秀、刘先普、张志坚、官亦鸣、陈慧明、白洁、刘丽杰、赵瑞新、牛丽萍、温都斯获"巴彦淖尔市德艺双馨艺术家"称号，他们一定程度上代表了巴彦淖尔文艺创作的杰出成就。

仅2019至2020年，巴彦淖尔市就有扶持文艺作品92部，其中文学作品42部。为把全市文学作品推出去，增加传播力和影响力，巴彦淖尔市文联举办了研讨推介会，为作家提供交流机会，希望作家结合文艺评论的新论断、新要求，努力提升作品的高度。许多作家、艺术家以笔讴歌人民、反映时代、表达心声，写出人民群众喜闻乐见的精品力作。

巴彦淖尔市文联通过政策上、经济上、情感上的关注与支持，借助多方力量，努力为创作者营造有利于文艺创作的良好环境，围绕"出精品、出人才、出品牌"的目标，大力支持文艺创作，真心扶持文艺人才，努力推广更多优秀作品。

（二）杨若飞：坚守文学情怀，无愧文化担当

回想当年，往事如烟。

杨若飞曾是《花地》的编辑，也是一位著名诗人。

当时，杨若飞躬耕于《花地》，面对众多作者的来稿，他总是细心审阅。他不但从稿件堆里挑稿，还抽空用小楷给作家写回信。他行走于文学世界，用书法信件与作家交流，真可谓"一个人一支笔一辈子"！他的文学情怀极大地推动了巴彦淖尔文学事业。20世纪80年代初，他任《巴彦淖尔文艺》主编期间，巴彦淖尔文学创作一度出现空前繁荣的景象。多少年过去

了，但人们依然记得他，怀念他。可以说，做编辑，杨若飞不仅做得好，而且做到家了。

至今活跃在巴彦淖尔文坛上的不少作家，曾经受过他的指点。他们中间有的取得了显著成绩，成了自治区的知名作家、诗人，如李廷舫、官亦鸣、温源、刘先普、郭增源、陈慧明、李明、邢俊文、何立亭等。至今，他们仍保持着良好的创作状态，成了当代文学队伍的领军人物。

李廷舫老师评论说："杨若飞先生，是改革开放之初，巴彦淖尔义学园地的一位开拓者，一位辛勤耕耘的老黄牛，也是我们巴彦淖尔汉文文学刊物的创办者。如今巴彦淖尔60岁以上或更年轻些的作家，还有一些从巴彦淖尔走出来的作家，都曾得到过杨若飞先生的关怀和扶持。"

文学是有根的。它犹如一株玉米，为什么粗壮而结实，长出大玉米棒子，是因为它的根部紧紧地抓住泥土不放。它的根吸收了丰富的养分，这种养分源自良好的土壤，当然也有很多外部条件。

20世纪80年代，杨若飞当编辑，扶持新人，就好比这片富含养分的优质土壤一样。此外，他写过为数不少的优秀诗歌，还在短篇小说、报告文学、散文及文学评论等诸多领域均有所涉猎。1999年，杨若飞出版诗集《情海荡舟》（远方出版社出版）。诗作获内蒙古自治区首届文学创作"索龙嘎"奖。他的诗歌气韵弥漫、豪放豁达。

2006年，他以一个大写的"人"字，走完自己的诗意人生。

这就像他写过的诗——《诗品》一样，看上去只有短短几行，却是他一生的真实写照："我读诗/我写诗/我改诗/愿她立意奇绝/愿她富有神韵//诗读我/诗也写我/诗更改我/教我挽住童贞/教我严谨做人//于是/我与诗/情谊日深/密不可分。"

又如《一半》："痛苦是幸福的一半/忧伤是欢乐的一半/艰涩是顺达的

一半/失败是成功的一半//一半一半一半/人生路漫漫/总是一半对一半/要竭尽全力/让一半战胜另一半。"

杨若飞早期的诗歌多以抒情见长。如《给巴彦高勒》中写道：

三盛公——巴彦高勒，

西栖河套，紧傍黄河。

什么时候惹翻了乌兰布和？

黄沙漫漫，尽情吞噬着欢歌。

朝为村舍夕为沙，

沙峰和洪峰一样煊赫。

多么年，驼铃凄凄奏悲韵，

多少载，孤烟直直染荒漠。

日出东方亮，

红旗进沙漠。

越往后，他的诗越富有理性，富含哲理。虽不见多么洋洋洒洒和多情奔放，却觉得丝丝忧郁和分外安抚。

（三）楼宪：神话般的"尹庚"先生

1980年，我见到他的时候，他已经是一位白发苍苍的老人了。只见他目光炯炯，精神格外矍铄。

那时候，他恢复了在巴彦淖尔文联的工作。他住在巴盟招待所的一个单间。当时，与我一起参加全盟创作会的文友小郭，带我拜访了他。我第一次

163

见了这位"神话"般的人物——中国左联作家尹庚先生。

从那个时候起,我知道他的原名叫"楼宪",浙江义乌福田十里牌村人。1927年,他从上海中华艺术大学毕业后任报馆文艺编辑和新闻记者。1931年,东渡日本留学,参与组织中国左翼作家联盟东京支部。九一八事变后,随"左联""社联"等组织成员成立文化总同盟。同年底,在潘汉年、冯雪峰等的领导下,与胡风、何定华、王达夫、周颖、聂绀弩等组织新兴文学研究会。

从那个时候起,我知道在巴彦淖尔大地上,不,严格地讲,在中华大地上,他是一个颇具传奇色彩的人物。见到他的时候,他很和善,给我们讲"左联",讲他与鲁迅先生的关系以及鲁迅的故事,这对于我一个还在上中学的学生而言,能有机会与这位"神话"般的人物面对面交流,是多么不可思议的一件事啊!当时我紧张得害怕,但先生很平和。顿时,我又觉得他很亲切。临别时,他拿出他当年穿一身中国人民解放军军装的照片给我和小郭看。当年我只知道他是一位了不起的人物,直至后来才慢慢悟出这位老人的苦乐年华和况味人生。

尹庚先生,后又被选为内蒙古文联委员。

尹庚先生从祖国北部边疆的巴彦淖尔,后来迁居到祖国的首都北京,并出席了全国第四次文代会。

这个尹庚先生啊……奥,忽然想起来了,而且越来越真切,只是忘记了具体哪一年而已。

他清晰而又模糊,他模糊而又清晰。反正有一年秋天的一个下午,我看见他在巴彦淖尔市文联的院子里,坐在藤椅上晒太阳;我看见他年事已高,身体已不可能让他做想做的文学事业,但从他的眼神中,好像看到了他的内心。他的样子似乎平静如一汪清泉。细碎的阳光洒在他的白色衣裤上,窸窸窣窣的树影斑驳陆离，在他的身上晃动着。

他半躺半仰的身子，稳稳地嵌在那一张藤椅上方……

尹庚于1997年3月21日在北京去世，享年90岁。

（四）叶祖训：一个颇具传奇色彩的人

改革开放后，叶祖训恢复了自己原有的身份，在巴彦淖尔盟文联工作。

他是一位作家，编剧。他与张乐群合著了电影脚本《神猫与铁蜘蛛》。1989年，由内蒙古电影制片厂排演，之后上映，被评为内蒙古自治区百部优秀电影。

故事讲述了中华民国初年，国会议员卢子陵在家中惨遭两个蒙面人的杀害，一条价值连城的钻石项链被盗。当地检察厅为破此案先后聘请了7名侦探高手，但都神秘失踪。段厅长无奈之下秘密地从死牢里保出侦探"铁蜘蛛"，又请来名震京华的侦探"神猫"冷云飞做"铁蜘蛛"的副手协助破案。冷云飞与"铁蜘蛛"相继遭人暗算，险些丧命，全仗身怀绝技才得脱险。冷云飞逃到一座小楼，偶遇丽人袁芳。袁芳助他脱险，并告诉他追杀他的一定是龙虎堂的人。两人自此交往不断，结为好友。在袁芳的姑父文中汉的救灾义演现场，冷云飞接到"铁蜘蛛"写给他的一纸便条，听说是一位身着米色西装的先生所递。一天夜里，袁芳外出，文中汉和冷云飞先后潜入袁芳的房间，冷云飞躲在暗处观望，文中汉则东翻西找，还从袁芳的衣箱里翻出一件米色西装，眼中凶相毕露，冷云飞则惊喜万分。此时龙虎堂抓住为父扫墓的卢丹青，索要他们从卢家盗来的保险匣密码。袁芳拿出龙虎堂堂主肖像，冷云飞惊异地发现画中人竟是文中汉。"铁蜘蛛"命他将该肖像送至检察厅。冷云飞再次落入陷阱，又多亏一个蒙面女子搭救脱险。袁世凯接到密电：上次所获项链确系赝品，藏有真项链的保险匣已在大堂主手中，大堂主暴露。原来在项链的宝石中刻有反袁革命军校级以上军官的名单，袁世凯急于将它弄到手。在文中汉的寿宴上，袁世凯派来祝寿的特使拿到保险匣后杀掉文中汉，但自己也被文中汉飞刀刺死，项链终被"铁蜘蛛"所获。凌晨，袁芳死在床上，段厅长宣布她就是"铁蜘蛛"。悲痛欲绝的冷云飞再次遭龙虎堂追杀，躲进寺庙，老僧告之袁芳未死，请他速去云南相会，那具尸体其实是袁芳塑的一尊蜡像。冷云飞扮作和尚与老僧并肩南下……

由于他深厚的文学造诣，他被调到巴彦淖尔盟群艺馆搞文学创作。他所写的戏剧《二斗半麦子》在当时不但登上舞台，而且唱遍了河套的田头地畔，成为老百姓喜闻乐见的二人台剧目。[1]

（五）冯苓植：不求闻达，甘于寂寞

一说起著名作家冯苓植先生，人们都会怀着崇敬之情谈论他，赞赏他。

一是因为他的作品题材广泛，涉及市井、动物、荒原等多个方面。二是因为他长期保持着旺盛的创作生命力，著作等身。在巴彦淖尔市的一些老作家中，很多人回忆起来，都很佩服他有着故乡情结的文学情怀。

他是一个眼光独特、思想敏锐的老作家。他猎取的素材总是那么鲜活，他的勤奋也是常人无法比的。在耄耋之年的他，依然笔耕不辍。巴彦淖尔人一直认为，冯苓植先生不光是巴彦淖尔的骄傲更是内蒙古的骄傲。

记得在20世纪80年代初，我参加过几次巴彦淖尔文学创作会，冯苓植先生以著名作家的身份给我们讲课。那时候的他40多岁。他讲小说创作以及小

---

[1]该故事参考2018年2月18日史毅《阅读孔子》专栏。在此，对原创作者表示敬佩和鸣谢。

说创作的语言，还讲老百姓热腾腾的生活。他给我们讲了他在农村听到一个老队长对着全体社员说的一句话："我要不领上弟兄们从咱们的土地里刨闹出个金钵钵来，我就羞死啦。"那时的他，声音特别洪亮，眼睛里闪烁着一道强烈的光。他一边讲，一边挥动着手，说到动情之处几乎要站起来。

近些年，他年事已高，长期居住在呼和浩特市，他的新书不时就有出版。两年前，我逛书店时买过几本他的书。我阅读了《冯苓植动物小说选》，从中受益匪浅。

有一位叫王欣的采访者这样写道："阅读冯苓植老先生的作品，更加倾慕本人。小说拥有烛照寰宇的思想、悲天悯人的情怀，像是光亮烛照现实生活。我一直企望找到作家创作的原动力，并且从文学运动的意义上对它们总体上做一些较为确当的评价。直到这一天，有幸拜访冯苓植老师。老先生目光中充盈着睿智、坚毅和温暖，好似那永不熄灭的文学的微光，瞬间点燃了我，深深感受到一位民族文化学者的赤诚情怀。"

20世纪80年代中期以来，冯苓植先生将笔端对准丰富的社会生活，创作了一系列市井小说、乡土小说、现代派小说等。

人民文学出版社出版过他的《阿力玛斯之歌》《神秘的松布尔》《马背上的孩子》等早期的作品，与他生活的阿拉善荒漠草原和巴彦淖尔乌拉特草原息息相关。《阿力玛斯之歌》以纷繁复杂的社会环境为背景，讴歌英雄人物，描绘草原的雄浑壮阔之美，饱含浓厚的热情和革命理想。《神秘的松布尔》讲述了20世纪60年代初期进入松布尔沙漠的考察队的故事，那里有会唱歌的沙丘、风力创造的迷宫、月夜里的野驼……联想丰富，神秘动人。阿拉善沙漠苦旅让他体验了什么叫漂泊，巴彦淖尔乌拉特草原让他直面驰往辽阔大地，八百里河套平原让他直面农民。戈壁滩的红驼，纵横交错的渠水，迎风起浪的麦田，磴口的华莱士，巴彦淖尔盟的烩酸菜，雄劲有力的爬山调……滋养了这位令人敬佩的作家。他取之于一泓清泉，还之于一片大海。他既是文坛上的游牧者，也是文化苦旅中的探索者。

几十年来，他笔耕不辍，为读者奉献了一部又一部佳作。

2019年，文汇出版社出版12卷本《冯苓植文集》，精选了冯苓植先生自20世纪50年代至今发表的代表作品。《冯苓植文集》折射出他"不求闻达，甘于寂寞"的品性。他甘愿做一个文学的漂泊者，扎根基层，不停思考，寻找心灵的回归；他不轻易为世俗改变，辛勤耕耘心灵这片水草丰美的草原。《冯苓植文集》体量之大，内容之繁杂，也充分体现出他多面多样的创作风格。精选的代表作包括：5部小说集《驼峰上的爱》《雾中的牧歌》《虬龙爪》《黑丛莽》《失重的马拉松》，2部长篇小说《神秘的松布尔》《出浴》，1部散文随笔集《忆沪上》和4部元史演绎：《大话元王朝》《忽必烈大帝》《鹿图腾——从后妃看元朝历代帝王》《北元秘史——马背传奇皇后满都海》。

冯苓植先生说过："大草原给了我很多恩惠，我应该为她做些什么呢？"

他面向草原，深植大地，仰望星空；他深入生活，扎根人民，以广阔的生活为舞台，发掘自己熟悉的心灵上的水草丰茂的地标。他的作品风格多样，保持着洞察一切的直觉体验；他豁达乐观的人生态度，予人颇多启示。

短暂与永恒，生与死，是他作品阐释的一个主题。

他凭过人的细心观察和真切的生活体验，细微体察生命的脉搏。

荒野小说《黑丛莽》讲述一个关于人和狼的古老故事。《落草》讲的是茫茫西口外，用三石麦子换回一个女人的老年间的故事。《黄风荡》写一个落魄书生到了西口这片蛮荒之地的故事……他笔下的人物接近或体验着各种各样的死亡，在他看来，只有认清了死的意义和爱的本质，才能明白承担守护的意义。

他始终保持着旺盛的创作力。钱谷融先生将冯苓植先生唤作"文坛游牧人"。冯苓植先生退休后，开始创作长篇历史小说《忽必烈大帝与察苾皇后：从游牧汗国到大元王朝》，小说创作转向述说历史，涉猎更为庞杂。如今，年逾八旬的冯苓植老先生，仍以不竭的探索精神和独特的思想光芒烛照这方文学热土。

（六）李廷舫：一个人的辽阔与他的文学热土

2020年，我到巴彦淖尔市参加了"追思作家李廷舫，繁荣河套文学创作会"。这期间，我始终被一种特殊的情感纠葛着。我似乎从深秋季节浸染的苍黄里，闻到被丰收覆盖过的原野上茬子地里特别的味道。我觉得这种感觉如同烙印一般，非同凡响。这是一种神奇的力量在召唤着我。我在想：像李廷舫老师这样的一位一生秉持正义，一生书写河套大地，一生热爱河套人民，一生牵动乡情和乡愁的著名作家，才能写出像"河套系列三部曲"等厚重的文学作品的。这一切的一切，应该会归功于他对河套大地的热爱以及故乡文学地理给予他的滋养。

我听过许多人说他的好，念他的恩，尤其是说他坐在老乡的田间地头采访和写作的故事。印象最深的还数内蒙古日报社原总编、现任内蒙古诗词学会会长贾学义连说带表演的一个情景剧。

贾学义说：20世纪80年代，李廷舫在《内蒙古日报》发表了一篇题为《段家村的锣鼓》的长篇通讯。李廷舫很会写文章，一开头就有这种声画场景，咚咚嚓咚咚嚓，咚咚嚓咚嚓咚嚓……这种场景一下子就抓住了人们的眼

李廷舫在内蒙古广电大厦前（高朵芬摄）

球。他用这种敲出的锣鼓声反映出改革开放给农民带来的喜悦，反映出农村发生的翻天覆地的变化。一大早，段家村就响起一阵锣鼓声。这是人们的喜悦，是一种幸福感和自豪感，呈现出农民们沸腾的生活场景。想想看，李廷舫是多么会体验生活的一位好记者，又是多么能在瞬间抓住"文眼"写文章的一位好作家！

记得20世纪80年代初，我还是一个中学生的时候，在一次巴彦淖尔文学创作会上，有幸见了李廷舫老师。印象中，他身材高大，腰板挺直，是一位值得敬重的作家、散文家。1991年，我作为一名人民教师，有幸参加了一次巴彦淖尔盟少代会。开幕式那天，李廷舫老师身着一套浅灰色西装，身形瘦高挺直，偏分头，三七开，向后背着，精神抖擞地坐在最前排和与会代表照集体照。我一下子就认出了他。照完相之后，我跑过去跟他打招呼，他想了想认出了我。那个时候，他已经是临河市挂职副市长了。打那之后，因为我教书不便多出门，就不怎么有机会见李廷舫老师了。

直至1994年，我随爱人调动来到呼和浩特市工作。我爱人喜欢文学，经常写一些小说和散文，与李廷舫老师来往密切。后来，内蒙古自治区宣传部、文联举办了11届内蒙古童谣大赛，我和李廷舫老师一起做评委参加的就有8届。我看见他总是一字一句地把关，那认真的程度真的让人从心底佩服他、敬重他。

2017年，我有幸参加了内蒙古文联在呼和浩特市举办的李廷舫长篇小说《河套母亲》研讨会。著名作家阿云嘎老先生高度评价李廷舫老师的《河套母亲》，说不仅选材角度好，而且写得非常感人。内蒙古作协秘书长赵富荣老师说，《河套母亲》民间叙事立场是河套大地的乡村，从头到尾写乡村女人的辛酸史，写河套乡村的兴衰史，把乡村的民间叙事、伦理、人物谱系写细了，写真了，写实了，写正了。

2018年1月25日，我与李廷舫老师同坐一列火车参加巴彦淖尔文艺创作研讨会。那一次，他看上去很憔悴，但一路上执意不让我照顾他。在火车上，我看见他戴着眼镜看讲稿。在研讨会上，他列举了巴彦淖尔农牧民作家群和巴彦淖尔女作家群现象，使与会代表深受鼓舞。

后来，他生病了，我和官亦鸣、刘福东到他家看望他。他拖着瘦弱的身子还在关心《河套母亲》的编剧工作。

2019年10月的那个傍晚，大雨倾盆。我到呼和浩特市火车站接阮主席、官老师和陈大姐。他们是代表巴彦淖尔市文联来呼和浩特市参加李廷舫老师的追悼会的。第二天凌晨，我们在殡仪馆看到人们敬重和爱戴的李廷舫老师安详地躺在鲜花之中，内心是多么的不忍。人们怀着无比沉痛的心情，表达了对他的深切怀念。刹那间，我从他身上似乎找到一个触及灵魂的答案。

打那以后，我开始对李廷舫老师有了一个更深的思考。我想，一个人的辽阔必是与天与地相接的。作为一个作家，他那辽阔与坦荡行走于笔端，书写着故乡，书写着乡愁。

李廷舫老师学识渊博，为人师表。他竭尽全力扶持故乡的作家们，也在为打造巴彦淖尔市优秀创作队伍而默默奉献着。

首先，一个作家的成功与他的所在地有着密切的关系。我想李老师的创作灵感主要来自河套大地给予他的丰厚滋养。官亦鸣先生曾说，《河套母亲》的成功就在于有尊严、有正义，向善向美，包含着用深情回报尊严的缕缕情丝。有深度、有温度、接地气是李廷舫老师作品的可贵之处。他始终牢牢地把握现实主义创作方法，没有落入俗套。这是值得我们深深庆幸的。

其次，李廷舫老师内心世界的辽阔与他作品中的人物、事件、风土人情有着密不可分的联系。是的，母亲可以是多种多样的，但如果一个作家没有丰厚的经验，就不可能写出像白三女这样如此丰满的母亲形象的。为报答救命之恩，母亲一直保存着10块银圆，几十年都没花。这种人性的表达与朴素的追求，活灵活现地跃然纸上。因此，李廷舫老师的脑子里注入的是河套大地上的母亲群像。

再次，李廷舫老师的乡愁意识是他文学成就的原动力和突破点。河套人真实的生活场景，是《河套母亲》中这类人物生活在河套大地上的真实写照。李廷舫老师的的确确是用当地语言叙述的，把乡村的民间叙事、伦理、人物谱系"写细了，写真了，写实了，写正了"。走西口是河套历史上最突出的一段历史，小说里怨而不怒的人生冷暖，见证了作家对河套大地持久的热爱和真挚的感情，这是一种回归现实生活的体现。因而，《河套母亲》是一部呈现近50年河套历史的现实主义题材作品。

最后，河套文学是作家对远方的执着和从家乡这方热土上汲取的无尽养分的书写。他对河套历史的把握，对河套母亲悲悯情怀的关照，对乡村民间叙事中丰富多彩、饱含真情的语言，对从小村庄叙事折射出大历史的背景，以及对50年河套历史变迁的大题材等，都能做到游刃有余。李廷舫老师通过现实主义的生动叙述，活灵活现地讲述了河套大地上发生在十三圪旦的乡村故事，饱含深情地写下河套大地的乡村史和变迁史。

李金娥教授评价李廷舫老师"老骥伏枥志千里，烈士暮年心不已"。李廷舫老师将在河套50多年深厚的生活积淀一吐为快。《河套母亲》等三部长篇小说构成"河套系列三部曲"，成为他一生创作的代表作。2018年，《河套母亲》荣获内蒙古自治区文学创作"索龙嘎"奖。

高莉芹老师说："他穿着有几个口袋的马甲，马甲颜色亦如河套平原的土壤，古旧里透着暖黄。马甲的口袋里装有笔、手机、擦拭的手帕。他清瘦的面颊上堆满了谦虚、宽厚、和蔼，一副眼镜后面，有一双洞察秋毫的眼睛，温文尔雅地把一双手伸向经过他身边的每个人。2017年，李老师非常爽快地为我的散文集《听雨》作序。"

是的，一个作家的内心是一个辽阔的宇宙，李廷舫老师的辽阔宇宙就是他一生眷恋的河套大地。在他的眼中，河套大地就是他的文学故乡，因此他总是心系河套大地，并亲切地称巴彦淖尔才是他真正意义上的故乡……

（七）官亦鸣：关注河套文化发展的文化学者

2020年底，我借参加巴彦淖尔市新时代优秀文学作品研讨推介会的机会，在中环酒店三楼多功能厅采访了这位精神矍铄、健谈爽朗的官亦鸣先生。

印象中，他一开口总要聊上几句乌兰牧骑，因此人们都说，在他身上一眼就可以看到特有的那种乌兰牧骑的红色基因。

官亦民，祖姓上官。1944年6月26日出生，宁夏中卫人，成长于内蒙古自治区阿拉善左旗。曾任磴口县乌兰牧骑队长、编导。

他给我讲述有关乌兰牧骑的故事。那时候队员在广袤的内蒙古草原上"以天为幕布，以地为舞台"，用载歌载舞的形式给偏远牧区的牧民送服务、做宣传。除演出之外，他们还给农牧民修理工具，传播科学文化知识。当年正是中华人民共和国成立初期，条件十分艰苦，乌兰牧骑的队员们无论男女都骑着骆驼或马匹，拉着道具、服装、生活用品行走在草原上。因长时间跋涉，好多女同志的大腿被磨破了，血和裤子粘在一起，路都走不了，但她们没有一个喊疼叫累的，只要音乐响起马上就能唱起来、跳起来。活跃在草原上的乌兰牧骑小分队，队员都少。他们大多一专多能，报幕员既能唱长调又能跳顶碗舞，歌手既会拉手风琴又能跳民族舞。

到了20世纪80年代后期，官亦鸣的工作不断发生变化，但始终没有离开文化领域。他先后任磴口县文化馆馆长，县委办公室副主任、宣传部副部长，文体广电局局长，第四届巴彦淖尔盟戏剧家协会主席等。他总是忙里偷闲，利用一切可利用的时间写戏剧，写人民群众喜闻乐见的二人台等。独幕剧《春蕾》于1976年代表内蒙古自治区参加全国调演。他任编剧、作曲、导演的8场歌剧《爱的秘密》获巴彦淖尔盟文艺会演优秀剧目奖。接着，4幕轻歌剧《绿色的情恩》获内蒙古自治区成立40周年优秀剧本奖。

官亦鸣是中国散文学会会员、内蒙古戏剧家协会会员、内蒙古文艺评论家协会会员，现任巴彦淖尔市文艺评论家协会名誉主席。他不但写戏剧、二人台，还写散文和评论。2010年清明节，官亦鸣带着对母亲的思念，含泪写下一篇散文《天边有一抹若隐若现的云》，发表在《上海文学》上。2016

年，这篇散文被选入深圳市中考语文试卷、重庆市中考语文试卷。"母亲是那个一年中最冷的清晨离我们而去的。远处隐隐地响着零星的鞭炮声，空气中已是充满了年的气味。而我们最最亲爱的母亲却悄然闭上她那永远是透着暖暖春意的双眼，胖乎乎的脸上依旧是那副似睡非睡、憨态可掬的神情。她是睡去了吗？可四周悲怆的哀乐声和透骨的恸哭声却庄重地提醒着我们，母亲是真的离我们而去了。"

文章中"一位外国科学家曾做过实验，人在离世的瞬间，体重减少21克，这就是说，人的灵魂重21克。守着母亲，我觉得母亲的灵魂绝不止21克，应该是21千克，210千克，不，是更多，更重。因为在我们的心中，分明感到无形的沉重，从里到外的重，重得喘不过气来。是啊，母亲的双肩所承受的重，是我们几代人都承受不了的。望着似睡非睡的母亲的脸，忽然又觉得母亲的灵魂是那样的轻，她终于可以放下一切，扶摇直上九天，飘忽在天边云端……忽然又觉得母亲的灵魂是那样的轻……"这是多么富含人生哲理的思考啊！它不仅是中学生要思考的问题，而且是我们每个人都会面对的人生命题。

退休后的他，仍在珠海、兰州、宁夏和巴彦淖尔等地的报刊编副刊或写时评专栏。他热衷于文艺评论。他的评论《艺术地再现生活和再现生活的艺术》在内蒙古自治区文艺评论推优活动中获奖。他的论文《我与乌兰牧骑》获内蒙古自治区文化和旅游厅首届乌兰牧骑发展论坛特别奖。散文《天边有一抹若隐若现的云》获全国作家散文论坛征文一等奖，并入选中国当代作家、书画家作品文库。

作为巴彦淖尔市文化学者的他，总闲不住。他在巴彦淖尔文学艺术这块阵地上，不断地发挥着光和热。他说，文学作品一定要让故事充满思想，让思想充满温度。后来，他一心一意研究河套文化，写出不少有质量、有见地的评论文章，设身处地地为本土作家、艺术家们鼓与呼。2019年，他被评为"巴彦淖尔市德艺双馨艺术家"。

由于他阅历丰厚，见多识广，许多作家请他写序言。他十分关注巴彦淖尔本土作家们的成长，谁有新书出版，他都要读一读，从中找出亮点予以点评。他独到的见解、敏锐的发现、热情的鼓励、负责的批评等，使很多作者在他的文艺评论中看到自我价值，从而深受启发。

他在写给《杨家河，一河乡愁流到今》的代序中，可以看得出他是充满深情的大地之子，他是带着乡愁思绪去评作家的乡愁思绪。窗外万籁俱寂，在北京觉西庄园的宿舍里，他一边听着远处传来或低或高的诵经声，一边翻阅何承刚的文学初稿，故乡那一条百年流淌的杨家河水，或低或高，或缓或急地流过他每一根神经。他从作家的文字中找到温暖入怀的文学脉络。那淙淙小河从房前屋后流过的声音，那飘散在人们生活中的袅袅炊烟……这些都成为一种挑逗读者的美好思绪，构建着自己的精神家园。

官亦鸣在评李明（老明）的诗时，论点是鲜明的。他认为诗歌美学的坚守也是时代文化的担当。他说，读李明的诗是需要慢慢品的。这正如喝酒叫品酒，喝茶叫品茗。读李明的诗，你需要品，而且得静下心来慢慢地品。李明写诗，用字极简、干净，字字珠玑，三言两语甚至就那么三行五行，你得去品，慢慢地品，会余味不尽。比如，"房子是泥土的高处/烟囱是房子的高处/炊烟飘起来了/它是日子的高处。"（《高处》）这究竟是语言的艺术，还是诗歌的艺术，还是……似乎是在说一个简单的道理，又像是一道颇费心思的哲学命题，个中滋味，就得品，慢慢地品。他说李明的诗歌创作有他的坚守和定力。官老师认为他始终自觉地学习并传承着中国诗歌的美学价值，不随流，不入俗，不追求那些所谓的标新立异。

为进一步阐释巴彦淖尔女作者现象，官亦鸣以《永恒的女性气质引领我们上升》为题,以《河套文学》女性作家们的作品为蓝本,分析了河套女性作家们的女性意识和女性精神。他说:"她们用她们的笔、她们的心和无比旺盛的生命力去探索着女性角色。散发在《河套文学》(几乎每期都有)的一大批女性作家和她们的作品,不得不引起人们的关注。"他认为,近年来,巴彦淖尔女性作家们的作品十分精彩。

官亦鸣历时3年,苦心创作出一部感人肺腑的大型民族歌剧脚本——《河套母亲》(根据李廷舫的同名小说改编)。我们期待着这部英雄史诗能早日与观众见面。

在与官亦鸣交谈过程中,我感受到一切艺术都源自心灵深处最动人的情感,而官亦鸣恰恰是一名带着这种情感去关注河套文化的文化使者。

(八)任义光:《家乡的小河》一直唱到今

20世纪80年代初,由任义光作曲、义·巴德荣贵作词的一首现代歌曲《家乡的小河》,成为巴彦淖尔的一张亮丽的文化名片。一时间,这首歌传遍了巴彦淖尔的大街小巷。从那时起,任义光就成了家喻户晓的文化名人。

任义光,1947年12月出生于五原县的一个农民家庭。他自幼酷爱音乐。1975年7月毕业于巴彦淖尔盟师范学校音乐中专班,后任巴彦淖尔盟师范学校附属小学教师;1977年调任巴彦淖尔盟体育学校管理员;1979年9月至1997年6月在巴彦淖尔盟文联工作。曾任巴彦淖尔盟音乐舞蹈家协会副主席、主席,内蒙古音乐家协会理事。

任义光从事音乐创作20多年,共创作数百首歌曲,其中发表100多首。作品《家乡的小河》等歌曲多次获国家、自治区音乐创作奖。

20世纪80年代初,任义光从一个音乐教师成为文联专业曲作家,这个蝶变的过程，倾注他很多心血。1980年，任义光将《家乡的小河》谱成曲之后，十分喜爱。他把这首歌带到机关、学校，带到朋友圈、文化圈。

大约1980年，在一个文学创作会上，人们正在巴彦淖尔盟招待所的食堂里用餐，突然听到一个优美的声音。原来是任义光在清唱自己的原创作品《家乡的小河》。他一遍又一遍地唱，充满自豪地唱，博得阵阵掌声。

他的声音稍有些沙哑，但底蕴浑厚，艺术气息浓烈。

后来，《家乡的小河》由歌唱家那顺用浑厚的男中音演唱传遍祖国大江南北。

"我的家乡有一条小河，有一条小河，从我亲人门前静静地流过，静静地流过。每当我赶着马群来到河边，来到河边，它为我洗尘又轻轻嘱托，轻轻嘱托。啊，小河，家乡的河，碧水掀起爱的浪波，日夜陪伴着她和我，流吧流吧，家乡的小河，家乡的小河。

"我的家乡有一条小河，有一条小河，从我亲人门前静静地流过，静静地流过。每当我披着月色来到河边，来到河边，它滋润歌喉和我一起唱歌，一起唱歌。啊，小河，家乡的河，喝一口清水甜在心窝，胸中盛开理想的花朵，流吧流吧，家乡的小河，家乡的小河。"

这个出生于科尔沁草原的蒙古族汉子那顺，是男中音歌唱家。他演唱了《家乡的小河》后，一下子传遍千家万户。

记得，我刚参加工作的时候，每天早上都能听到单位的广播里传出《家乡的小河》。我和爱人都爱在自己家哼哼这首歌曲，觉得很有感情，而且我们还把这首《家乡的小河》当成环绕在家乡的那一条杨家河。

是啊，一首歌就是一种情感的寄托。说起来真的没办法，应该是刻在骨子里的东西，不管经过多少年，都是一个印记，深深地被融进血脉里。

后来，他的《夸河套》也成为一首人们喜闻乐见且经久不衰的地方性民歌。多少年来，它似乎成为河套地区酒席宴上的必选歌曲。

1997年6月，这位总爱爽朗地笑着的优秀作曲家，永远地离开了这片土地。他的英年早逝，是巴彦淖尔地区一个巨大的损失，他谱写的几首经典歌曲经久不衰。

近几年，那首《家乡的小河》被青年歌唱家朱永飞演唱，依然听众众多。家乡人演唱家乡人谱曲的歌感觉就是自然、亲切。

一首好的歌曲，是经得起时间考验的。人民的艺术让人民一边喜欢，一边演唱，一边流传下来。

（九）李子恩：一捧诗情，一棵心中的仙桃树

诗人李子恩很开朗，诗如其人。李子恩的诗，常常以小见大，以实待虚。

他的一篇代表作《老婆，我心中的仙桃树》令我记忆深刻："看电影回来的路上/村里的小伙子吵得山摇地晃/有些不知羞的家伙/竟夸起上头的姑娘漂亮/月光下我默默地蹚着露水/瞭着我的村庄/我想起我的老婆啦/嘻，她实在比谁都强/她也有过水灵灵的年华/有比百灵鸟还好的嗓嗓/那阵子要叫她去'演电影儿'/哼，一准儿得它个头等奖/哎，只是为难了她/又要喂猪又要养羊/在我们家里她是顶天立地的大梁/风磨粗了她的皮肤/阳光晒黑了她的脸/种田的人家/穿得又是不打眼的衣裳/我不知不觉走进我的小院/她的影儿还在窗上晃/老婆，你就是我心中的鲜桃树啊/我心里憋着一支山曲儿/真想推开门就对你唱唱//而今，漫野撒下优良的草种/嗬咿！牧民的指尖/抖开浩瀚的绿锦/靠天养畜/只有马头琴才偶尔忆起/白云悠悠，载不动丰收的歌声/也淌着水滴……"（原载《上海文学》1980年第3期）这棵鲜桃树开出奇异的花，结出丰硕的

果，凭着诗人独有的秉性和诗句的独特，最终摘得内蒙古自治区文学创作"索龙嘎"奖。

据说，李子恩在20世纪70年代中期上过排干。他到工地上采访，把挖过大渠的农民工当成亲兄弟亲姊妹一样，还把他们的苦与乐写成诗、酿成歌。他的诗歌里常常保留着一种农民特有的朴素，颇具鲜明的时代感和浓郁的地方特色，语言生动活泼，格调清新自然。其特有的敏感与视角，为我们呈现不仅仅是爱的记忆，真实的情感，而且还是时代的印记。他的笔触大胆而俏皮地进行艺术渲染，使诗句显得分外灵动。他诗中的语言质朴，书写生命的高度。

2020年，他带着对诗歌的钟爱悄然离世。文友们怀着敬仰的心情怀念他，给他写纪念文章，以表达对他的深切缅怀。

一个时代即将过去，但李子恩的诗风和诗品一直影响着一代又一代人。但愿诗和远方依旧令人神往……

（十）刘先普：德艺双馨的艺术家

20世纪80年代初，我在巴彦淖尔戏剧创作会上认识了刘先普先生，当时他已是一位小有名气的编剧了。我经常看到他在巴彦淖尔的刊物上发表一些小戏剧本和曲艺作品。题材大多是反映河套农村以及城市市井生活的人生百态。作品汲取来自生活中的语言，刘先普把生活中的语言进行幽默诙谐化创作，运用到舞台艺术之中，使剧本的剧情结构和台词风格更加生动、活泼、形象。每每看完演出，观众们仍会描摹那些逗得人们捧腹大笑的剧情，说着令人称奇的台词，这样的艺术效果刘先普先生做到了，让人一下子记住他。

刘先普先生创作的剧本更多方面反映出人生哲理，颇具教育意义和人文情怀。

刘先普先生艺术底蕴深厚，才华横溢，同时著作等身。他被评为巴彦淖尔地区文化名人当中为数不多的正高级职称（国家一级编剧）。

刘先普先生从事业余和专业文艺创作40余年。这期间创作了《二十年放歌》《河套的水》《小小地球村》《满渠渠流水满渠渠话》《银线连着兵哥哥》《临河，可爱的家乡》等近百首歌曲，《我也去》《天仙配后传》《家乡饭》《挖手背》《刘干妈二眊干闺女》《王猴猴出国》等系列小品，《家乡好》《饭盒小姐》《小偷奇遇》《穷凑合》《万无一失》《阴盛阳衰》等相声段子。《王婆卖瓜》《王婆骂假》等二人台剧作，还有快板、数来宝《群英谱》《河之歌》等。其中篇小说《老石爷传奇》获得"首届花雨文学奖"，由内蒙古人民广播电台录制播出。

除此之外，刘先普还写了不少评论，如戏剧评论《法律面前人人平等》等。其中剧本《皆大欢喜》于1987年在国家级刊物《剧本》上发表；歌曲《临河，可爱的家乡》在全国城市歌曲评选中获金奖；《爬山调声声唱河套》获内蒙古自治区精神文明建设"五个一工程"奖；《黄河水》《我是西部人》在"热爱内蒙古，建设内蒙古"征歌中获奖，歌词曾在中国潮企业征歌和中国首届"黄河口杯"行业金曲展评大赛中获银奖。

近年来，他始终笔耕不辍，时时关注本土作家、艺术家的成长。

刘先普先生从始至终坚持创作，而且屡获大奖，被评为杰出的艺术家。他创作的作品能够把河套人淳朴的人性挖掘得淋漓尽致。他的相声小品贴近生活，接地气，演编配合，突出地域特色，内容健康，格调高雅。刘先普先生获"巴彦淖尔市德艺双馨艺术家"称号。

刘先普能把充满乡土气息的河套方言，恰如其分地安插在舞台艺术中，将普通话与河套方言、河套山曲儿、二人台小调结合运用，语言活泼，情浓味重，贴近自然，极具艺术品位，还富有幽默感和艺术感染力。

（十一）杨桂林：一个求索者苍穹下的仰望

杨桂林老师，既是我的授课老师，又是我人生道路上的长者。

记得在上学的时候，杨桂林老师把普希金的诗、但丁的《神曲》、泰戈尔的《飞鸟集》带到课堂。那时候巴尔扎克、大仲马、小仲马、高尔基的作品，尤其是莎士比亚十四行诗，就像精灵一样冲击着我们的感观。杨桂林老师带来的文学火种，诸如鲁迅、贺敬之、郭小川等的作品，其中郭沫若的《天上的街市》对我早期的写作影响很大。

当时，我对郭沫若的《天上的街市》情有独钟。在这首诗里，天上的星星明了、暗了，银河系是天上的街市，什么牛郎星啊织女星啊，什么提着灯笼在走啊，等等，太有诱惑力了。我由此和文学结了缘，与杨桂林老师成为文学挚友。杨桂林老师是一位在区内外有一定影响力的作家、学者。他出版了历史、文化、文学方面的著作十几部，有300多万字。他在创作黄河文化大散文系列《苍穹下的仰望》时，用一个多月时间晓行夜宿，徒步考查黄河沿岸的历史文化、人文景观。他行走在山川间，在与历史与大自然的对话中顿悟了这条中华民族血脉之河的哲学蕴含。杨桂林老师的《苍穹下的仰望》是他从波涛汹涌的黄河激流中打捞出来的文明碎片，也是他从内心深处流露出的对自然的情感，在出版后受到读者的好评。

杨桂林老师生长在河套这块沃土上，他在浮华与喧嚣中保持心灵的宁静，在审视世界的同时，不断审视自己；他对触摸到的喜、怒、哀、乐常常用文字表达出来。家乡浓浓的乡愁是他永远写不完的母题。在他看来，脚下这片贫瘠的土地，给予他吸吮不完的乳汁，支撑他40多年位卑不忘忧国的创作。他出版、发表的近300万字的作品，都是仰望着历史的天空，用心灵来解读40多年河套历史文化变迁的。

杨桂林老师在写河套系列作品时，用最真挚的感情，用一颗滚烫的仰民之心，去叩访笔下栩栩如生的人物。他创作出《永远的记忆》《激情大河套》《咱们的全二平》《千年不衰的佘太酒魂》。需要指出的是，《千年不衰的佘太酒魂》和千年红高粱联系在一起，用红高粱的拔节声去书写与大地贴得最近的情感。作家把情浓于血的心灵书写在人间世事中，把古老的黄河、人间的悲歌寄情于《大风歌赋》，从史海钩沉中，把《吴海创业中的风雨人生》写成诗，酿成酒，锤炼中国工匠精神。

《激情大河套》是他用10年的时间精心磨砺的一部集历史、文学于一体的著作。这部书紧贴人文脉搏，紧扣宏阔的历史主题和悲壮的人生命运，抓住"本土"这条根脉，凸显家乡这片黄土地，巴彦淖尔——大阴山、大草原、大水系，他善于将历史画面展开来叙述。他在创作上追求精益求精，洋洋洒洒地抒发感情，表达出一个作家对万事万物的人文关照和博大情怀。他总把坦荡的胸襟敞开，热情饱满地与读者进行面对面的倾情诉说。

杨桂林老师用激情饱满的文字表达他对养育他的家乡、对人民、对祖国深沉的爱。目前，杨桂林老师仍处于写作报告文学的创作盛期。他在《中国报告文学》第六期杂志上发表长篇报告文学《一诺千金，黄河做证》；与田玥飞合作，在《鄂尔多斯文学》杂志上发表长篇报告文学《鄂尔多斯，大漠丝路上的绿色长歌》；与牛丽萍合作，在内蒙古人民出版社出版长篇报告文学《大地的脉动——河套治水回望》，2022年荣获内蒙古自治区精神文明建设"五个一工程"奖。

2021年6月26日，杨桂林老师与鲁迅文学奖获得者刘庆邦、纪红建等著名作家同版在《人民日报（海外版）》上发表散文《故乡的六月兰》。这是他继《乌梁素海边看赛马》《高粱田里的仰望》《回家过年》《黄河流凌踏春来》后，在《人民日报（海外版）》发表的河套系列第五篇散文。

在《回家过年》中，他把中国人的"年文化"与游子的乡愁情结紧密结合在一起。过年回家对于远离家乡的游子而言，不仅是乡愁，更是一种难眠的牵挂和望眼欲穿的期待！以回老家与94岁的岳父一起过年为主线，寄情思乡。《高粱田里的仰望》以家乡河套地区佘太红高粱成熟的背景为底色，进而对高粱酒进行书写。记忆是永远绕不开的乡愁！万亩红高粱瞬间动荡起来，叶子与叶子触碰发出沙沙而细碎的撞击声。《黄河流凌踏春来》，以不可阻挡的雄浑气势顺流直下；《乌梁素海边看赛马》书写对蒙古马精神的赞美；《故乡的六月兰》不仅仅开在眼前，更是开在人们的心中。花，一茬接着一茬地开，生生不息地开。他常说我心归处是家乡，心灵的归属还是家乡。他将书写好农民，赞美最了不起的中国农民作为己任。也许，这才是一个作家所需要的紧贴大地、心怀民情的付出。在作品里，他热情高扬中国农民的自信！他除了写文化散文和历史散文，还写诗词歌赋，如《五原抗战赋》《工匠赋》等，以表达一个作家的赤子情怀。几十年来，他笔下用情，纸上动心，礼赞家乡。借"阿力奔草原"为具象，深沉而练达地切入故乡原貌，深情凝望草原，听马蹄声中带响的风。杨桂林老师的《古刹风云录》记录了梅力更召三世活佛的传说故事。他把对鸿雁的深情寄予天空之上，把成行雁鸣托付江水长长，把无边的秋草和忧伤的琴声，都写在天和地之间。

有些记忆被秋雨打湿，有些故事被冬雪覆没。我相信，记忆深处总有一部分历久弥新。在不断的书写中，越来越被钩沉出新的意境。无论走到哪里，都带一缕清风，拂过每个人的头发。过去了的许多东西都被岁月沉淀在记忆的尽头，唯独家乡的记忆如灯盏般闪烁，正因如此也多了一份特殊的牵挂和思念。许多时候，虽然时间荡去的是一些繁杂，但留下的却格外珍贵。

（十二）郭增源：在田野与天涯之外寻找文学的魔方

郭增源作为巴彦淖尔"农民作家现象"代表性人物之一，几十年来一直在这片黄土地上坚持不懈地进行文学创作。他一边拿锄头一边拿笔杆，硬是写出颇具质感、颇具文学理想、贴近底层生活的优秀作品。

每年，郭增源都会利用北方农民拥有三个月的冬闲时间，忙里偷闲默默耕耘。他在《草原》《滇池》《文学报》《朔方》《野草》《青年作家》《鹿鸣》《河套文学》等期刊发表作品累计近200万字。出版短篇小说集《野渡》、中篇小说集《黄河送你回偏关》及散文随笔《魂绕乡土》。他曾获全国短篇小说"金马杯"文学奖，《中国作家》"绵山杯"中篇小说奖。《黄河送你回偏关》获内蒙古自治区第九届文学创作"索龙嘎"奖。

采访郭增源的时候，他非常谦虚，总是乐呵呵地说自己没有什么可以述说的。他说自己的文学梦是从鲁迅的《故乡》开始的。他在少年时期种下文学的种子，在20世纪70年代末终于发芽了。他利用农闲时间，写出文学作品《野渡》《倾斜的故事》《铜戒指》《与狼较量》等，还有散文专访《杜鹃啼血般的"三访杨若飞"》，将杨若飞的人格与文格写得活灵活现，难以忘怀。这些闪光点像温暖的路标一样立在郭增源艰辛的道路上。那些充满激情、充满文化理想、充满底层关怀的作品，温暖了广大读者。

郭增源的短篇小说《一缕红绫》发表在《朔方》上，他那以浪漫主义情怀表现抗战题材的手法令人称道。中篇小说《黄河送你回偏关》在报纸上连载后，与其他的4个中篇小说结集在作家出版社出版。《隐痛》切中时弊，像钻头一样探向社会黑恶现象，书写社会之"皮"危害社会，对女性六婶的辜负，让人心痛，让人落泪。《隐痛》在《青年作家》发表后引起极大的反响。

小说集《野渡》的出版引起业界的热论。《内蒙古作家》专版对他这个带着"农民"烙印的作家做了介绍，作家里快为其激情作序。郭增源以农民作家身份参加了内蒙古自治区第六次作家代表大会，农民作家郭增源的专题片在区内各级电台播放，从此，郭增源的小说进入读者的视线。他一度当选为巴彦淖尔市作协副主席。

2008年，《黄河送你回偏关》以一条大河的壮丽和浩荡为地理背景，讲述了偏关老牛湾梁河生一家全员投入抗战的可歌可泣的故事，将党所领导的黄河抗战写得绘声绘色。这个中篇小说成为郭增源创作历程中极具影响力的作品。他用崇高诠释了文学，以革命的浪漫主义情怀诠释了家仇国恨，诠释了"慈母与孝子"，诠释了这个中国风骨和中国柔情的温暖之根。那不仅是河流与墓土，还是浪涛与枪声，更是一首伴随黄河风烟流血的史诗。故事在情理中延续——从老牛湾上溯八百里后的另一个情感与杀戮混交的所在——柳林渡展开。渡口与茅庵、毛柳与芦苇、河生与翠白延续了人间的诗意，也延续了黄河的不屈。其中的43篇日记，记录一艘大船护送英雄的灵柩，一路悲歌回偏关。这是一个把祖国当作母亲、把黄河当作母亲的英雄的愿望。43篇日记感动了所在的纵队，并获得特批：黄河送你回偏关！作品首尾呼应，读来荡气回肠……

以他为代表的巴彦淖尔"农民作家现象"引起新华社等中央级媒体的关注。

作品《魂绕乡土》出版之后，引起广泛热议。评论家李悦评论："郭增源土地里种粮食，稿纸上种文学。《魂绕乡土》写的是郭增源家乡的人和事。他写音乐家王星铭，是因为他在王星铭身上发现了一种独特的艺术方式，那就是近乎痴迷、不遗余力地抢救民间艺术，使其成为社会的公共财富。""郭增源也在提纯乡土民间艺术，净化文化土壤，守护着天人合一的高贵精神。"

郭增源在文学作品中多次引用梭罗的名言，"我们并不要贵族，但让我们有高贵的村子"。可想而知，郭增源是多么热爱他脚下的这片土地。

郭增源不仅写书，而且广读书、细读书。诗人李炯在一篇评论萧红的文章中，开始句就提到这位农民作家："作家郭增源是一位和我一样酷爱读书的人。一次，我们一起采风，他用一段烂熟于心的文字，向我推介张爱玲的中篇小说《白玫瑰与红玫瑰》：也许每一个男子全都有过这样的两个女人，至少两个。娶了红玫瑰，久而久之，红的变了墙上的一抹蚊子血，白的还是'床前明月光'；娶了白玫瑰，白的便是衣服上沾的一粒饭黏子，红的却是心口上一颗朱砂痣。"

郭增源注重人间的真情大爱，他对人生的理解十分独到。他曾被作家张铁良的《阴山如书》深深打动。郭增源说："之所以我能看见作品中蕴含的美好，首先他是一个付诸一定情怀的人，只有这样，才能有这种共鸣。"他写道："翻开张铁良新出的散文集《阴山如书》，就能够看得清清楚楚。自己很为张铁良闯过中年的坎坷，并坚守文学精神倍感欣慰。"

郭增源曾说过："文字删繁就简、达观温情，句句贴心疗伤。一篇《陪床杂记》，虽是在病房里用手机写成，却是那样的入情入理，那样的流畅简洁，将社会一角纷乱的人心，无奈、麻木的世态，描摹得真实而沉郁；而相关篇章《一家人的旅行》《病房里的生日》，更是站在作家的生命立场，将病痛与苦难一丝丝溶解，用文学精神这剂良药，怆然慨然地医治着家庭生活的阵痛。"

现实生活中，郭增源是一个有血有肉、性格鲜明的爷们儿。他一手抓生产，一手抓地气。他把土地打理得齐齐整整的，把日子过得精精彩彩的。他用文学直抒胸臆，他用独特的视角书写着大写的人生。

但愿他永远以坚实的生活态度书写未来的生活。

（十三）陈慧明：明月树梢挂，华章飞鸣镝

身板柔弱的她，骨子里却挺挺朗朗的。她的作品，无论从思想上还是艺术上都有高度。

10年前，特·扎布先生知道我是巴彦淖尔盟人，就给我讲了关于作家陈慧明在0.9平方米小推车里写出大文章的事。这是针对陈慧明的生存环境和创作环境而言的。她在巴彦淖尔市影剧院广场，靠一辆小推车，一边做买卖一边写作，养育了3个孩子，还写出不少文章。

我听了以后，立刻对这位坚强的女性肃然起敬。陈慧明的散文《春风已在广场西》透露出她面临生存挑战而坚持文学创作的力量和源泉。

有一阵子，我像着了魔一样，想跑去临河见她一次，但终未成行。

2013年秋，我参加巴彦淖尔市文联组织的采风活动。那次，我有幸接触到这位身材娇小的知名作家并向她讨教她的长篇纪实小说《人非草木》。

2015年，我的组诗《站在高原的脊背上》和陈慧明的散文《春风已在广场西》双双荣获内蒙古自治区第十一届文学创作"索龙嘎"奖。在领奖前一天下午，我们去报到。陈慧明特意打扮了一下。她身着长裙，面带微笑，一副精神焕发的样子。我们好像从那一刻起，彼此开始走进对方。

2017年初冬，我跑到巴彦淖尔市陈慧明家拜访了这位谜一样的姐姐。那一晚，我住在她的家里。

她凌晨4点起床，盘腿坐在一张四四方方的小桌子旁，在电脑闪烁的银屏前敲打着文字。我在离她2米远的一张床上悄悄观察她写作时才有的样子，对她肃然起敬……

我立即认为眼前的这位作家，不，陈慧明，她是女神！

凌晨4点，正是万籁俱寂的时刻，一轮月半悬在窗外，除了几颗若隐若现的星辰闪烁，外面似乎再无任何动静。

陈慧明悄悄坐在小桌前，是怕惊了外面的习习凉风还是怕打搅了这个凌晨4点之后的时间，我全然不知。反正依我看，陈慧明，她敲出的每一个文字都是一粒星子闪烁，空旷而寂寥；那指尖敲击文字的嚓嚓声，似露珠滚落……

陈慧明，是在农村实行土地联产承包责任制以后进城做小本生意的。从一盒烟只赚毛二八分的小买卖，到写出《春风已在广场西》，从感性的《人非草木》到理性的《人本草木》，从《八千里路云和月》再到《尘缘》……

2021年4月，陈慧明的另一篇散文发表在《草原》杂志上。她以《我就是黄河的人了》为题，对着天籁向河套大地进行诚挚的跪拜……我读完之后，明白了她的初衷。原本，陈慧明出生在海港城市天津。那是黄河流经的地方，可以说她一出生就与黄河有着不解之缘。后来，随父母西迁到临河生活，她带着3个孩子来到临河市区，凭着一副小巧而不服输的身子骨，左手做生意，右手著华章。她不仅挣脱了命运的束缚，而且还成为知名作家。在陈慧明的散文作品获奖之际，官亦鸣先生曾对她有过评论：嘶喊着让命运改道的女人。

2021年初，陈慧明在《上海文学》上发表了散文体小说《尘缘》。作品以第一人称"我"与女主人公对话，其中给出了一个答案："只要慢慢修行，人总是一天又一天会走出孤独的。"一个名字叫陶半月的农村女人虽然生存条件很艰苦，活得很卑微，但在家庭暴力来袭、侵犯生存自由或受到严重侵害的时候，她宁愿离家出走。这一过程，其实是与命运的抗争和心灵的净化。

　　大千世界，我们每个人都在时间的冲刷下，不停地超越那个从前的自己，不断地与超凡脱俗的自己搏斗。其实我们每个人都在修行，挚诚而虔诚。

　　那个众生缘聚的菜市场，就是芸芸众生的生命场，也是平凡人间的竞技场。人们在烦乱复杂的是非中，不断整理着千头万绪，打理着生活点滴。即使能够凑合过日子，但对于一个除了与陶半月一起在菜市场卖菜还怀揣文学梦的"我"而言，是不断地冲出这片市井又进入那个牢笼的边缘人群。小铁车虽小，但小铁车外面的世界还真大。往往，我是不愿把自己的时间完全封闭的。

　　在《尘缘》里，陈慧明写了这样一句河套俗语："做甚的像甚，讨吃的务棍。"即使人处处碰壁，也总会有一天把壁碰破，冲出去与命运抗争。她写孤独时，是借用陶半月的微信来完成的。比如，生灵中的小狗，飞鸟中的麻雀，还有一个地名如"阳关"；又比如，某日，在公园的一条长椅上见到从前的菜友——陶半月，见面后还保持着人间烟火部分；再比如，说到友情和亲情，虽然由原来的半月改成"慧佛法师"，但不离人间的"向善向美"。

　　在我看来，陈慧明虽然年逾古稀，但她的笔依然苍劲有力……

　　此时此刻，我像是被抽空了一样松软无力，但我又在这一瞬间充满活力。

　　此时此刻，我想借用一张纸的空隙，来绘两幅图给她：

　　第一幅：一个人的远眺，群山沧海……

　　第二幅：一个人的回归，一片麦田……

（十四）那·希日呼：从《苍茫戈壁》中穿越而来的牧民作家

那·希日呼的《苍茫戈壁》，由作家出版社出版了。那·希日呼的《苍茫戈壁》获奖内蒙古自治区文学创作"索龙嘎"奖。

他获奖的消息像风一样，呼啦啦地从乌拉特草原迅速传开。

一时间，那·希日呼的《苍茫戈壁》成了乌拉特草原深处的一条爆炸性新闻。各种评论在报刊上发表，接踵而至的赞美声、喝彩声真够响亮。

2015年4月末的一天，我随巴彦淖尔民间文艺家协会调研组走进乌拉特中旗文学馆。当听到刘广星介绍后，我们很惊讶。一个地处祖国北疆的小镇，竟然建立了全国第一个国家级旗（县）级文学馆。那里的橱柜里，整齐地摆放着多部文学著作。

那·希日呼是一个土生土长的本土作家，常年坚持用蒙古文写作。

那·希日呼告诉我：2014年，乌拉特中旗在内蒙古自治区"一旗一品"文化品牌创建中，被自治区文联命名为"鸿雁之乡"。作为一个牧民作家，这是他引以为豪的一件事。他要拿起手中的笔，为家乡的古老山川写出好作品。我当时听了以后，真的为我们中能有像那·希日呼这样的好作家感到无比自豪。

2014年7月，我和这位牧民作家在颁奖台上相遇了，这令我异常高兴。但当看到他的腿行走有些吃力时，我很为他担忧。因长期在牧场放牧，北方天气寒冷，他慢慢地得了老寒腿病。我真想上前扶他一把，但他拒绝了我。

后来，我与这位牧民作家通过电话。在与他的交流中，我知道他仍然坚持写作，而且把写作当成生命的全部。

交谈中，我获悉《苍茫戈壁》的构思巧妙。他创作手法灵活，语言通俗易懂，具有浓重的乌拉特蒙古族方言韵味。该书引用了乌拉特部落特有的民间习俗和历代传承下来的民间文学精华。例如，丧葬习俗、谚语、诗歌、祝赞词等。那·希日呼凭借多年的牧驼经验，使得该小说中有关乌拉特戈壁骆驼的描写成为一大亮点。

那·希日呼的长篇小说《苍茫戈壁》，讲述了中华人民共和国成立前的乌拉特中旗广袤的戈壁草原上，形形色色的人物和在他们身上发生的故事。故事中的主人公陶格斯姐妹俩在僧人的压迫和日本侵略者的残暴统治下，失去父母成为孤儿，颠沛流离。她们到隔了几个苏木的远方给人家当牛做马，饱尝生活的艰辛和苦楚。后来在解放军的帮助下，她们最终走出苦海。

（十五）谢鹤仁：诗歌的自然与泥土的恩光交相辉映

"谢鹤仁"这个农民诗人的名字，是在他出版第一部诗集《漠海翻歌》时听说的。他于20世纪60年代出生于磴口县，长期生活在农村。1987年，他创办了乡草文学社。2006年，他被共青团中央评为"农村文化名人"。

2014年，他出版了第二部诗集《泥土的恩光》，那时我真正走进了他的诗。

据说，他把同父兄治理沙漠的经历写了一部报告文学交付出版社。他笔耕不辍，坚持写作多年，意志就像乌兰布和沙漠里的红柳一样坚韧。他总是能找准角度书写乡土，也能切中要害挖掘深层含义，因而，他的诗歌又不失人间烟火味且立意高远。

他善于在大自然中寻找诗意，在田间地头播种诗行，在缕缕乡愁中捕获人间万象。他的诗里飘着麦香，结着瓜果。他笔下的村庄、河流、沙漠都流淌着诗意。他有生活底蕴，能恰到好处地寻找角度；他有诗人天赋，能把诗歌写得很动人，很深沉；他语言练达，在字里行间，能够驾轻就熟地找到文化自信。

2017年，内蒙古作协举办首届农牧民诗歌大赛，谢鹤仁的一首《碛口华莱士》荣获二等奖。那一次，我任初评评委，记得当我看到他的这首诗时，眼前一亮。

谢鹤仁在颁奖大会上朗诵了自己的这首诗："一个美国人的名字/被碛口人/埋了一把土，浇了半瓢水/碛口县这片土壤/在神州大地，香香甜甜了半个多世纪/我的宽敞房子，是华莱士给盖的/我的老婆，也是华莱士给娶的/两头牛也拉不直的罗圈腿/还是华莱士给压的/那天，在国道边卖瓜/老外要合影/我怀里捧着华莱士/就像胸前挂着/一枚金牌。"

农民诗人谢鹤仁的名字就像一株向日葵，结结实实地生长在内蒙古这片辽阔的大地上。内蒙古大学教授高明霞经常会饱含深情地朗诵谢鹤仁的这首诗。她多次和别人讲起谢鹤仁，并说这就是一个农民作家的情怀。一个作家能如此自信，把家乡的特产当作一枚他胸前挂着的金牌去炫耀，可见他对这片土地爱得究竟有多么深沉。

谢鹤仁的诗很有灵性，在《泥土的恩光》中，注入真情，血性十足。用他自己的话说："每一首诗歌都是一个自己对这个世界的际遇，就如同母亲每次赶集回来时，整个厨房显得沸腾起来一样爽。"

谢鹤仁的诗，"乡土"味浓郁。有评论说，他是"诗痴"。《喊父亲》一诗写得撕心裂肺；写母亲的诗歌，他把想念母亲的时光当作一只《蝴蝶》在飞。他的诗歌，把一缕乡愁系在放飞的思绪里，把掠上心头的忧思安插在《一个人的桃源》里，以这样的诗句表达一个人的独特世界——十亩薄田，四间草屋/两只羊，一头牛/一个人的桃源。《低头度日》——我还多次练习过，馅饼掉下来后/碗怎样端。每一首诗我都觉得很真切，好像是一头站在彼岸静静吃草的牛一样。他的诗里坐落着一个宏大的世界。

据悉，谢鹤仁的父亲是20世纪全国知名的治沙劳模谢恭德。谢鹤仁从会走路开始就跟在父亲的身后治沙种树，念书时背着书包仍跟在父亲的身后治沙种树，成年后和父亲一起承包了村后5000亩大沙圪蛋，把自己的人生和父亲的治沙造林紧紧地捆绑在一起。他的内心深处始终怀着一颗文学的诗心，50多年来随着和父亲一起种下的树苗生根发芽，长成一片绿荫。

评论家官亦鸣说他"把灵魂埋在泥土里，把诗歌写在大地上"。

评论家牧野对他评价道，"他用他的诗歌在他所生活的巴彦绰尔平原上诠解着他对中国北方农村未来振兴与农民生存境地改善的期望"。其作品《小村》《迷惑》《乡下的神》《锄头的际遇》等真切表达了农民的心声。

诗人广子眼里的谢鹤仁是这样的："老谢是一个地道的农民，年过半百，一边在巴彦淖尔市磴口县的乡下种地，一边写诗，偶尔也出去打短工。我见过老谢诗里面写的那些麦子、玉米、葵花、葫芦、花草、鸡、狗什么，它们给了老谢物质和精神收获，老谢也赋予它们诗意。老谢是和乡村融为一体的，那些庄稼就像他的兄弟姐妹，一起相伴着从泥土里长出来。因此，老谢的诗也像他侍弄的那些农作物，朴素，笨拙，自然生长。也许我们不缺少乡村诗歌，但一定需要老谢这样的诗人。"

在乡村，谢鹤仁本身就是一首诗。在与谢鹤仁交流的过程中，我得知他总把自己当成一把锄头。他说："我是农民，我每天在这片土地上日出而作日落而息，是土地给了我所有。"

是啊，土地就像诗人的母亲一样，和土地的关系就是刀割不开、斧砍不开的血缘关系。诗人，也许是土命，一生为土地而歌，命也。在这片土地上，种自己的花，爱自己的宇宙，这是天经地义的。

三、河套文化的生命传承与审美潜流

（一）爬山调，一抹乡愁的映衬与照见

在这雅称人间四月天的美好季节，河套平原褪去了春寒料峭。高大的白杨树返青了，大片农田从冬眠中苏醒过来，纵横交错，渠水映照着一片片泛着黄绿眉眼的麦田里的诗情画意，葱茏可人。田野上，农民们开着拖拉机正在田地里种玉米，黄河北岸和阴山南坡的巴彦淖尔大地，到处呈现出一片繁忙的景象。有句农谚说得好：一年时节数春早，在此行事不乏人。

2017年4月，我随巴彦淖尔市文联民间文艺家协会调研组一行，利用将近10个工作日的时间，穿越巴彦淖尔市7个旗县区摸底调研。庆幸的是，自己用脚丈量了这片大地，采到了一手带着泥土气息的、鲜活的好素材。

真为这种感觉叫好。只有亲自踩在一片土地上的时候，才有资格说自己是真正闻到泥土的味道了。

调研的第一站——乌拉特前旗文联。

一大早，我们到了乌拉特前旗，正好是一大把阳光照在玻璃上的时候，旗政府办公大楼显得格外耀眼。旗文联主席王晓琴40多岁，看上去很干练。她热情地把我们带到会议室。

会议室已经是高朋满座。新老艺术家围坐在一起，探讨乌拉特前旗"一旗一品"民俗文化爬山调如何传承……

爬山调，也叫"山曲儿"或者"酸曲儿"，是河套人民抒情言志的口头民歌。这里的人们历来习惯于以山曲儿叙述自己的处境和命运，以"对唱"等方式交流思想，抒发情感。

从一个地方来看，在河套各家各户，大人小孩均爱唱山曲儿。山曲儿题材新颖广泛，内容丰富，从多方面反映了整个河套的地方特色和人文风貌。

韩燕如先生曾有过这样的比喻："爬山调好比牛毛多，三天唱不忙个牛耳朵。"

的确如此，20世纪80年代初，旗文联的山曲儿爱好者李树军先生不辞辛劳，利用3年时间走遍乌拉特前旗乡间小道，踏遍老乡的门楣，在人民群众中汲取营养，从千余首民歌中遴选出几百首，集结成《山曲儿》集。书中收录了大量来自老百姓口中的"象牙塔"。1982年，时任旗长的齐国栋先生非常重视这件事情，凭他几十年来对爬山调的研究亲笔为论文作序。

乌拉特前旗被命名为"爬山调之乡"，这个称谓来之不易。谈到爬山调，王主席首先点到一位老先生，他叫马成士。马成士很谦和地站起来点头示意。王主席介绍说："马成士先生是乌兰牧骑的老队长啦。他酷爱民间文艺，是二人台表演艺术家。但他退休不退役，近年来自筹资金，在旗里租了一间房子，办了一个爬山调研习所。这是一个乌兰牧骑老队员的爬山调情怀啊。"

马成士，70多岁，精瘦的体型，一身白净的素装。他的声音清亮高亢，他那激情澎湃的样子，像是点燃的一束火苗一个劲地往上蹿。如果仅听他的声音，不看他的面部表情，我还真以为是哪儿冒出来的小后生呢。

马成士说："我退休以后，看到居民中有许多从村里来旗里生活的老年人，他们基本上没有什么娱乐活动，于是就自发组织一些从乌兰牧骑退下来的老队友，为广大群众在社区义务演唱。自己唱了一辈子爬山调、二人台，如果在广大人民群众最需要的时候，不能唱给他们听，自己都不能宽恕自己。唱山曲儿就是把心里头的话唱出来。当今社会，从城市的年轻演员队伍里，已经找不出几个爬山调唱得好的演员了，老的演员又都年龄大了，青黄不接，以后唱爬山调、二人台的人，可能要断代了，自己越想越害怕，生怕有那么一天失传了。山曲好比没梁的斗，多会儿唱来多会儿有。山曲儿丢不得！最起码不能在我们这一代人身上把传统的东西弄丢了。

随着时代的变迁，河套地区许多极为珍贵的历史遗产和文化资料由于种种原因，在一定的历史长河中湮灭了。为了抒发自己的思想感情，河套人民从另一个角度，把自由舒缓的口腔，眼见心感的节奏，悠长深沉的音调传承下去。我一定要从我做起，让前旗人民从我马成士这里，感受到乌拉特前旗民间文艺研习所的必要性。"

是汉子，说了就算，这是情怀；是男人，说了就干，这也是情怀！时间不等人，于是乎，马成士在大街小巷寻地方，租下来一个合适的场所。出于一种紧迫感，他不惜一切地拿出自己的退休工资租下这个铺面，挂上一个"乌拉特民间艺术研习所"的大牌子。有了场所，就可以不时地义务办培训班，把年轻人找来听讲座，讲爬山调的唱法技巧。几年下来，一些有一定基础或者有天赋的人，学唱爬山调、二人台了，渐渐地，民间文艺生态有了极大的改观。

爬山调是老祖宗留下来的一笔重要的财富，在我们自己的眼皮底下给弄丢了，这可是天大的悲哀啊！如果是这样，马成士说一辈子都饶不了自己……听着听着，我被这位老艺术家的情怀彻底打动了。演唱爬山调，的的确确是马成士一生的挚爱，是他一辈子用声音、情感、心血传唱并传承下去的一件事，是一直以来广为人民群众喜闻乐见的艺术瑰宝。

办好爬山调研习所，是马成士豁出命来也要坚持下去的事……

耳听为虚，眼见为实，下午，我们走进马成士的研习所，和观众一起观看他们的精彩演出。我一边为那些年过半百的演员和观众祝福着，一边萌生一定的担忧。祝福的是，在这个时代还有这么一群人坚持民间艺术并传承着；担忧的是，这么好的传统的东西千万不要断了薪火。

通过观看演出，我更进一步对马成士有了更高的评价。是啊，如果是一个人铁了心要做的事情，那可是九头牛都拉不回的。办一个像模像样的研习所，有唱的有听的多好啊。但是，办一个地方性的研习所是要花钱的。不光租铺面花钱，桌椅板凳花钱，打印学习资料花钱，就是支应一些爱好者们茶叙也要花钱呢。这些加起来也不算一笔小的开支，所幸他家里人并没有埋怨他而且积极地支持他、资助他。就这样，总算持续下来了。

马成士与老搭档正在表演（高朵芬摄）

近年来，巴彦淖尔市要打造"一旗一品"的民间文艺家协会，这使得平时从事这项民间艺术事业的老艺人们很兴奋。他们不打无准备之仗，在日常的工作中早已一点儿一点儿渗透在不经意之中了。

从这次调研中，我感受到巴彦淖尔市民间文艺不仅历史悠久，底蕴深厚，而且资源丰富，民族民间文艺活动开展得十分活跃，每个旗县（区）不但有自己的文艺团体，而且每个民间艺人个个身怀绝技。

多少年来，勤劳智慧的河套人民通过辛勤劳动和生产实践创作了无数丰富多彩的河套民歌系爬山调，不仅通俗易懂、生动形象，还朗朗上口、独具一格。

人称河套是"爬山调的海洋"。为了写好《巴彦淖尔传》，我必须深入火热的生活中去，把尘封于历史的冻土层一层一层揭开，从人民群众中汲取更多更好的营养。

我走进大佘太一位老艺人的家里，得到当年李树军整理的《山曲儿》集。我视如珍宝，翻阅中，获取很多灵感。

齐国栋在《山曲儿》的序言中如是说："爬山调是河套人民抒情言志的口头民歌，这里的人民历来习惯于以山曲儿叙述自己的处境和命运，以对白对唱作为社交手段，来交流思想、抒发情感。山曲儿不仅在河套各家各户大人小孩，人人爱唱，个个喜欢，而且题材营养广泛，内容丰富隽永，从多方面反映了整个河套的地方特色。在这浩瀚的海洋中，以收集九牛一毛的爬山调，来探索它的由来与发展。尽管如此，从一部分山曲儿的字里行间，可见河套各族人民对美好生活的自然流露和精神寄托，因而，也可以说它是河套地区社会历史、风土人情的一面镜子。透过这面镜子，我们可以看出爬山调的由来、产生以及发展。"

伴随着人民的处境和命运形成的河套人民的随口唱腔，能够反映时代的发展。人们通过不断的生活与实践，使创作这种唱腔发展传承下来。有的曲子生动形象地记录了劳动人民对封建剥削阶级的压迫与旧制度、旧风俗、旧婚俗制度等社会现象的厌恶，有些深刻地揭示了清朝末年兵荒马乱、天灾人祸和帝国主义强权侵略的黑暗现实，如"咸丰整五年/山西遭荒旱/有钱的粮满仓/没钱的真可怜。"这个曲子引自《走西口》。清朝末年，山西、陕西等地人民为了谋生，拖儿带女离乡背井，来到河套地区开荒种地。随着河套的开发，一些奸商地主、土豪劣绅也随之流入。他们以剥削敲诈的手段，掠夺土地，盘剥人民，使广大逃荒农民又陷入水深火热之中。

一首经典的歌曲，就是一部发展史或血泪史的缩影！杭锦后旗三道桥镇李光华先生创作的长篇历史小说《七期国民兵》也有如此描写。1942年，河套农民经历了一场空前的大浩劫。由于国民党先后抓了七期壮丁，害得许多老百姓妻离子散，家破人亡。劳动人民口头传唱着抓壮丁的情景。李光华先生在书中写道："六期要老汉/乡公所来打扮/剃头就把脑袋换//七期抓了个尽/老汉也没一名/留下些老婆娃娃活也活不成。"

七期抓壮丁，给人民带来的痛苦真是罄竹难书："吼一声亲人你排成队/嘴里头报数流眼泪/双手拽住哥哥的武装带/该叫哥哥走了该叫哥哥在。"这是一对情人生离死别，也是当时河套地区千千万万对情人的不幸遭遇。面对这种残酷的现实，人们只好通过爬山调来发泄自己胸中积郁的愤懑与不平……

再如这首："只要咱二人一搭搭在/哪怕它铡草刀铡脑袋//你走东来嘛我走咋西/天河水隔在咱两头起。"像这样的恋爱悲剧，在封建社会真是数也数不清，但是他们为争取纯真的恋爱、自由的婚姻，付出生命代价也在所不惜。

随着时代的变迁，爬山调也不断赋予新的内容和新的生命，如"羊肚肚手巾来包白糖/共产党的恩情四海扬"。还有，"大余太的葫芦西水道的瓜，什纳干的翠玉人人夸。手把羊肉阿拉奔，50斤羯子匀称称"……人们歌颂美好生活的心声感人肺腑，用爬山调这一表现手法，创造出更形象、更生动、更富有生命力的曲子来讴歌美好的未来。

（二）聆听一位剪纸艺术传承人的讲述
——非物质文化遗产后套剪纸艺术传承人郝孝莲采访记

听别人讲郝孝莲之后，我的内心总不平静，似乎有一首歌很想为她唱一唱，似乎有一种表达总想替她说一说。

纸上飞来画眉鸟啊，你飞在哪里了，飞在纸上了；剪刀剜出牡丹花啊，你开在哪里了，开在纸上了；14岁就开始担水的妹妹呀，你的幸福落在哪里了，落在脸上了；70岁才获奖的孝莲姐姐哎，你的梦想圆在哪里了，圆在心里了……

我带着一种敬意，决定走近她，以便更好地写她。

2021年春，我与民间剪纸艺术传承人郝孝莲通了话，对她进行了一次两个多小时的采访。郝孝莲，78岁，听上去声音清亮，相隔600华里，我在电话这头根本无法想象出她的相貌，但从她的话语中我认为她干脆、利索，当然也亲切。她告诉我：自己爱上剪纸，是娃娃时从母亲和奶奶那里第一次学拿剪子开始的。从郝孝莲的讲述中，我了解到她的奶奶是个"老陕北"。在老家的时候，陕北农村每家每户住的都是糊麻纸的满面门窗。奶奶打小就学会了剜花这门手艺。那时候，剪纸是个细活儿，先把纸涂上各种各样的颜色后再进行剜花，满窗框子都贴上套剪出来的花鸟。

陕北人过年有看头，家家户户最看重的就是你家的窗花剪得好不好。

还有陕北人做灯笼全仰仗手艺。纸糊灯笼好看，关键在于灯笼上剪贴的窗花好看。灯笼有四面框架的，也有八面框架的，有几个面就糊几个面的麻纸，几个面的麻纸上都要贴上窗花，这样灯笼就越发美妙绝伦。里面点上一盏小油灯，豆大的光亮会把灯笼点得红彤彤的，过年的时候挂在对准窗户的房檐下，使得整个院落灯火灿烂，年味十足。郝孝莲说得很兴奋："后来，虽然我们走西口举家搬迁到大后套，落户在临河狼山，但我们把剪窗花的习俗也带过来了。村里80%以上的是山西省河曲县和陕西省府谷县来的。记得那年月，家家户户都有贴窗花的习惯，我家的36眼窗户都要贴上窗花。院子里吊上纸糊灯笼才能过年。高挂的灯笼，玲珑剔透，格外好看。有风吹着的灯笼更迷人，像个动感的灵仙一样，轻轻摇晃着身子。看着灯笼上的剪纸，人自然就喜庆了。窗花的运用很广泛，除了在窗户和灯笼上粘贴之外，婚宴喜事也得贴。订婚、探话、结婚的大酒瓶子中间常常贴套喜，也就是说喜字边上有莲花和牡丹剪纸点缀。那么，谁家订婚，78个馒头除了点上红点之外，包装的一个大线口袋上也要贴上喜字套梅花或鸳鸯套喜字。一个整羊的羊头和羊身上也要精心贴上套花喜字。还有就是过端午节，每家每户的院门口都要贴个大斗方，上面站一只剪纸的大公鸡和五毒虫，表达对端午节的祈愿。"

20世纪70年代初，村里没有几个会剪的，只有郝孝莲一家人精通这手艺。能者多劳，谁家用得着，都要请她帮忙完成。郝孝莲很小的时候，纸是稀缺的东西，几毛钱一张的红纸，人们买不起。刚开始，她就把被风刮掉的对联捡起来压平整，反复练习。她从剪担水人人、剪蝴蝶开始学起，慢慢地在大人的指导下，学会了冒剪。家族成员一代一代往下传，她家的一把小剪刀传了几辈人，剪刀笨了，剪子尖儿也剪秃了，就让村里来的磨剪子匠拿去磨一磨再用。后来，村子里有些心灵手巧的闺女媳妇们也慢慢跟着郝孝莲学习剪纸，用煤油灯熏花样，一步一步传帮带。

郝孝莲说，现在，她的外孙女7岁啦，也开始拿着小剪刀剪呀剪呀的。她觉得剪纸有遗传，巧手有天赋。大人剪，小孩也跟着剪，她心想，甚不甚一定让自己家把这手艺传下去。

20世纪五六十年代，因为买不起红纸，一般不做什么预先准备，等糊窗户的时候，现糊现剪就是了。一旦有剪好的，人们都抢着要，没等你贴，就被村子里的人全部要走了。那时红纸买不起多少，得节约着用，她常常把小指头大小的红纸片片拼凑起来剪蝴蝶，剪小鸟，可好看了。她还说："我经常用阳刻和阴刻两种方法混合起来剪。我的剪纸完全是众人把我锻炼出来了。"

再后来，窗户逐渐更换成玻璃窗，刚开始还在玻璃上贴个大团花，后来人们总觉得贴窗花太土气啦。为了紧跟时代走，索性什么都不贴了。随之，剪窗花这门手艺也就慢慢淡出历史舞台。郝孝莲怕这把老祖宗传下来的剜花剪子生了锈，就含着眼泪把它裹得严严实实的，藏在自家凉房屋顶的一根大梁上。几十年后，她的几个孩子都在城里工作，郝孝莲和丈夫也从农村搬到临河城里。突然发现，城里人反而喜欢贴窗花了。逢年过节，他们喜欢在玻璃窗上贴上十二生肖套福字。这几年，不管城市还是乡村，人们又开始盛行贴窗花啦，图个吉利。

郝孝莲说："有一年，盟里突然有人来找我，说要挖掘民间艺术，还把剪纸这手艺活儿当成非物质文化遗产搬上台面。文体局有人过问了，谁会剪纸？我说我会了。然而，一旦让我剪我又觉得手生。毕竟22年没有动过剪刀啦，一来手生了，二来没了感觉。那把小剪刀也被搁置在凉房里的房梁上多年没有拿下来过。那时候，我只顾喂母猪、当裁缝、种果树，挣钱补贴家用，一副灰头土脸的样子。谁还有闲情雅致，顾得上动剪子剪窗花呀？但这上面的人一重视，我开始心动了。

"2009年，市里要组织剪纸艺术展，我想报名参加。等我把那把小剪刀小心翼翼地从房梁上拿下来的时候，自己又犯难了，但再难也要把剪纸重新捡起来。我采用了'阴阳结合'的方法，灵活机动地用大红宣纸剪了一幅反映新农村建设的画送到组委会，这一次我完全靠的是童子功。年底的时候，文体局跟我商量说能不能做个灯笼？我咬咬牙答应下来。"

过去她做的灯笼只有4个面，这次要求8个面，这对郝孝莲而言，是个不错的机会，更是个不小的挑战。她按照要求并始行动起来，她的脑海里想着要让自己做的这个8个面的大灯笼高悬在文体局的大门上。这是一个多么让人觉得幸福而快乐的事情！那一次，她想把她平时剪好的窗花贴上去，但又一想不行。正要剪却没了思路。最后，她先剪了梅兰竹菊四君子，又剪了4个福娃娃贴上去，成啦，成啦，这样设计寓意深刻、喜庆喜人！

打那以后，她曾4次到社区进行剪纸传艺，每次去都是没等剪完，就被一抢而空。看来剪纸这门来自民间的传统手艺，是人民群众喜闻乐见的文化。郝孝莲给社区居民教授剪五角星、剪拉手人人等。后来，她看见窗台上落下的鸽子，就把它剪下来；她看见树上落下的花喜鹊，也要把它剪下来。她说："我是个大老粗，只念过6年书，但我要用自己这把小剪刀传承我们中华民族的优秀文化。我热爱的剪纸艺术，是煤油灯把我练出来的，是众人把我练出来的，是36眼窗户纸把我练出来的。"她还说："巴彦淖尔组织首届剪纸大赛，我连一朵花也没留下来。该剪什么好呢？我太犯难了。最后我剪了一幅以农村新貌为主题的作品，得了二等奖。"2016年，在第二届剪纸大赛上，她的窗花得了一等奖。其间，她还参加了两次陕西省组织的剪纸比赛。一个是"潼关杯"，她剪的是《龙凤呈祥》；另一个是"三秦杯"，她剪的是《二人台对唱祖国好山河》。在这两次大赛上，郝孝莲又得了奖。临河回校校庆时，郝孝莲便拿起剪刀，让一张红纸在她的手中飞舞起来。她的心中好像燃起一团火焰。她用一颗善良的心剪出栩栩如生的十二生肖，那种感觉真的非常走心。抗疫期间，她剪了一幅作品，图案内容丰富，有不怕牺牲的白衣天使，还有解放军支援部队，那幅作品被挂在文博中心展示。

在剪纸的时候，郝孝莲说，比较大的图案需要预先画好了再剪，小一点的图案直接剪。2020年，郝孝莲剪了《家和万事兴》，得了三等奖。她剪了《不忘初心，牢记使命》《爬山娃娃》，图案中爬娃娃、坐娃娃都有。里面有金鱼、荷花、牡丹、鸳鸯戏水，这幅作品被挂在汇丰社区展览。2021年，在建党100周年之际，为了反映中华民族大家庭团结得就像石榴子一样这个主题，她认真构思，巧妙地套用"阴阳双剪"的创作灵感，剪了一个大大的苹果树，上面落满了喜鹊和百灵鸟。她说这样的寓意深刻，苹果代表平平安安，喜鹊代表喜上眉梢，百灵鸟代表人民幸福安康。此外，她还剪了《凤凰飞在红船上》等数幅作品，表达一位有着50多年党龄的老党员的一种情感。郝孝莲告诉我，在巴彦淖尔市举办的建党100周年大奖赛上，自己经过反复思考、细心研究，已经准备好一幅很喜庆的剪纸作品，画面上有红船、金牛送福摘苹果，扇舞挥动跟党走，人民的生活富裕了，载歌载舞来庆祝。剪纸画面一定要寓意深远，传统文化、家规等一定要体现在里面。这幅剪纸作品上还剪了字，以表达自己的心情。我问她："剪窗花累不累？"她说："咋个不累呢，平时，她在家里头随时拿起来随意剪两下，但剪纸的时候总要斜着眼睛，因为年纪大了，眼睛花了，剪得多了泪就流出来，眼睛又酸又涩，很难受。做剪纸这一行，只有一个字，那就是'爱'！而且爱得不行，一爱就是一辈子。"

采访快结束的时候，她突然觉得自己还有别的故事要讲给我听。

我继续用心听着她的讲述：除剪纸，郝孝莲还会捏面人、演二人台、唱红歌。她捏的十二生肖代表狼山镇参加了文体局举办的面塑大赛。2000年，她参加内蒙古自治区首届农牧民歌手"金元杯"大奖赛，她唱了《走西口》六段，获个人优秀奖、集体二等奖。在领奖的时候，她还与歌唱家拉苏荣先生一起合影留念。在老伴的支持下，她成立了社区演唱队，任狼山镇先锋村二十二人夕阳红艺术团团长。除了演唱《探病》《打金钱》《挂红灯》等传统剧目之外，还自编曲目，自购乐器，想怎么唱就怎么唱，实现了自己的梦想。

2021年7月1日，我在巴彦淖尔市广播电台做了一期文化节目，借机去曙光街嘉和园小区郝孝莲家，看望了她。她和老伴非常热情，把我迎进门后，洗了一大盘从狼山老家刚摘的杏让我品尝，把我当成亲人一样说这说那。她回想起自己19岁入党，当过生产队妇女队长、大队妇联主任，70年代以后还当过劳动模范，现在还保留着戴着大红花的老照片。几十年来，她养过母猪，栽过苹果树、梨树和大杏树，每天起五更，睡半夜。改革开放后，她还做过裁缝，给人们做中山服、西服、织锦缎棉袄，风风雨雨几十年，就没有什么能难住她的。

如今，她和老伴还有4个孩子住在城里。她说，他们每年都回去种些菜够吃了，什么白菜呀，葫芦呀，玉米呀，茄子呀……样样都有。不光种菜，还种些花，开得早又好看，每年没等割麦子，房前屋后就开下一片。如今没有遗憾了，虽然老了，但自己的梦想已经实现了。

之后，她把一枚熠熠生辉的50年党龄纪念章拿出来，挂在脖子上让我看。我立马站起来，仔细端详这位身材瘦小、精明强干的女性……

（三）"民勤发面馍馍"酸酸的好吃

二妈有个好听的名字叫石秀兰。户口本上的籍贯一栏里，填写的是甘肃民勤。她是打小跟着爷爷奶奶那辈人从甘肃民勤来到后套维生的。显然，她是个"民三代"哩。

二妈自小时候就生活在大树湾广林六队。她一生勤劳，为人实在，做得一手好茶饭。可以说，各种面食到了二妈手里，总能变出几种花样来。

"二妈的手艺能上电视了，地地道道的地方特色。"

"不仅这些，民勤馍馍最近几年还是非物质文化遗产了。"

"一个从甘肃民勤传过来的手艺，给家里人做了一辈子，都像水盆里的泡泡不声不响地过去了，怎么二妈人老了，反倒一下子成了远近闻名的名人了呢?"

二妈的当家子们都在议论着，这是怎么回事呢?我想弄个究竟，就拿出手机给二妈拨通了电话。

二妈说，自中华民国初年，民勤人陆续逃荒来到后套并站稳脚跟，后来民勤美食也逐渐在后套扎了根。譬如，民勤发面馍馍、挽面、抿面、醒揪面、馓子、油果子、拉面、民勤月饼、民勤馍馍等。在众多民勤美食中，最让人喜闻乐见的要数民勤馍馍和拉面了。

巴彦淖尔市杭锦后旗的民勤人占据很大一部分。他们分布在各个村落，有的村子民勤人就占了一半以上。他们的习俗和饮食成了当地的主流文化。

但当地人还是给后套的民勤人编了顺口溜，以此来和民勤人逗个乐子："民勤人，翻得很，蒸下馍馍酸得很。"

发面馍馍、油果子"酸得很"，是因为里面不添加任何发酵剂和添加剂，不易变质，沙香爽口。自民勤面食申报非物质文化遗产以来，民勤馍馍自然而然就成了真正的绿色食品，深受人们的欢迎。

而民勤醒揪面、民勤拉面早已走进后套的千家万户。现在杭锦后旗街市上有很多地方经营民勤月饼和油果子。有时候，从杭锦后旗那边有亲戚来呼

207

和浩特市，也免不了买几个大馍馍让我们远离家乡的人尝鲜怀旧。

听完二妈的讲述，我一拍脑袋，像是给自己吃了定心丸似的。对，就这么定了。

这几天我正在写《巴彦淖尔传》的"文脉走向篇"，二妈的手艺正符合我写的这一部分内容，于是决定把二妈蒸发面月饼的手艺写进去。此时此刻，我想起一句古诗来，真的太吻合了："忽如一夜春风来，千树万树梨花开。"

说起二妈，她属于生活中再普通不过的一个人。但在二爹的家族中，二妈是一个举足轻重的头份人物。

二妈是我爱人的叔伯婶子，那时候我和爱人刚结婚，就总"二妈、二妈"地叫着。

二妈祖上的人会说民勤话。现在二妈的口音里还多多少少夹杂着一些民勤味儿。比如，说话时前面总爱加一个"别"字，停顿时爱用自我肯定和安慰的"嗯"字自我答应。我问过二妈，她是从娘胎里跟着爷爷奶奶从民勤移民来后套安家落户的。她今年78岁，算是"民三代"了。

勤劳，是民勤人的一大特点。民勤人老实厚道，深受儒家思想熏陶。他们做事总是规规矩矩的，坚守原则。我很多次听爱人说起二妈人好又勤劳，人们还给她编了一个顺口溜：

> 秀兰劳动力气大，庄户养殖全不落；
> 家里地里勤舍苦，茶饭味道人人夸。

在杭锦后旗大树湾一带，二妈是十里八乡有名的能顶半边天的人物。我爱人常夸二妈好，我自然对她印象深刻。

1994年重阳节那天，我婆婆突发脑梗，一夜之间撒手人寰，我们全家沉静在万分悲痛之中。那年月，由于母爱的突然缺失，我们总想在二妈那里找回些许温情。为此，四弟回忆道：那一年，他在水利上工作总要下乡蹲点，是二妈让他在家里吃了20多天饭，他才有了归属感。那时，二妈要么做拉面，要么做焖面或挽面，要么做猪肉烩粉条，要么做锅贴子烩酸菜，要么做笨鸡加素糕……反正每天变着花样做。二妈怕他工作忙饿了肚子，还特意用铁锅弄了一些黄灿灿的干馍馍给他拿上当零嘴。在二妈家吃住，可二妈连一点营生也不让他干，就连碗都没洗过一次。二妈人好，的的确确把浓浓的母爱给予了他。

如今，二妈上了年纪，儿女们对她挺孝顺。她已经搬到城里多年了，自己住着一个独居四合小院，生活特别方便。

上次去二妈家，我预先联系了她。二妈是一个非常可爱的人，她说听到我要来家里看望她，像乐开了花一样美美的。她还给我蒸了一个很大的"太阳花"图案的发面馍馍。她特别好客，到了临河之后，她让女儿润弟接我回家。她提前把面醒得好好的，给我吃了拉面条子。二妈勾兑的羊肉臊子别提有多绝妙，使得同去看望二妈的弟妹郭辉不禁连声称赞。

河套地区有"上马饺子下马面"之说。我们那次去二妈家，二妈还是按老乡俗招待我们的，这使我作为一个晚辈想都没想到的事情。

这么好的素材，真的顶如天赐良机。我一定要把二妈给我蒸的大发面馍馍写进去。过去的岁月里，我曾几次吃到二妈、三姑和姐姐蒸的馍馍，最正宗的还数二妈的。现在，有三姑和姐姐两个传承人，这种手艺得以延续下去。这个家族里真有特别爱吃这种面食的人，比如真真和她的大宝、二宝，他们从骨子里愿意接受这种西部（民勤人）流传下来的地方性面食。有些人偏爱这种食材是因为祖辈的原因，喜欢是因了一种感情，吃的一种感觉；有些人吃的是一种情结，愿意接受这个酸爽的味道。这种面食至今在河套地区很受青睐，而且追捧有加，因为他们吃的是一种习俗、一种文化和一种乡愁记忆。

上次，二妈给我讲了蒸太阳花馍馍的经过，里面既有故事又有人物，既有情节又有情感。我认为它代表的是河套的饮食文化和习俗。河套地区还延续着这样的接人待物的文化习俗。

我们吃的是"非遗"，做的是文化。因而，我拿回来后没舍得吃，在冰箱里储存着，总要不时地拿出来看一看，摸一摸。或许是给谁留着，或许是不忍心掰碎破坏了它的整体结构。倘若切成小块食用，似乎会伤了什么。我有一种强烈的愿望想要留着它，内心的"圆"是不能轻易伤害的。

四弟对我说："大嫂，你和二妈配合，把你捏各种造型的手艺都用上，蒸出来更好看。二妈会蒸太阳花。好像那种面太虚不好蒸小工艺品，你们两个非遗传承人创造奇迹吧。"我哪里够得上非遗传承人啊，过誉了。过去，清明节蒸寒燕燕还行，就是造型还有待进一步完善。不管够不够得上，我们都要彼此珍惜，这种浓浓的乡情非同一般啊！

我越来越清楚地意识到，是文化把人类发展的进程向前推动了。譬如像二妈这一代人，他们平时的生活习惯、饮食爱好等，都在某种程度上自觉或不自觉地习染着周边的人们。就这样，在细水长流中，甘肃民勤文化与山西河曲、陕西府谷文化在河套大地上相互碰撞着，又相互融合着，黄河文化的根脉在河套这片肥沃的大地上有了印记。

后来，我越来越觉得二妈身上，具有《七期国民兵》里那个金菊花的智慧和坚韧的品格。二妈虽然上了年纪，但具备一定的大气磅礴，也很有成就感。现在，二妈过得很开心，是个幸福老人了。

难得大家都闲适下来，今年6月，我们一些晚辈们约上二妈去杭锦后旗大树湾广林六队，重访祖上的老宅院，一并看望了四爹。四爹李有华曾是这里的村主任。这个村里现在有些老者，是后来才到后套的。由于民勤县地下水位下降，20世纪60年代前后，有一批民勤人来到这里。有亲戚、有依靠的都下了户。据老年人讲，后套曾有过3次灾荒。大树湾这个地方，就有3批民勤人先后到达这里。如今，生活在河套地区的民勤人，已是来后套的第三代或第四代甚至更后的，反正，不管是二妈还是某人，谁都一样，我们统称为"后套人"……

而今，除了在民勤人聚居的个别地方，还有个别老年人说着的后套话里面夹杂着民勤话，但他们已经完全融入后套，成了真正的后套人。无论外貌、语言还是行为，都无法判断出原籍在哪里。那些从祖宗手心里传下来的风俗习惯，已经揉在河套人的骨子里，不知是酸还是甜，浓浓的，稠稠的，分也分不清，掰也掰不开了……

四、被植入太阳光芒里的祖母蓝
——水乳交融的巴彦淖尔记忆

（一）在不知不觉中的水乳交融

我总这样想：巴彦淖尔的民俗、民风、民情，可谓包罗万象，有容乃大。

在巴彦淖尔，哪怕是来自星光下的一声叹息，或是马背上的一声长调，都显得辽远而深沉。这个话题，一般不敢轻易潦草地乱谈，它的每个细微之处，都很敏感地触及人的每一根神经，因而，这个话题总让人肃然起敬。

此时此刻，我既不能广义的解析，也不可狭义的认识，只好脱口附一种诗意的蓝，借太阳的光芒，植入祖母眼波里的蓝颜色。我可以称它为被植入太阳光芒里的祖母蓝吗？这个问题谁都可以自问自答。它的特殊性总让我产生很诗意、很惬意的浮想。固然，我可以很有把握地说，古往今来，不管你是外来者还是土生土长的本地人，一旦踏上这片土地，就一定会自然而然地爱上它。

你的爱和我的爱都一样。我敢说这里的山山水水、一草一木，是被太阳神织进经纬里的云锦，稠稠密密的，结结实实的，坚守着巴彦淖尔这方热土。

你的爱和我的爱都一样，被一阵紧似一阵的柔风和细雨交织在一起，直至温润了河套灌区的每一条渠水。

因此，我喜欢它，还有另一个原因，是因为这个地方保持着最好的农耕文明与游牧文明，晋、陕、内蒙古、宁、甘、冀、鲁、豫等多地区兼顾及多民族交融之后，形成具有河套地区独特的民俗、民情、民风。

（二）著名二人台表演艺术家贾四元

2021年春节刚过，我采访了堪称二人台表演艺术大师贾四元老师的三儿子贾云胜。

贾云胜说："父亲是从山西走西口过来的。先到包头，然后辗转到乌拉特前旗沙德格南山里卖柴火。由于他天生爱唱，天生会唱，天生唱得好听，人们听他二人台唱得好听，柴火就好卖了。再以后父亲来到小佘太，又到了大佘太，就这样一路走啊走，走到哪里就唱到哪里，没停住个走来没停住唱，唱着唱着就被前旗剧团发现了，成了一名名副其实的正式演员。那时候，我们这些孩子和老母亲都在大佘太五队生活。父亲唱出了名以后，经常到各个公社下乡演出，成了家喻户晓的人物。可是，父亲到大佘太演出时，不让我们看更不让我们学，怎么也不让去，我也不知为什么。

"我没学成戏就去供电局上班了。我的妹妹贾兰英天生一副好嗓子。1976年，她考入内蒙古艺校，毕业后进了乌拉特前旗乌兰牧骑，现在是国家一级演员，现任乌拉特前旗文化馆副馆长。看来，有艺术细胞是摁也摁不住的，许多时候遗传和天赋是很神奇的事情。现在，我的孩子也搞艺术，是舞蹈编剧。这样，我们家族就一代接一代地把艺术这门绝活给继承下来。"

是的，像贾四元这样的老一辈艺术家的天赋和遗传基因，真的应该代代相传。

贾四元，在业界可以说，算得上是一位"祖师爷"级的二人台艺术大师了。

我跟一些稍稍上了年纪的人聊起贾四元，他们对他赞赏有加。

当我回访当年在大佘太看过贾四元二人台的一些人的时候，他们的回忆更是充满戏剧性。大佘太名医徐宝和高智多夫妇说，他们在小时候就爱看他的演出，每次一听说贾四元来演戏了，他们总要跑到大佘太戏台看演出。什么《走西口》呀，《方四姐》呀，《探病》呀……好多剧目都记忆犹新，真的受贾老先生的影响很深很深。小时候的记忆，太牢固了，想挖都挖不走，死死地钉在记忆中。

贾四元的艺术来源于民间，他骨子里的东西就是最为稀有、最为珍贵的财富。他的表演艺术影响了一代又一代人。至今，乌拉特前旗那些五六十年代出生的艺术家们对他念念不忘。比如，马成士、崔兰、贾兰英等著名二人台表演艺术家们都师出名门，指的就是这位德高望重的贾四元老先生。

我想我的这些字句，根本不足挂齿，也不可能写下有关二人台艺术的大部头。我想方设法采访到的一手材料记录下来，也算是对贾四元老先生的崇敬，对二人台这门艺术的致敬。

（三）高凤清老人的打铁人生

高凤清是一位名副其实的老铁匠。他从14岁开始学铁匠手艺。20世纪60年代初，在大佘太公社修配厂烘炉前，他靠练就的好手艺，凭自己的精湛技艺，成为十里八乡受人尊重的铁匠师傅。

1965年，修配厂解散，工人下岗，他被下放到离公社20里外的一个生产队劳动。后来，为了给农牧业生产带来更大便捷，生产队开了一盘烘炉，请他出任铁匠师傅。他不但为生产队打犁铧、铣耙齿，打制各种农具，还给马匹打马蹄铁、马鞍子、铁笼头、铁嚼子等，所有与铁器沾边的活儿都难不住他。除此之外，他还为村民们义务钉盆、钉锅、打火筒、修理剪子、配钥匙等，深受人们的喜欢和尊崇。自烘炉开起来以后，他不但给自己的生产队打铁，而且还给全大队的其他生产队服务。

大集体劳动岁月里，高凤清打起铁来从来都是没时没晌拼命干。有时赶上农忙季节，生产队里急等着耕地、耙地、下籽种，农具要得急，他常常开启烘炉，叮叮当当的，一打就是一整天。至今想起来，老人家还总是哼着小曲儿，一双昏花的小眼睛立马眯成一条线。

那个时候农村以生产队为单位，大家过着大集体生活。他家里的7个孩子都没长大成人，一家9口，全靠他一个人的劳动力赚工分养活家。高凤清实诚，从来都是挑最苦重的活儿去做，有多少力气他就使多少力气。有一年，上山修水库，他听着工地的喇叭声里传出鼓舞人心的歌曲，便一下子加入到"比、学、赶、帮、超"的突击队行列，不但不拖别人的后腿，而且比别人多干很多。

有两年，生产队里不让开烘炉，生产用的农具全靠从供销社购买。买回来的东西看着轻巧，但使用起来总是不耐用。队里就指派几个老者去修理农具。他们总是熬一锅胶水修补木锨，用剪刀把破损不能用的农具拆拆补补废旧利用。修理过的旧农具根本用不了几下就又坏了。那时候日子过得紧巴，生产队集体的钱很有限，即使买农具也不能大手大脚，因而，生产队里总在修修补补中过日子。

有一天，队长找高凤清谈话，要他把烘炉重新开起来。他想起自己停了打铁之后，队里在使用农具上遇到的各种困难；又想到冬天里的一件事，自己去帮饲养员瞎老李铡草的情景：铡草刀钝得连一捆干草都铡不动，真是一阵心酸。饲养员因为年幼时犯了一次眼病，没钱看就弄瞎了一只眼。他无妻无子，光棍一条。但他是一个铁了心不谋私利的人。因此，队长觉得他一人吃饱，万事大吉，适合当饲养员。他吃住在牲口棚，责任心强，一干就一辈子。高凤清帮他去铡草喂牲口，看他可怜，趁机从家里拿了一壶自己都舍不得喝的老白干，切了一盘猪头肉给他吃。俗话说，马不吃夜草不肥，铡草刀钝得不听使唤哪能成？想到这些，高凤清决定赶紧得把烘炉开起来，首先得给这个饲养员打制一个尚好的铡草刀。于是，他决定大干一场。

高凤清，热爱集体，大公无私，善良厚道，队长便派他跟车，与赶车的车倌一起去旗里的废品收购站采购选料。有队长这样的信任，他信心十足。每一次选材，他的眼力都会告诉他，哪一块适合打造什么物件。于是，他在那个无人问津的废铁堆中挑来选去，选了一车适合打农具的废铁，从100多里的地方用马车拉了回来。他心里总想着，一定要把这些废铁派上新的用场。写到这里，我不禁想到"百炼黄金铸铁牛，十分高价与人酬"的诗句来。还有元末明初刘基的"铸铁作锄犁，春耕待秋熟"，说的就是打铁作为锄头和犁，春天耕种等待秋天收获的意思。

这一次重新开张铁匠铺，可是一件了不起的大事啊！它关系着生产队的农业生产，更关系着队里400多人的生存。为方便作息时间，更为不让烘炉熄了火，队长让高凤清的铁匠铺设在自己家的院子里。

于是，他把家里平时闲置的一间很简陋的房子，做了铁匠铺。

这个铁匠铺，黑暗的门总是虚掩着。另外一间更小的暗房里堆满了从旗里废品收购站购置回来的那一堆废铁。外面那些旧车轴和铁箍等破铜烂铁生着锈；里面只见他抡着锤，在铁砧上敲打，再敲打……

他总是眯缝着一只眼睛，再用另外一只睁着的眼睛左看右看，然后再流露出只有他一个人独有的喜悦。

无论铁匠铺多么狭窄，环境多么肮脏、封闭、黑暗，高凤清总能把光明带进去。废铁进入烘炉之后，就会变成有用的东西。当人们每次经过这扇门，取走各种农具、车具和马具的时候，总能清楚地看到高凤清这个铁匠的打铁姿态。

在铁匠铺，高凤清用自己的铁匠人生，给那个时代打造了一个铁器世界。尤其是，至今还闲置在老屋一隅的那个兽角模样的铁砧，一屁股坐在那里，一坐就是几十年。在一定程度上，它成了一座村庄的"祭坛"，神圣而庄严。

如今，高凤清已经是一位105岁的寿星级老人，风烟已经把他打铁时代湮没得几近全无，但他泰山般的寿辰、惊人的记忆力，还会把逝去的乡村旧事一幕幕钩出来。每每忆起，那些被忽略的短暂瞬间就会立马照亮。他倾注了毕生的精力和心血，把生活打成铁，但唯一没有打成铁的就是他那颗善良的心。

生活中，许许多多的人间过往都会被当成庸常生活中的小小浪花，犹如白驹过隙，被遗忘，但我相信一旦被定格了的记忆，又成了沧桑人生中的小惊喜和小馈赠……高凤清回忆道：人生105岁匆匆过去了，想起那个年月，自己还年轻，打铁的时候，围着皮围裙，鼓动风箱，一阵砰砰的击打声，把实实在在的铁打平，呼呼的火苗，淬火、打磨、开刃……根本不在话下。有时累了便倚在门框上抽一袋旱烟，听见农田里总在回响着各种农具的叮当声，还有马蹄的嘚嘚声……这一生中，打的是铁，锻的是刀，焠的是火，炼的是人生。想想看，有喜悦也有伤感和痛惜，有不吭不响的秉性、铁石般的意志，还有泰山般的寿命……这一切，仿佛如昨日又恍如隔世。

是啊，松鹤年轮被时间锻造得一圈又一圈，细密而严实，而高凤清老人的打铁人生，牢牢地刻在人们的心里……

高凤清老人百岁华诞留影（徐泓摄）

（四）每一种乡愁都是一缕文化符号

——走西口二代王六女采访记

记忆里的20世纪，的确是一个了不起的大跨度……

后套人祖祖辈辈穿着牛鼻子鞋，蹚过有山有水、有湖有沙、有田有林的地带。不是吗，你看祖先们用过的白羊肚手巾上，用汗水渍出盐的图案；再看那印在一个穿对门襟汗衫男人的脊背上，呈碱性，呈汗味，叠套成一幅幅写意画。是的，母亲的爱和父亲的爱叠加在一起，铆足了劲儿，延续着这方热土的血脉，延续着腾格里的火焰和阿柔娜的深情。谁知道当年那个穿红袄袄蓝裤裤的新媳妇是如何蹚过岁月长河，慢慢变成这个"圪卜"或那个"圪蛋"上的老祖母的。

2021年春节，我专访了故乡的一个小山村——万庆圪旦，拜访过94岁高龄的王六女老人。老人的家一进两开，红躺柜上方挂着一面大樯镜，上面的图案是三朵黄葵花围着毛主席的红色剪纸像。老人家端坐在一盘画有墙围子的土炕上，他的9个儿女特别孝顺。那些年，儿女们执意把老人家接到自己家里住，老人家也不想过早享清福，总是趁着东家串串西家走走的机会，帮各家做些力所能及的事情。比如，收拾家、剪窗花、绣鞋垫儿什么的，除了这些手艺活儿，老人家还做得一手好茶饭，烩酸菜、熬酸粥、做焖面、做凉糕、腌制红腌菜……

想起年轻时，老人家回忆说：自己用乳汁喂养大了9个儿女，7个飞出了山窝窝，算进城了。最上头两个大的，一个叫兰花花的女儿和另一个叫铁圪蛋的儿子留在村子里。

老人家说着说着，先是两眼泪生生的，而后又咯咯笑了起来。她清楚地记得那一年春天，她一张嘴就唱出的一首爬山调：

> 叫一声亲亲你就来，
>
> 妹妹扎进哥哥的怀……

老人家虽然有气无力地唱着，但味道还是没有变。

她坐在炕上，一会儿工夫向里磨蹭了好几次。我看见她盘腿的动作还十分灵敏。她告诉我说：那一双曾被自己的姥姥缠过一个月的半大不小的脚，还可以挪着走路。听着老人家的讲述，我的耳根子像针刺一样难受，一种难以表达的敬意油然而生。

眼前的这位老人，经历了近一个世纪，养育过9个儿女。20世纪那个曾在田间地头劳作的六女子，从一个挖过大渠、修过水库的普通劳动者变成一个头戴红头巾的妇女队长，从一位母亲变成一位老祖母。

这次采访，我进一步感受到，一位早在20世纪30年代初，跟随爷爷奶奶从山西河曲走西口，来到内蒙古河套地区的农村妇女的勤劳一生。庆幸的是，我又一次从眼前这位老人身上的优雅或藏着的伟大里，擦亮了眼睛……

（五）一幅河套写意画卷

总有一些美好值得等待，你究竟见过什么样的河套风情？这明明是一幅伟大的史诗画卷啊！

河套平原啊，多少条渠水，妖娆成沧桑大地的银项链！

河套平原啊，又有多少朵葵花，链接成黄土地的金耳环！

巍峨阴山，多少座山峦起伏，唱尽乌拉特的忧伤。广袤无垠的胸膛上，遍布祖辈的足迹。民歌淹没了辽阔与苍茫的诉说。草原辽阔，不由得让人觉得"天似穹庐，笼盖四野，天苍苍，野茫茫，风吹草低见牛羊"的辽阔景象就在眼前。

我宁可相信，这是神赐的。为什么，我们尽在不言中？像享尽了这片土地的恩赐一样，西口风传唱至今，滋润着湿漉漉的眼睛。从越来越细腻的回应里，依旧有玉莲的泪水沾湿衣襟。粗犷的吼声在喉结里打上中国结。

在乌拉特前旗三湖口，打鱼划划刺穿了黄河渡口船汉的痛楚，情歌如同风铃一样温柔可爱、善解人意。西口需一代一代地向前走啊，情歌要一声一声地往下传啊。

"路漫漫其修远兮。"临河、五原、磴口、陕坝、西山咀、海流图、东升庙连在一起。

"吾将上下而求索。"人们一代接一代，踏破有岩石的山，涉过有河神的水，量过有盐碱的地。

我想告诉阴山豁口的风，该凭借的，我都借来了。

我想告诉天上的云，该邀请的，我也都请来了。

从德岭山山口的风那里，从纵横交错的各条渠那里，从鸡鹿塞的阡陌中，问问有多少被苍天遗落的地名。我还想问问西山咀、巴音温都尔圣山以及二狼山口；问问位于秦直道交会处的秦长城下增隆昌水库从1977年和2019年两次山洪决堤后殃及的大佘太公路、村庄和土地……

大自然不可思议！两千年沧桑岁月，蹉跎如梦，我的双眼越来越像增隆昌水库的水位，开始慢慢舔舐大地伤口的旅途。

传说中的"拴马桩"不可一世，佘太君的点将台确有其名。如果说，传说中的故事不一定是真相，那么那个巨大的天然石柱是不是龙王爷的定海针遗弃在这里呢？

我要借这部书，告诉赶驴车的李爷爷，他曾经扬着鞭，唱着山曲，从河曲、府谷的峁上，拉上一车割下来的青草，喂养生产队里的牛羊。

朝阳阳、玉茭茭、麦子，是大写意；

胡麻油、葫芦籽、番茄酱，是大写意。

它们昂扬起千家万户的命！它们造了千家万户的福！

三盛公水脉给百万农民造福，河套人为天下人造福……

是啊，你不见那红辣椒走在致富的路上，这个产一季好粮、酿一坛老酒的地方走在小康之路上。土地上长出恬静的村庄也长出五谷杂粮，正应了红对联上写下的美好愿望。在后大套"粮满仓"的黄土地上，回望古道西风；在后草地"巴音温都尔"的戈壁滩上，回望金戈铁马。

气吞万里如虎，有阴山作屏障，有汉宫作垣墙，有长城作精神支柱……

大漠胡天苍茫，有红驼跃千里，有田畴万里香，有湖水芦花荡漾，有牧野作自然画廊……

阴山飞马啸啸，戈壁驼铃声声，平原红柳成荫，沙枣成行，瓜果美名扬……

迎亲传唱爬山调，回门高歌二人台。

五哥放羊，乌拉特民歌，送亲队伍鸿雁传情，乌拉特民歌辽远苍茫。那一场场婚礼，那一碗碗奶茶飘香，那一壶壶老酒浑厚，那一顿顿酸粥、烩菜、背锅子烙饼、炒米、奶茶、手扒肉……

在山谷遥望群星多灿烂，在田畴信步麦田翻金浪。东起乌拉，南临黄河，西接大漠，北依两狼；乌加河、乌不浪口、德岭山水库，绿柳成荫，井田成行。农舍，毡房，水草，洪流，汗水，长河，落日，浑源，大漠，苍狼……

我的父母兄弟，好啊好啊太好啦，团结得就像是石榴籽一样……

我的巴彦淖尔，赛很赛很伊赛很，富裕得就像是天赋的一样……

五、乌拉特民歌，人类星空璀璨的美学

（一）乌拉特草原背景图

乌拉特草原，我的感觉是乌拉特前旗、乌拉特中旗和乌拉特后旗3个旗连在一起的地方。沿着阴山山脉从大青山包头段开始，一路向西绵延至乌拉特后旗潮格温都尔那边。这是一片苍天般的感觉。它空旷而辽阔，大地上覆盖的绿色，不足以达到常人所向往的视觉体验。

戈壁滩，灌木丛，柠条生长于海拔1000米之上，高低不平的小丘一座连着一座，地势较高的地带草木显得略微稀疏一些，而在低洼或者洪沟两岸地带，芨芨草常常长得又高又密，这给乌拉特草原平添了一个与其他地方不尽相同的感觉。

旱季，大地一片苍茫，基本呈现出来的是辽远与苍黄。春夏交替之时，太阳光线强劲而火辣，远处的驼群列队出没于戈壁滩，绰绰约约的动感像梦境似的。

每当雨季来临，乌拉特草原就开始泛绿，好像什么都是一下子冒出来的。有时，一夜之间，就判若两界。第二天醒来，眼前就会出现油画中的绿色，极富诗意。因而，牧民的梦中总会有期盼的东西不约而至。

这是我眼中的乌拉特草原。

它广袤无垠，坦荡辽远，舒缓多情……草原上，有时显得太丰富多彩，有时又感觉太过笨拙，根本无法形容或比拟它的外部表情和内部结构。

我常常看到许多文人墨客，说我们乌拉特草原很神奇，即"神奇的乌拉

特"。也有许多歌词里唱到它的多彩多姿，即"诗意连绵的乌拉特"。不管是哪一种表达，都是对乌拉特的赞颂和传扬，从而觉得欣慰并受益匪浅。

总之，站在这片大地上，我和大家一样，更多时候是尽情享受乌拉特草原风情，享受草原人给我们的热情洋溢的款待和他们一颗颗真诚而善良的心。

"人不是因为美丽而可爱，而是因为可爱而美丽。"这句话很富哲理。这是针对人而说的，一旦把它借来，用不着变换形式，就可以直接隐喻我们的乌拉特草原。有一首《牟尼山》的歌曲，唱的就是我的家乡乌拉特前旗草原。

其实在我很小的时候，冥冥之中，觉得自己是高举着绿叶来投胎的，正如《诗经》里头所描述的"蒹葭苍苍，白露为霜"，因为我们那个地方是乌拉特前旗草原，那个时代，草原可以称得上是一个令人向往的植被较好的地方。芨芨草高到什么程度?一片白茫茫，风一吹来，芨芨草的缨子飘来荡去，一眼望不到边。

地处阴山南坡乌梁素海的东岸，水草丰美，生态尤其好。每当太阳从东边升起，万道金光很迅速、很猛烈地直冲而下铺天盖地地射来。排成"人"字形的大雁，那扇动的翅膀、凄凉的叫声，一下子触动了我的心。这种东西总是与我息息相关并有共振，我与他们之间有着一种说不出来的关系，人与自然和谐，触动了我的童年和少年，我想这大约就是宿命。我自认为，我的文学兴趣也是从那里升起来的。

是的，这是宿命。

这是人与诗歌之间不可分割的宿命，是善于发现和巧遇写作的宿命。

后来行走了100多个旗县，发现北纬40度高原的文学地理;后来坐火车回老家，看到铁路两边农民在田野种地的景象;后来去乌拉特后旗采访，发现索龙嘎艺术合唱团的老额吉们唱乌拉特民歌，那种原生态的修复程度，永远让我无法从那个声音里走出来。

我发现这就是文学的源泉。

再后来，我采访一位老队长的时候，他盘腿而坐，给我讲述他和那个村庄的故事。我还发现许多，譬如火车上东来西往的人群，让我看到北方农民和牧民的生存方式……这些都是文学素材，我应该向着他们双手合十。

（二）沧桑古歌，渗透细密的维度述说

我出生在乌拉特前旗，对乌拉特草原有着特殊的感情。那是一个父辈打马走过的地方。想起儿时，草原上时有歌声传，时有鸿雁悲鸣，时有北风掠过。这些年在外工作，总会想念母亲那一汪湖水般的眼波，想念醉意总是与草原连在一起的父亲，想念一匹游走的长鬃马，想念雕花的马鞍上那一枚红宝石，想念钢剑上那一闪一亮的光影，想念蒙古包前那一截拴马桩，想念嵌在马镫上的一个银钉，想念系在马嚼上的一条缰绳，甚至还有扬在马头上的一缕鬃毛。是啊，思念家乡是常有的事。因而，我总想找个机会，时常回一趟老家。只要我踏上这片土地的时候，就立刻有不一样的感觉。

2015年，我随巴彦淖尔民间文艺家协会，一起参加了一次为期10个工作日的调研活动。那一回，我们共走了7个旗县区进行田野调查，做了大量的笔记，写出一万余字的调研报告。

我们在乌拉特后旗，聆听由20多位老额吉组成的索龙嘎艺术合唱团演唱乌拉特民歌。这些老额吉站在那里，一开口就把我带入空旷的山谷中去了……

她们一律无伴奏，一律清唱，一律额头上刻满皱纹，一律眼波深邃……

见到她们，心灵触动不少！这何止一个小小的多功能演播厅啊，这简直就像来到月亮之上。那一种自然风，那一种穿透力，使劲地咬合着我的每一根神经。

她们演唱的《巴音温都尔庙》，歌词寓意深刻，借用敖包、金甘珠尔、鎏金圆顶、神圣的高地、心爱的枣骝天驹、草坪、洪水、豺狼和狐狸、沙尘和旋风、二老双亲等具象来渲染感情色彩，表达人们对信念的追求、对精神的寄托和对心灵的抚慰。

她们演唱的《乌根哈那泰》，共有16段，基本以叙述为主，内容丰富，情感真挚。歌词大意为：乌根哈那泰故乡辽阔而肥沃的牧场，西边的巴音杭盖是蜜果飘香的杭盖，北边巴音杭盖是杂果满园的杭盖，东边的巴音杭盖是

老一代乌拉特民歌表演艺术家演唱乌拉特民歌（高朵芬摄）

各种瓜果的杭盖，前边的巴音杭盖是花果遍地的杭盖。黑马驹子在长大，遥远路途不再怕；可爱的女儿在成长，异地他乡嫁远方。

这首民歌借用比兴的手法，表达女儿对父母的感恩。借用紫色小马驹的成长，如"未戴嚼的海骝马，一绺鬃的海骝马"，比喻儿女在父母面前的可爱、乖巧，比喻学业不成甚至不懂事的少年，只有在父母的教诲下才能得到真正的成长。借用雄鹰、喜鹊、鸢鹰等形象，表达女儿远嫁他乡之后，思念双亲，一心想回馈他们和报答养育之恩的心情，听了特别让人温暖和感动。

> 马嚼缰辔磨破了，想念我的阿爸了；
>
> 衣袖的肘子磨破了，想念我的额吉了。
>
> 鞍子垫鞯磨破了，想念我的姐妹了；
>
> 衣服的前襟磨破了，想念我的姐妹了。

这些唱词，感情真挚的程度就像流水一样自然纯朴，灵动鲜活。

这回，我身临其境地聆听到，从她们灵魂深处发出来的声音，意蕴深厚，绵长悠远……

这是一种陶醉还是一种融化？这是一种聆听还是一种抚慰？

那种原汁原味的、无伴奏的原生态演唱，仿佛听到山川列队低吟，河流默默述说；仿佛一下子被带入远古的草原深处，带入一种无我的状态。

什么都没有了，整个人完全融入那种空旷之中……尤其，那几位老额吉，她们有的已经80多岁了。她们从牧区赶过来，着盛装出席。帽子上镶嵌着漂亮的红珊瑚、绿玛瑙，唱歌的时候，双手紧扣，自然搭在胸前。她们脸上深浅不一的皱纹是生命的刻度，眼眸噙着泪花是海洋才有的咸涩。

这就是乌拉特民歌，这就是乌拉特民歌传承的样态。

乌拉特民歌，那声音有时像流出山谷的清泉，清澈而透明；那声音有时浑厚得似低沉的风声，滚滚而动；那声音是一种诗境和禅意的无限穿透，是我生命中最美的遇见，一生都不能忘怀的东西……

（三）乌拉特民歌，文化艺术生态的自然修复

乌拉特民歌，因为难忘，所以惦记；因为惦记，所以时时想起。

乌拉特后旗，那几位老阿妈是不是还在唱民歌，一有空闲我就想问一问。

它是遥望，它是回首，它是柔情似水中折射的人心。

后来，我从报纸上、网络上经常看见乌拉特后旗作协主席赛林花写的报道，了解到乌拉特后旗建立了一个"乌拉特民歌群"，赛林花一直跟踪着"乌拉特民歌群"。我经常留意着，也经常有意打电话给赛林花问及她们的近况。

赛林花是一个非常热心肠的人。今年6月初的一天，她把乌拉特民歌赛事活动制作成图文并茂的网络宣传页，大力推广和宣传。当我看见的时候，第一眼就被她书写的文字和图片吸引住了，于是我联系了这位知名的乌拉特民歌的推广者、传播者。我真的想通过赛林花采访她们。

从赛林花那里，我了解到乌拉特民歌传承人满都拉老师，还了解到乌拉特后旗有很多人在唱乌拉特民歌，而且是老、中、青、少、幼五代人都有。

满都拉老师是乌拉特后旗荣誉歌手，民间艺术家协会理事，巴彦淖尔市非物质文化遗产乌拉特民歌传承人，乌拉特后旗潮格温都尔镇锡日淖尔嘎查牧民。她从小在母亲那里学到几十首乌拉特民歌。后来通过旗里的一次比赛，发现会唱民歌的人寥寥无几。回去之后，她彻夜未眠，担心和焦急一

拥而上。几年前，她有过担心，生怕自己这辈艺人哪一天都不在世了，乌拉特民歌失传了。于是，她组建了一个微信群，拉起一支队伍。慢慢地，由原来的20个人发展成现在的120人。她经常把唱乌拉特民歌的歌手们召集在一起，教她们唱歌、练歌，队伍不断壮大。她还经常指导她们如何发声，如何酝酿情感，如何用心、用情去唱。由于满都拉老师做事认真，指导得好，唱的人越来越多。她一个人顾不过来，就请了自己的妹妹格日乐·满都拉老师来帮忙，在群里指导。格日乐·满都拉于1990年从内蒙古师范大学音乐系毕业，获学士学位。她是声乐副教授，非物质文化遗产乌拉特民歌传承人。毕业之后，她一直在巴彦淖尔艺校、内蒙古艺术学校当老师，专业很强。她除了利用假期，在呼和浩特市、乌拉特后旗来回跑着教，还利用业余时间在微信群里做指导。她凭对父母传承下来的乌拉特民歌基础，凭着对姐姐的爱、对家乡的爱，以及对兄弟姐妹的一份真情，义务指导有4年之多。4年多里，她多次深入乌拉特草原进行抢救性收集民歌，采访老艺人，收录多首原生态民歌，目前已教唱150多首歌。

满都拉老师还邀请了乌拉特后旗著名作家、词曲家，原乌拉特后旗文联主席布图格奇老师做艺术指导，讲解歌曲的来历、故事、典故等。听了她们的故事，我被深深感动了。

我必须去采访满都拉！于是，我又一次跟赛林花说，我要把她们写进《巴彦淖尔传》里！立即，就得到回应。她答应我去采访。

于是乎，我总有幻想出现；于是乎，一种苍穹下的述说，一群唱乌拉特民歌的人，追随了多少年的我和跟踪乌拉特民歌的赛林花，印记在脑海中一道又一道山冈，苍苍莽莽的红山口，扭扭曲曲的山榆树、崖柏树，层层叠叠的干牛粪……哦，还有峡谷的月亮、女人的耳坠、挂在世界另一端的思念，以及一边含笑一边在幽蓝的天幕悄然淡出的星星……越是联想越是激动。

于是乎，那里是满都拉的星空啦，那里是布图格奇的琴韵啦，那里是格日乐·满都拉的悠扬的长调和辽阔的杭盖啦，那里是赛林花的草原啦……我的思绪一层一层往上翻滚。

哦，想起来了，我还没去呢，就已经进入情境之中。没办法，谁让乌拉特草原早就进入我的骨髓啦……

这不是在梦中，不，不是梦，是真实的故事。

2021年7月3日，与我同行的有官亦鸣、李明、张铁良、陈慧明、高莉芹、李平原、王俊香，我们一起向着乌拉特后旗进发……

那里，有赛林花接应着我们；

那里，有布图格奇老师等待着我们……

终于，在这个碧绿如茵的夏日，我，不，我们，又一次走进这片如痴如梦的乌拉特草原。

在我自认为圆梦的同时，我也感觉到自己的压力。因为此行，比以往多了一个任务，那就是如何把这次采访的东西写进《巴彦淖尔传》里。这担子对我来说，真是不轻啊！

怎样才能把我所遇见的，关乎乌拉特民歌的前前后后，人和故事，讲得更为妥帖呢?可能有若干个切入点，但我想让乌拉特民歌的传奇性润泽于我的笔端，而且提亮这一篇章的深度，那该有多好。

也许，每个切入点都能成为焦点，那么自然而然地抒写。那些感人故事和精彩华章，也可以幸运地一跃再跃，跃到这张稿纸上啦。

（四）苍穹之下，追寻接天连地的乌拉特民歌

——我们一起去满都拉家里做客

2021年7月3日，我们从乌拉特后旗政府所在地巴音宝力格镇出发，到潮格温都尔镇锡日淖尔嘎查。

我们的准备工作一切就绪，刚好上午9点多，这是个吉祥的时辰。我和赛林花去接布图格奇老师，我们互相握手，问候。布图格奇老师是一位乌拉特民歌研究专家，见到我们立马打开话匣子。我进一步了解到，乌拉特民歌对于研究、弘扬和保护乌拉特非物质文化遗产有非常重要的作用。

1648年，自呼伦贝尔西迁至乌拉特这个地方后，在生产生活中形成了原生态民歌。乌拉特民歌是勤劳智慧的乌拉特蒙古族在长期的生产生活中共同创造的一份艺术珍宝。就乌拉特民歌而言，它因地区特点而别具一格，但也有和鄂尔多斯民歌交相辉映、互相传唱、互相融合的现象。前些年的一次比赛，唱乌拉特民歌的10个选手中，才有4首歌是不重复的，因此，抢救和发展乌拉特民歌成了很重要的任务。布图格奇老师是一位乌拉特乌兰牧骑的老队员。后来，任乌拉特后旗文联主席。他对乌拉特民歌情有独钟，多年致力于乌拉特民歌的收集、整理和研究，出版《乌拉特民间歌曲》300首。一路上，随着车子迎风奔跑，他话语滔滔。从他的讲述中，我对乌拉特民歌的现状、传承与发展情况，又多了一些认识，从而对这位坐在副驾驶座上的蒙古族汉子多了一层敬重之情。

当走到恐龙化石风景区时，我们被这片有恐龙雕塑群的草原深深吸引，于是情不自禁地停下了车。刹那间，旷古的风，漫步的红驼，迎面而来……

我举起手中的相机，对着曾经的这片恐龙王园，咔嚓，咔嚓……按下快

门。高莉芹老师好像得到灵感，一下子进入童话世界。

哦，这片戈壁滩，原来是远古的茂密森林，这些恐龙雕塑表明，我们现在已经进入古生物活动的场地。

我们的车子一路向北，穿越崇山峻岭，向着目的地——潮格温都尔圣山的方向进发。向北，再向北，我看到拴马桩上的十几匹马，他们抽动着鼻息，安静地站在那里，眼睛黑得如漆一样澄明。

近了，更近了，蒙古包和一座白房子出现在眼前，这就是满都拉老师的营盘哦……

满都拉老师今年66岁，端庄秀丽，会唱150多首民歌；她参加过两次自治区妇代会，她的爱人是刚从岗位上退下来的嘎查书记，他们平时养牛养羊。今天，她提前一小时就把手把肉、血灌肠（豁倒肚）煮好了，把奶茶熬好了，酥油、奶酪、奶皮、炒米、黄油、酸奶、奶豆腐、果条、烙饼、茶食子、腌沙葱等十几种美食全部端上。我们吃啊喝啊说啊笑啊，瞬间一股暖流涌遍全身……

布图格奇老师讲了乌拉特民歌的起源和流传。他说乌拉特古代民歌的81首诗歌长调出自梅力更庙一、二、三世活佛之手。罗布桑党比扎拉生（1717—1766年），著名作家，第三代传教活佛圣徒，词曲并编。他们编创的长短调民歌，在乌拉特民间乃至内蒙古各地广泛流传。

布图格奇老师非常兴奋，拿出马头琴现场伴奏。赛林花老师因势利导，乌拉特民歌传承人、歌手们围坐在我们的身旁，开始唱著名的歌曲《三福》……我们谁也不作声，屏住呼吸，听那来自草原深处的天籁之音……只听得五组轮回，一组三首，每首歌曲后面加唱"衬歌"，延续整体歌曲的完整性……此时此刻，这座坐落在潮格温都尔圣山下的屋子热闹非凡，乌拉特民歌此起彼伏，不绝于耳……有满都拉老师领头，一边敬酒一边合唱诗歌……

以三首歌曲开头是乌拉特的习惯，以三盅敬酒是地方特色，三三九首歌曲唱完，三三九盅酒也要敬完……乌拉特民歌有长、短调之分，长调民歌（诗歌）在酒席场合很受尊重，如婚礼、祝寿、过节等酒席上什么时候唱什么歌都有很严格的规定。

此时此刻，满屋里弥漫着乌拉特民歌的气息……民歌唱起的时候，好像眼睛里的湖水倒进月亮，月亮上的光辉砸在酒盅里，酒盅里的歌声飞在人们心里……此时此刻，歌声醉了，草原醒着；草原醉了，蓝天醒着；蓝天醉了，一颗心醒着；一颗心醉了，谁还醒着……此时此刻，唯有布图格奇的马头琴还在悠扬地拉着、醒着……

赛林花说，开头唱的歌曲是著名的《三福》长调，是宴会的第一组歌曲，是任何宴席最先唱和必须唱的固定模式；结尾歌曲《阿拉泰杭盖》，也是原汁原味的乌拉特民歌中最具代表性的经典歌曲。满都拉说，唱腔长调民歌的结构比较自由，各句之间的小节数不尽相同。乌拉特长调民歌，至今深深注入她的心灵深处，就像烙印一样，谁想拿也拿不走。她还说，现在，她的担心也解除了，旗里的学校也在教孩子们唱乌拉特民歌。每所中学和小学里都有几个唱得不错的小民歌手呢。

赛林花补充说，有个四五岁的孩子也在唱呢，他才刚刚上幼儿园中班。

之后，我又单独给几位歌手录了音，顺便采访了她们。敖日格勒琪琪格今年40岁，为人大方，内外通透，清唱了《蔚蓝的天空》；同格拉格今年44岁，眉宇宽阔，面带笑容，清唱了《赛乐泉》《乌根哈那泰》；贺西格玛今年49岁，大眼睛、圆脸庞，花格衫、鸭舌帽，既现代又时尚，清唱了《两个杭盖》；德格代，笑容可掬，精干利索，兰蕙气质，清唱了《脑鬃玲珑的黄骠马》；呼毕力格琪琪格，端庄大气，漂亮可爱，清唱了《半月园》。还有两个帅哥，贺西达来和孟根达来。据说，他们俩上过中央电视台，多次参加区内外、国内外各种民歌赛，分别获金、银奖。

后来，我还了解到当地还有乌日雅、阿拉腾陶格斯等幼儿园的小朋友们也在唱乌拉特民歌。2018年全旗乌拉特民歌比赛和2021年6月10日"永远跟党走，促进民族团结"校园乌拉特民歌比赛中，都获得优秀奖。

乌兰其其格给孙女苏妮日教唱乌拉特民歌（赛林花摄）

在满都拉老师家里，我们听了这么多又这么好的乌拉特民歌，非常高兴，同时也领略了这几位乌拉特民歌传承人，"赛乌苏民歌"优秀歌手的精彩演唱。这一次，我还有幸获悉，在2019年11月，"国家级非物质文化遗产代表性项目保护单位名单"公布了乌拉特前旗文化馆获得"乌拉特民歌"项目保护单位资格。

极目远眺，潮格温都尔圣山下的99座敖包整齐、壮观。它们在一片绿树的掩映下，显得那么神圣而宁静……

六、时间、生命、艺术之契合与回放

——影影绰绰的巴彦淖尔余韵

（一）掘开尘封，洞见"半农半牧"中的零星点点

我出生于乌拉特前旗，从小在草原上疯跑。每当初春来临，第一场细雨洒过之后，沙葱一下子冒出来了，我和姐姐、母亲会到沙岛奔里摘沙葱。那里的双峰驼真多，那个季节正值公驼的发情期，它们总是狂躁不安、乱奔乱跑，我们很害怕。每当这时，母亲总要呵护在我们身边，教会我们如何躲避它们。

半天工夫，我们就钵满盆满归来。回来之后母亲总会用最好听的话表扬每一个孩子。之后，我们会眼巴巴地看着母亲给我们做沙葱馅儿包子或沙葱馅饼，儿时的那种味道，远远地就能够闻到弥漫着的香味。全家人围坐在矮矮的方桌前吃着咬一口便满嘴流油的馅饼，那才叫个香啊。

那时候我们要到约有2里地之外的大队学校走读上学。放学回来之后，我们常常听到母亲在唱歌。她一个人有时候也哼哼一些无字歌，那音调漫长

而动情。我虽然没有去问母亲唱的歌为什么那么忧伤，但从母亲的神态里我会感觉到她可能是在思念她的妈妈。

想起那时候在村子里，有很多人家是从山西走西口过来的。许多时候，从田间突然就会飘出歌声来。这里的男人们总要把山西梆子、二人台、打坐腔、山曲儿、爬山调等带到田间地头，想怎么唱就怎么唱，而且都是自己现唱现编歌词。他们一旦唱开就歌声此起彼伏，一声连着一声。山西和陕西来的女人心灵手巧，她们把蒸寒燕燕、烩杀猪菜、烙背锅子烙饼和剪窗花的手艺传给很多外来人。许多从山东或者河北来的人，都很聪明，什么蒸面食手艺呀，浆米手艺呀，一看便会。这些来自五湖四海的人，大多识文断字，男的会说书、吹管子，女的会炖鱼、烙白皮饼、绣花纳鞋底。所有这些活跃在乡民中的生活形式和艺术形式，乡民们都传帮带着……

再后来，这些生动活泼的乡间生活与雅俗共赏的市井文化活动结合起来，并互相融合，从另一个方面大大缩小了城乡差距。

在我看来，这些儿时的记忆和传承至今的艺术活儿，经过一代一代沿袭下来，成了人们彼此之间真正意义上的心灵印记……

（二）听老一辈人说这里曾是一条重要的驼道

小时候，大佘太公社天巨德村北有一处土庙的残存——大仙庙，实则这是一处破旧的土台子，一人多高。夏天，上面长满了苍耳和蒺藜，人连脚都不敢多挪一步。那是一个非常神秘的地方，虽然残破不堪，但依旧神秘兮兮，保持着它原有的尊严。大人们总是告诫我们这些无所事事的小毛孩子，千万不要去攀爬，不要去践踏它。我们很听话，也从不敢越雷池半步，生怕哪位神仙有一天怪罪下来，惩罚我们。

我总问父亲为什么有这样的说法，问得多了，父亲就会打岔说："小孩子莫问为什么。"干脆利落地搪塞过关。可是，越是这样我就越觉得好奇，总要设想它存在什么秘密。

有一次，父亲给我们兄妹几人讲完《聊斋》里的故事之后，便主动打开话匣子。他说在抗日战争爆发后，日本人侵占了包头，之后就在大佘太驻扎下来。这下可把大佘太的老百姓糟蹋了个苦。当时在这一带发生过阻击战，国民党军在这里蹲坑守候，交战时，打死了两个日本兵，之后就把那两个日本兵的尸体埋在后圪卜村南的一个渠壕边。后来，不知怎么这座庙就被一把火给烧毁了……

父亲的讲述，到了20世纪70年代的时候，终于得到证实。那几年，全国号召深挖洞，广积粮。后圪卜村地处祖国北大门，后面的锅盖山石门沟里，解放军在打山洞，还在村西用人拉犁开荒种地挖大渠，引水灌溉种庄稼，自给自足。大佘太东水库的水容量大，流势迅猛，水一下来，就把渠淘得过深。

半个世纪前，在这个渠壕里，只要是东水库的水流下来浇地，就会冲出很多的铜钱。有一次，人们顺着渠沟往西走，一堆一堆的铜钱都生了锈。我们捡了一大堆回来，拿到供销社卖废铜，才卖上几毛钱，连一斤煤油都不够买。

小时候，铜钱是扎毛毽儿时用来做底座的。人们觉得它是老旧的东西，不值个钱，铜钱作废多年花也花不成，只能做毛毽儿。老旧的东西是要破除的，谁也不理会它。

后来，我有几次回到这个村子，提上烧酒，拜访过当年的村主任刘七十八。老人家精神矍铄，思路清晰，村子里的大事小情，包括哪一家人家有几个娃娃，男的女的他都知道。那一回，我坐在他的炕头上，听他娓娓道来。

他告诉我很多有关村子里的历史，他说为什么把天巨德村做了大队部，那是有原因的。因为它的历史源远流长。天巨德原来是历史上的一个买卖商号，原来有一批从山西河曲上来的人，在这一带开荒种地，最后形成了气候。这个地方原来是一个古驼道，山西人拉骆驼的多，他们一路向黄河北边的包头走，然后汇集许多当地人往西走，到忠厚堂和天巨德进行交易。他们买东西填补给养，经过后圪卜，再去西水道住下来。过去西水道是驼工们饮牲口的地方。那时候就有车马大店，拉骆驼的人在这里住店吃饭，打理行装。等休息好了再顺圐圙布隆、德岭山方向往北走，一直通到大库伦。后圪卜的曹老汉就是在拉骆驼的时候留下来的山西人，直到死也没回去。

我当时做了很多有关这方面的记录，打算以后写一本讲述他们的故事。听闻村子东北方向有一棵歪脖子大柳树，小时候听老者说是拉骆驼的人为了辨别方向而栽下的，迄今已有100多年了。树冠几次遭到雷击，树身几次改变形状，但它仍然一动不动地站立在那里，被村里人誉为"神树"。可是，在去年的一天，我回村里再次拜谒的时候，突然发现这棵大柳树全然倒地，只剩下一截干枯的树干了。我直愣愣地站在那里一时傻了眼，心里久久不能释怀……

故乡的深处，有许多鲜为人知的故事，更有许多不被认知的故事，它们封存在尘埃里，懒洋洋地沉睡着……多少年过去了，被我一下一下翻起来，只当是我已经开始对这块冻土层的一次发掘吧……

（三）小佘太秦长城遗址访古

我同老师杨桂林、吕美琴，同学郝秀英和他的老公张德义，还有司机小刘一道，由大佘太本地向导杜邦先生一路指引，去小佘太秦长城遗址采风。

这一回，我们一起参观了那段地势险峻的秦长城故地，看了烽火台、增隆昌水库。那种用手去触摸、用脚去丈量的感觉真的别有一番韵味。我想，以款款而来的余韵，还小佘太秦长城遗址一个底色，这是千载难逢的好时机。

2021年7月4日，天像是攥出来水一样蓝，湿漉漉的，清新透亮。站在小佘太秦长城遗址断想，感官里好通透。

我寻觅，莽莽草原的背影；我寻觅，历史带走的尘烟。

今天，我们来了……

遇见了它——一座小佘太秦长城与一座阴山共眠了2000余年的遗址。

秦长城，是我今生遇见的一个奇迹。感谢苍天让浓云与远天握手，灰蓝色与我与其他几位到访者的眼神相遇，同一群羊率先登上山巅的瞬间会合，我开始想象拦腰截断阴山深处的呐喊：谁的声音跌宕起伏？潺潺的流水声，让我开始缅怀一堵墙的腰身，惟余莽莽与蜿蜒曲折，苍茫与历史之间的互动碰撞。

我试图假借深邃置换场景，置换那高山仰止或洪流直下，在我的脑海中滔出旋涡。我设想，在断流之前，被它修成什么的样子。

试问，时间坠落空谷，余响射中一支带响的箭哪去了？谁在行色匆匆中，披荆斩棘，留下被折断的箭羽呢？谁又射中风云录里的性命，连同摇曳在岩石尖顶上的荨麻草一起遥望秦直道抵达的线路……

若干年后一个人在思考……我猜测，离这里不远处的光禄塞，一定是我前世的一滴眼泪，那拖着长袍、让沉鱼雁落的绝代佳人王昭君，变成匆匆过客……

一张弓，休矣。这是命。

一搭箭，休矣。这是命。

人们登上城的肩膀，瞭望远处的制高点，那一座烽火台遗址已不见了踪影。

我追祭那些筑墙的人，谁的身后不曾是一部血泪史？勇士的遗骨早已风化成一捧黄沙，在青石板垒砌的缝隙中获得自由。

史料记载，巴彦淖尔市境内秦长城遗址分布较广。它东起乌拉特前旗小余太镇，西至乌拉特后旗潮格温都尔镇，全长240千米，其中小余太镇、查斯太山一段保护最完好，绵延2000余米。

我再次被天地万物包围，惊呼上苍赐予整段长城的就地取材，惊呼人工敲砸而成的长条和间杂少量的自然石块，惊呼古人采用层层交错叠压垒砌，惊乎内外壁面规整，横断梯形，惊乎墙面向地形负倾斜坡段30度角，惊乎基宽4~6米、顶宽1~3米、高5~6米的规规整整，惊乎山脊或山沟险峻陡壁处的外壁，惊乎南侧平缓的山脊上土筑眺望台和烽火台的相互呼应……

站在小余太的"边墙"遗址旁，触目山谷、平原、腹地，触目正南方广生隆村的炊烟袅袅，触目正北方白庙子村的良田沃土，触目张德禄湾段本体坍塌部位抢险加固工程……两千年沧桑岁月蹉跎如梦。

在即将离开的一刹那，我的双眼越来越像增隆昌水库的水位，开始慢慢下降，便于舔舐大地的伤口……

（四）"几"字弯，一缕乡愁的守望

阴山、黄河、乌拉特草原、乌兰布和沙漠、纳林湖、大桦背原始森林、乌梁素海……

阴山岩画、秦直道、古丝路、鸡鹿塞、光禄塞、小余太赵长城、大余太土城……

数着数着，我的内心深处，就构筑了一道精神图像。社稷之道，常常令人觉得是一种莫名的期许。沿黄河"几"字弯北上，渐入苍苍茫茫之中，这就是河套平原……

一条乡间小路，看上去依然眉宇舒展。微风吹过田野，谷物不断抬升至耳际。葵花成片成片连在一起，于脑畔举行盛大集会。金黄金黄的花朵，举起笑脸朝向太阳的一刻，刹那间定格成永恒。和太阳一样灿烂的花，让我喜出望外获得审美趣味。我把农田里的玉米、瓜果等农作物，分成地理美学与华夏文明，我将斑斓交集的部分看作人文精神与自然环境的完美结合。

如今，那些以高大为美的头戴草帽的男人们，还有那些以板直为美的围着头巾的女人们，依然守望在这片土地上。

我的河套平原，《水经注》里记载的故事，是我祖辈常念的《神农本草经》里发现的秘密。那些每天都要现场直播生产、生活和生存状态的农民们，那些夯实过土地的农民们，一锹一锄地把它刨开，一垄一垄地翻新、定苗、浇水、收割……我学会从分外妖娆的季节取出体内之殇，开始认同阴山之上，田野之上，河流之上，太阳之上……

我怀揣一部《酒风辞》，对不喝酒也会从内心深处醉过的河套汉子，沉默寡言但喝了烧酒也说粗话还唱酸曲儿的河套汉子，又有另一种解读。是的，沿袭至今的东西，是祖辈传下来的节奏，充足而丰盈，越来越接近一片水声。

不喝酒是一个人的本分，喝了酒仍是一个人的本分。赋有天资的河套汉子们，踏实又富有情怀的河套汉子，从祖上开始一直到现在，无论是春种还是秋收，都会开怀畅饮，醉倒一阵又一阵北风。

一阵雨一阵风、一样火性的河套汉子，向来都是给人脚踏实地的感觉，透明而豪放。如果说到生存空间，就立马收回到女人们明亮亮的眉眼里……

像星星，像月牙，像男人们宽展展的额头上晾晒过的日日月月，像酒歌里的声声祝词，像河套平原上常说的一句老话，像"亲不过的姑舅香不过的猪肉"一句巴彦淖尔谚语，像从河套农家灶台上飘来的酸烩菜的味道，像油炸糕的锅里炝花的味道，像交织成温暖的、不卑不亢的民俗、民风、民情，像总是与淳朴善良保持一致的河套男人与河套女人们骨子里血浓于水的东西，像酒、像歌、像风、像光一样透明的巴彦淖尔情结……

（五）河套大地，一种宁静的抵达

走过一段土路时，我愈发敬畏自然，再过千年之后，我梦里的河套平原，神来了。曼陀罗的名字叫着拗口，故乡的修辞中与它的格局生发出一条漫长的丝路往事。

河套大地是不是一种宁静的抵达，是不是吃六月六的西葫芦、喝九月九的酒？我在不断发问……趁情绪饱满，饱览河套平原：

大气之境，还是大气之境！我惊异巴彦淖尔，自动升成词条密码进入云序列。

河套平原之上有湖，有苇，有风波，有谷地，有葵田，有二后生的口哨声，有板闺女的爬山调……这是巴彦淖尔的大地剪影，也是我的父老乡亲内敛与豁达的版图。就好比说，水是云的故乡，雪是孩子的天堂，我是巴彦淖尔人一样亮堂……

我似曾有过这样的经历，似曾沉湎于锦鸡的嘎嘎声。那些浅绿色的鸟蛋，一窝竟有12枚之多，我的梦啊有孵化的情景，譬如一只雏鸡拥抱着所有的卵一样，眼睛一直机灵地盯着前方从未打过盹一样，蛋被搂在雌鸟的梦里一样，我被搂在巴彦淖尔的怀里一样，生怕稍有个闪失。

从麦田里传来的风，带有泥土潮湿、清香的味道，湿到眼睛又退回去的歌声，听过一遍就记住的感觉，一记就是一生一世。

生命似水，漫过生命长河里巴彦淖尔的不经意之处。

道路与河流曲直有度，是大地向四处张开的动脉，不停地造福，输血给人们赖以生存的家园。

祖辈们借如画的大地，借似水的流云，现场直播给白天与夜晚。

祖辈们借流淌在月亮上的河流，借高挂丁树梢上的鸟鸣，现场直播给白天与夜晚。

曾记得，喝醉酒的男人们用青麻搓捻着绳子，没有喝酒的男人们用手搓捻着岁月。他们都用最好的方式对待家里的日子。

曾记得，生过娃的女人们用捻毛绳的手捻着日子，没结婚的闺女们用织毛衣的手织着爱情，她们都用精湛的手艺憧憬着未来。

河套平原的人啊，传承了很多祖辈们的技艺。他们世世代代用红柳编笆，用芨芨草扎扫帚，用口耳相传的方式哼唱乌拉特民歌……那些娴熟的技巧，顺着一声声口哨声，豁出半山腰，漫出金草地，传到那"几"字弯怀里……

我很怀旧，我还很念及过去的岁月……我决定从8月开始出发，嘱咐风，嘱咐雨，嘱咐自己，用比我本身还重要的文字，修复蛙声里的歌，修复黄昏中的孤独，修复从巴彦淖尔的记忆里消失的所有……